WILLIAM MCILVANNEY | IAN RANKIN

Das Dunkle bleibt

AF204722

GOLDMANN

Buch

Der Anwalt Bobby Carter wird tot in einer Gasse hinter einem Pub aufgefunden, der unter dem Schutz eines lokalen Gangsterbosses steht. Damit gerät das fragile Gleichgewicht, das Glasgow seit Monaten zu einer relativ sicheren Stadt macht, ins Wanken. Neben einer verzweifelten Familie hinterlässt Carter vor allem viele Feinde. Aber wer profitiert wirklich von seinem Tod? Ermittler Jack Laidlaw hat einen sechsten Sinn für die Straße und bezweifelt, dass hinter dem Mord rivalisierende Gangs stecken. Dafür muss er aber den wahren Mörder von Bobby Carter finden – und zwar bevor es zu offenen Straßenschlachten in Glasgow kommt …

»Das Dunkle bleibt« ist ein von Ian Rankin vollendetes Laidlaw-Manuskript aus McIlvanneys Nachlass und ein literarisches Ereignis.

Weitere Informationen zu Ian Rankin
und William McIlvanney
finden Sie am Ende des Buches.

William McIlvanney
Ian Rankin

Das Dunkle bleibt

Kriminalroman

Aus dem Englischen
von Conny Lösch

GOLDMANN

Die englische Originalausgabe erschien 2021 unter dem Titel
»The Dark Remains« bei Canongate Books Ltd, Edinburgh.

Penguin Random House Verlagsgruppe FSC® N001967

1. Auflage
Taschenbuchausgabe März 2024
Wilhelm Goldmann Verlag, München,
in der Penguin Random House Verlagsgruppe GmbH,
Neumarkter Straße 28, 81673 München
Lizenzausgabe mit der Genehmigung des Verlages
Antje Kunstmann GmbH, München
Copyright © der Originalausgabe 2021 by The Estate of
William McIlvanney and John Rebus Ltd
Alle Rechte der deutschsprachigen Ausgabe © by
Verlag Antje Kunstmann GmbH, München, 2021
Umschlaggestaltung: Covergestaltung UNO Werbeagentur
nach einer Vorlage von Verlag Antje Kunstmann und Gill Heeley unter Verwendung
von Bildmaterial von Jason Peterson und Gettyimages/thenakedsnail
LK · Herstellung: ik
Satz: GGP Media GmbH, Pößneck
Druck und Bindung: GGP Media GmbH, Pößneck
Printed in Germany
ISBN: 978-3-442-49317-3

www.goldmann-verlag.de

ERSTER TAG

1

IN STÄDTEN wimmelt es von Verbrechen. In allen. Das ist einfach so. Kommen genügend Menschen an einem Ort zusammen, macht sich das Böse in irgendeiner Form bemerkbar. Liegt in der Natur der Sache. Und ist den Bürgern meist nur unterschwellig bewusst. Der Alltag lenkt sie ab, verschleiert das dramatische Gefühl von Bedrohung. Nur hin und wieder (wenn es zu einer Katastrophe im Ibrox-Stadion kommt oder ein Bible John Schlagzeilen macht) denken die Menschen daran, wie nah sie der Gefahr sind. Manchmal erwacht in ihnen die Erkenntnis, dass an den Rändern der scheinbaren Normalität etwas bedrohlich Fremdes lauert. Dann wird ihnen bewusst, wie dünn die Membran ist, auf der wir uns bewegen, dabei ständig Gefahr laufen, an dunklere Orte durchzubrechen. Und vielleicht fragen sie sich, ob die Sicherheit, in der sie sich wägen, nicht doch trügerisch ist.

Commander Robert Frederick vom Glasgow Crime Squad dachte über diese Dinge nach. Ihm war bewusst, dass das behagliche Gefühl von Sicherheit in seiner Stadt angekratzt werden könnte. Ein Mann namens Bobby Carter war verschwunden. Am Nachmittag hatte seine Familie die Polizei informiert, dass er seit zwei Tagen nicht mehr zu Hause gewesen sei. Das war aus Sicht von Frederick und seinen Leuten an sich kein Anlass zu tiefer Trauer. Bobby Carter war ein Berufsverbrecher. Oder besser gesagt, ein schlauer korrupter Anwalt, der nicht nur Umgang mit Verbrechern pflegte, sondern mit ihnen in ein und derselben Wanne saß, bis zum Hals eingetaucht in dieselbe dreckige Brühe. Carter war gebildet, stammte aus einer angesehenen Familie und hatte es sich beruflich zur Aufgabe gemacht, den Abschaum anzuleiten und zu beschützen, der sich insbesondere auf Fredericks Fleckchen Erde tummelte. Er verschob schmutziges Geld, entzog es der Reichweite der Finanzbehörden. Es wurde durch den Kauf legaler und lukrativer Unternehmen gewaschen und Carter achtete darauf, dass der Vertrag stets den Käufer, nicht den Verkäufer begünstigte.

Was den Commander beunruhigte, als er an seinem zwanghaft aufgeräumten Schreibtisch saß und ins Leere starrte, war das Vakuum, das Carters Verschwinden bei der kriminellen Bruderschaft Glasgows möglicherweise hinterlassen würde, und die gewaltbereiten Kräfte, die es schon bald füllen könnten. Carter war bekanntlich Cam Colvins rechte Hand gewesen, einer der wenigen, denen er vertraute. Colvins Name allein wirkte schon Angst einflößend, sein Ruf ging zurück auf seine Teenagerzeit, als er in eine Praxis spazierte und einen Arzt zu sprechen verlangte. Auf die Frage nach seinem Anliegen antwortete er nicht, sondern drehte sich um und zeigte der Sprechstundenhilfe die Klinge, die zwischen seinen Schultern steckte. Mit Cam Colvin legte man sich besser nicht an, mit dem war nicht zu spaßen, und das bedeutete, dass Carters Verschwinden möglicherweise Auswirkungen weit über die Unterwelt hinaus auf die unschuldige Bevölkerung haben könnte.

Ein Klopfen an der Tür unterbrach den Commander in seinen Gedanken. Detective Sergeant Bob Lilley trat ein, ohne eine Aufforderung abzuwarten, und schloss die Tür hinter sich.

»Was gibt's für Vermutungen?«, wollte der Commander wissen.

Lilley holte tief Luft. »Immerhin besteht ja die Hoffnung, dass er von Außerirdischen entführt und in eine andere Galaxie verfrachtet wurde, vielleicht könnte man's so betrachten.«

»Wer sagt denn so was?«

»Der Neue.«

»Laidlaw?« Lilley nickte. »Über den wollte ich sowieso mit Ihnen reden.«

»Jack Laidlaw ist kein Unbekannter, Sir. Sein Ruf eilt ihm voraus, deshalb ist er jetzt wohl auch bei uns gelandet. Wem ist er denn dieses Mal auf den Schlips getreten?«

»Wem denn noch nicht?« Frederick rutschte auf seinem Stuhl herum. »Trotzdem kommt immer wieder dieselbe Botschaft an – er macht seinen Job gut, besitzt offenbar einen sechsten Sinn für das, was sich auf der Straße abspielt.«

»Ich höre, da bahnt sich ein ›aber‹ an.«

»Nur insofern man vorsichtig mit ihm umgehen muss, wenn wir das Beste aus ihm herausholen wollen.«

»Ich eigne mich nicht zum Babysitter, Sir.«

»Nur für ein, zwei Wochen, bis er weiß, wie's bei uns läuft.«

Lilley überlegte kurz, dann nickte er. Frederick entspannte sich ein bisschen.

»Sehen wir uns heute Abend, wenn Ben Finlay seinen Abschied feiert?«

»Auf jeden Fall, Sir – ich will sicher sein, dass der Mistkerl dieses Mal wirklich in Rente geht.«

»Sehen Sie zu, dass Sie Laidlaw mitbringen. Die Kollegen

sollen ein Gefühl dafür bekommen, mit wem sie es zu tun haben.«

»Finlay hat ihn schon eingeladen. Anscheinend sind sie alte Freunde. Gleich ein Minuspunkt für unseren Neuzugang.« Lilley hielt inne. »Über Bobby Carter gibt's wohl nichts Neues?«

»Das sollte ich *Sie* fragen.«

»Wir haben mit seiner Familie gesprochen. Und waren in seiner Kanzlei. Seine Frau hat ein paar Tage abgewartet, bis sie angerufen hat, weil es wohl nicht ungewöhnlich ist, dass er zwischendurch abtaucht.«

»Was heißt das?«

»Eine Nacht im Spielcasino, danach schläft er seinen Rausch aus, wo auch immer er gelandet ist.«

»Aber dieses Mal nicht?«

»Er hat keins der Etablissements aufgesucht, die wir auf dem Schirm haben.«

»Schon mit seinen Klienten gesprochen?«

»Ich hoffe noch, dass das nicht notwendig sein wird. Wenn wir erst mal mit Cam Colvin geredet haben, müssen wir auch mit dem gegnerischen Team reden.«

»Das heißt mit John Rhodes und Matt Mason.« Der Commander nickte langsam. »Immer schön mit der Ruhe, Bob, und nichts überstürzen, so wie's die Polizei im Fernsehen macht.«

»Aber ein bisschen näher an der Wirklichkeit, Sir.« Lilley drehte sich um, wollte gehen.

»Behalten Sie Jack Laidlaw im Auge, Bob. Ich habe ihn lieber bei uns drin im Zelt, als dass er von draußen reinpinkelt, wie Lyndon B. Johnson so schön sagte – ich denke, Sie verstehen, was ich meine.«

Lilley nickte erneut und ging, überließ es seinem Chef, die geschlossene Tür niederzustarren.

Eine Entführung durch Außerirdische war auf jeden Fall eine für alle Beteiligten bessere Erklärung als manch andere, die ihm einfiel.

2

CONN FEENEY ZÄHLTE die Gäste. Dauerte nicht lange. Früher war im Parlour immer ordentlich was los gewesen. In der produktivsten Zeit der Werften standen am Zahltag manchmal die Leute in sechs Reihen vor dem Tresen und wollten bedient werden. Als er nach seinem Toto-Gewinn den Kauf des Pubs per Handschlag vereinbarte, hatte es nach einer guten Investition ausgesehen. Und natürlich war's besser als die Arbeit in der Werft. Dort hatte er sich nie sicher gefühlt. Er erinnerte sich noch, wie er einmal mit Tara ins Kino gegangen war, als sie ungefähr acht war. Sie gingen Hand in Hand, als ein Mann ihm quer über die Straße nachrief: »Aye, Willie!«

»Aye, Tam«, rief er zurück. »Schönen Abend.«

Als sie weitergingen fragte Tara, warum der Mann ihn mit einem falschen Namen angesprochen hat.

»Er hat mich mit jemandem verwechselt«, erklärte er.

Er wollte sie nicht beunruhigen. In der Werft war er als Willie McLean bekannt, weil das der Name war, den er dort angegeben hatte. Hätte er Connell Feeney damals auf einen Bewerbungsbogen geschrieben, hätte er auch gleich ein Ave Maria druntersetzen und ein bisschen Weihwasser verspritzen können.

Katholiken waren im protestantischen Lehnswesen der Clydeside-Werften nicht willkommen.

»Lehnswesen« war ein gutes Wort. Die Bildung, die er sich vor langen Jahren selbst draufgeschafft hatte, war nicht umsonst gewesen. Oft dachte er bei sich, du bist zu gut für hier, aber dann fiel ihm wieder ein, dass ihm der Laden ja gehörte. Das Parlour war *sein* Lehen. Seine Schulzeit war kaum mehr gewesen, als die immerwährende Unterstellung, er und solche wie er seien ausschließlich für die körperliche Arbeit bestimmt. Am Ende hatte er seinen Lehrern aber gezeigt, dass sie sich irrten, in gewisser Weise jedenfalls.

Andererseits aber, wo war der Beweis? Heutzutage hätte man dem Namen des Pubs auch ein »funeral« voranstellen und es dadurch zum Beerdigungsinstitut erklären können, das hätte es ganz gut getroffen. Sein erfahrener Blick schweifte über die Gäste, alle fünf. Auld Rab saß an seinem gewohnten Platz, soff sich feierlich und schweigend um den Verstand. Vermutlich betäubte er, was auch immer ihn psychisch oder physisch quälte. Seine Frau war tot, seine Kinder waren weggezogen, riefen nie an und schrieben ihm auch nicht. Anscheinend wollte er einfach nur irgendwie die Zeit rumbringen, bis sie seine sterblichen Überreste abholen würden. Susie und Marion hatten einen ihrer regelmäßigen »Mädelsabende«. Sie hatten sich schick gemacht, aber es gab nichts zum Ausgehen, außer in ihrer Erinnerung und den Anekdoten aus ihrer Jugend. Manchmal zogen sie unscharfe Fotos aus ihren Umhängetaschen und hielten sie Conn vor die Nase, damit er sie bewunderte. Kurze Röcke, dicke Beine, ihre Augen strahlten zuversichtlich in die Zukunft. Sogar jetzt kicherten sie noch viel und tranken Cinzano mit Limonade und einer Zitronenscheibe, weshalb Conn einmal die Woche rüber in den Gemüseladen musste, um eine einzelne Zitrone zu besorgen.

Die anderen beiden kannte er nicht. Ein junger Mann und eine junge Frau. Den Mann mochte er auf Anhieb nicht. Er hatte einen Arm über die Rückenlehne des Stuhls seiner Begleiterin gelegt, den anderen vor ihr auf den Tisch geschoben. Als wollte er eine Mauer um sie herum bauen. Gleich würde er noch Stacheldraht oben draufsetzen und ein DURCHGANG VERBOTEN-Schild anbringen. Er sprach leise, aber eindringlich auf sie ein. Sie konnte kaum älter sein als achtzehn und er war höchstens zwanzig. Sie wirkte verunsichert, als hielte sie Ausschau nach dem geeignetsten Weg, der aus seinem Mund strömenden Lawine zu entkommen.

Conn wusste, was man in Glasgow unter Verführung verstand. Er war heilfroh, dass seine beiden Töchter verheiratet waren. Als das Pärchen plötzlich aufstand und sie sich nach ihrem Schirm bückte, konnte er sich eine Bemerkung nicht verkneifen, so wie man eine Münze in einen Wunschbrunnen wirft.

»Kommt gut nach Hause, alle beide. Ist ein Sauwetter da draußen.«

Der junge Mann grinste ihn an, Hoffnung und Erwartung lagen in seinem anzüglichen Blick. Als die Tür hinter ihnen zufiel und Conn die Gläser einsammelte, fiel ihm auf, dass die Kleine ihr Getränk kaum angerührt hatte. Vielleicht war das ein gutes Zeichen. Sie behielt einen klaren Kopf. Als er wieder hinter dem Tresen stand und das Wasser in der Spüle aufdrehte, bemerkte er, dass Rab den langen Marsch von seinem Tisch zum Tresen auf sich genommen hatte.

»Hättest mir ruhig Bescheid geben können«, sagte Conn. »Ich hätt's dir auch gebracht.«

»Der Arzt sagt, ich soll mich mehr bewegen. Hab geantwortet, ich krieg genug Bewegung, wenn Sie die Praxis zumachen. Über eine Meile weit ziehen die weg. Ein halbes Dutzend Weißkittel, und du hast kein Wörtchen mitzureden, welcher dich behandelt. So was soll ein Fortschritt sein?«

»Wirst Sportschuhe brauchen, Rab.«

»Hast du schon mal versucht, welche zu putzen?«

»Kann ich nicht behaupten.«

»Deshalb zieh ich keine an. Mein Vater hat gesagt, trau niemandem, der keine guten Lederschuhe besitzt.«

Conn nickte und beschloss, heute Abend nichts mehr dazu zu sagen. Rab trug wie immer karierte Pantoffel, deren Gummisohlen sich allmählich auflösten. Stattdessen schenkte er einen doppelten Whisky ein und stellte das aufgefüllte Glas auf den Tresen, während Rab in seiner Tasche nach den nötigen Münzen kramte.

»Geht aufs Haus – aber verrat's nicht der Geschäftsleitung.«

»Bist ein feiner Kerl, Conn.«

»Sag das mal meiner Frau.«

»Würde ich ja, aber sie kommt nie her.«

»Ist ihr hier ein bisschen zu vornehm.« Conn tat, als würde er die Umgebung mustern. »Der Knautschsamt und die Kerzenleuchter.«

Rab konnte ihm anscheinend nicht mehr folgen und drehte sich langsam um, machte sich bereit, den unendlich langen Weg zu seinem Tisch zurück zu nehmen. Die Eingangstür wurde geräuschvoll aufgerissen und Conn begriff, dass Ärger bevorstand. Aber es waren keine Skinheads oder sonst eine Bande aus der Gegend. Ein Schwall kalter Regenluft drang herein. Auf der Schwelle stand das junge Paar, völlig verunsichert. Sie schienen die Kneipe, die sie gerade erst verlassen hatten, kaum wiederzuerkennen. Schließlich traten sie ein und die Tür schlug hinter ihnen zu. Der Schirm war noch halb offen. Waren es Regentropfen oder Tränen im kreideweißen Gesicht der Frau? Conn war sich nicht ganz sicher. Vom arroganten Getue ihres Freundes keine Spur mehr. Als der seine Stimme wiederfand, war sie lauter als nötig.

»Wir haben einen Toten gefunden«, verkündete er.

»Wo?«, wollte Conn wissen.

»Hinter dem Haus.«

»Ein Penner?«, meldete sich Susie zu Wort.

»Ein großer Mann, gut gekleidet. Mehr haben wir nicht gesehen.«

Conn überlegte. Die Polizei musste verständigt werden, aber gab es vorher noch etwas zu tun? Würden die seine Buchführung sehen wollen oder verlangen, dass er den Safe öffnete? Eher nicht. Sollte er John Rhodes warnen? Oder sähe das aus, als gäbe es einen Zusammenhang?

»Seid ihr sicher, dass er tot ist?«, fragte er, spielte auf Zeit.

»Wenn er nicht zum Spaß in einer Pfütze liegt und alle viere von sich streckt, dann schon …«

»Geh, schau's dir an, Conn«, schlug Auld Rab vor.

Das Unvermeidliche ließ sich wohl nicht länger hinausschieben, dachte Conn. Wie mit einem Zaubertrick schnappte er sich seine Jacke vom Haken. Alle Blicke waren auf ihn gerichtet, Leben kam in den verschlafenen Raum.

»Ist es okay, wenn wir uns was zu trinken nehmen?«, fragte der junge Mann, als Conn an ihm vorbeiwollte.

»Wartet, bis ich wieder da bin«, sagte Conn warnend, öffnete die Tür und trat in die Dunkelheit.

Der Regen hatte nachgelassen, Conn musste Slalom um die

Pfützen laufen. Die schmale Gasse hinter dem Haus war wirklich nicht mehr als das. Sie führte zu den Mülltonnen und leeren Getränkekisten. Die Tonnen waren verzinkt, die Deckel längst verschwunden, geklaut von Kindern, die sie als Schilde oder jeweils zwei zusammen als Schlagzeug-Becken benutzten. Dazwischen sah er die Leiche. Er überlegte, wann er das letzte Mal hier draußen gewesen war. Seit mehreren Tagen schon nicht mehr. Der Mann trug einen Anzug. Er lag auf dem Bauch, seine rote Krawatte ähnelte einem blutroten Band. Der Kopf war verdreht, sodass man sein Gesicht sah, das schüttere schwarze Haar klebte am Kopf.

»Bobby Carter, verdammt«, murmelte Conn. »Schönen Dank auch, Bobby. Das hat mir gerade noch gefehlt …«

Er kehrte in den Schankraum zurück. Offenbar hatte sich in seiner Abwesenheit niemand vom Fleck gerührt. Conn behielt seine Jacke an und schenkte sich einen Wodka ein, kippte ihn unverdünnt und in einem einzigen Zug herunter.

»Also was?«, sagte der junge Mann.

»Was willst du trinken?«, fragte ihn Conn Feeney.

3

MEISTENS GINGEN SIE in den Top Spot, eine Bar in der Hope Street. Als Bob Lilley dort eintraf, war sie schon voll. Trotzdem stach Jack Laidlaw heraus, war leicht zu entdecken, fast als würde er radioaktiv strahlen. Ben Finlay saß an einem Tisch, vor sich jede Menge Drinks, zu denen er noch nicht gekommen war, außerdem zerknülltes Geschenkpapier. Ein Abschiedsgeschenk, eine Ausgabe des *Playboy,* wurde mit ausgeklappter Panoramaseite herumgereicht. Die wenigen im Raum verteilten Frauen lächelten verkniffen, sie wussten, von ihnen wurde erwartet, dass sie mitspielten. Größtenteils waren sie Hilfskräfte – die berühmten Tippsen –, auch ein oder zwei Constables befanden sich darunter, aber geschminkt und in Zivil waren sie kaum wiederzuerkennen.

Lilley schlängelte sich durchs Gedränge bis zum Tresen, wo Laidlaw stand, Whisky trank und zwischendurch an seiner Zigarette zog. Er war ein gut aussehender Mann mit breiten Schultern und markantem Kinn, wirkte aber, als wäre er mit seinem Los nicht besonders zufrieden – als hätte ihn das Leben mit Ende dreißig bereits einem harten Verhör unterzogen. Er schleppte schweres Gepäck mit sich herum – Lilley kannte zumindest ein paar der Geschichten –, aber sein Urteil konnte er sich auch später noch bilden …

»Wollte dich eigentlich schon auf der Wache erwischen.

Ich bin DS Lilley. Bob für dich.« Er streckte ihm die Hand hin, die Laidlaw annahm und eine Augenbraue hochzog.

»Mitglied in der Bruderschaft der Nicht-Freimaurer, wie du«, meinte er.

»Hab beim Vorsprechen gepatzt, als ich laut losgelacht habe. Was trinkst du?«

»Antiquary.«

Der Barmann stand jetzt vor ihnen, ein Schweißfilm bedeckte seine Stirn. »Das erste Getränk ist schon bezahlt, Bob«, sagte er.

»Dann zwei Antiquarys.«

»Offenbar haben wir das John Rhodes' Großzügigkeit zu verdanken«, erklärte Laidlaw.

»Lassen wir uns jetzt von Gangstern Drinks spendieren?«

»Warum mit alten Gewohnheiten brechen? Außerdem ist es nett, nett zu sein – John versteht das.«

»Kennst du ihn?«

»Hatte ein paar Mal das Vergnügen.«

»Und Cam Colvin?«

»Mit dem weniger. Der ist ein Verbrecher, der sich mit Leuten umgibt, die ihn an sich selbst erinnern.«

»John Rhodes nicht?«

»John mag Menschen, die innen genauso viele Narben haben wie außen, aber er selbst ist nicht so.« Laidlaw leerte sein Glas, als der zweite Whisky kam. Er sah sich in der Kneipe um. »Ist dir schon mal aufgefallen, dass Polizisten nie einfach nur so in ein Pub gehen? Es ist eher, als würden sie's vorübergehend besetzen.«

»Für mich sieht's aus, als würde sich die Studentenvereinigung der Uni Stirling auf den Besuch der Königin vorbereiten.« Lilley zeigte auf Finlays Tisch. »Hab ich die Reden verpasst?«

»Gab nur eine – Commander Frederick. Er hat die ganzen Sprüche runtergeleiert, ›pflichtbewusst‹, ›hochgeschätzt‹, ›unersetzlich‹.«

Lilley schnaubte. »Sein Nachfolger ist längst auf dem Posten.«

»Du bist wohl kein Fan?«

»Ben ist nett, ein Teamplayer und alles. Aber er könnte nicht mal aufklären, wer im Kuhstall gekackt hat.«

»Hab ihn immer gemocht. Einmal hat er mir einen guten Rat gegeben.«

»Ach ja und welchen?«

»Wenn er an einem Fall arbeitet, hat er gesagt, übernachtet er oft in einem Hotel in der Stadt. Dadurch spart er sich die Fahrerei und bleibt mit dem Kopf bei der Sache.«

»Na ja, da kann was dran sein«, räumte Lilley ein. »Wie ein Chirurg, der die OP-Handschuhe in den Müll schmeißt, bevor er nach Hause fährt. Du willst den Job ja nicht mitnehmen und dir das Abendessen vergiften.«

»Ich würde jeden Tag einen neuen Kopf brauchen, Bob, und nicht mal auf dem Barras gibt's welche zu kaufen.« Laidlaw nahm eine neue Zigarette aus dem Päckchen. Er bot Lilley eine an, der schüttelte den Kopf. Eine Hand landete schwer auf Lilleys Schulter. Als er sich umdrehte, stand der grinsende Ernie Milligan hinter ihm.

»Alles klar, Bob?«, fragte Milligan.

»Das ist DI Milligan«, sagte Lilley zu Laidlaw.

»Jack kennt mich«, fiel Milligan ihm ins Wort. Demonstrativ musterte er Laidlaws Aufmachung. »Geh zu Rowan, Mann, sag denen, ich hab dich geschickt. Du siehst aus wie das Gegenteil von professionell, was auch immer das ist.« Dann zum Barmann: »Zwei Lager, zwei Heavy.«

Milligans Gesicht war gerötet, seine Krawatte gelockert. Sein Haar wurde bereits grau und er trug es länger, als dem Commander lieb war, angeblich weil er damit in der Öffentlichkeit unauffälliger wirkte – so wie ein Scheunentor auf einem Festival von Gartenrechen unauffällig wirkt. Lilley hatte die Veränderung an Laidlaw beobachtet, sein ganzes Gefüge verspannte sich in Milligans Gegenwart wie eine Falle, deren Tarnung aufgehoben war.

»Vor Urzeiten haben wir mal als DCs zusammengearbeitet«, fuhr Milligan fort, ohne sich dabei bewusst zu sein, wie nah er Feindschaft in ihrer reinsten Form gekommen war. »Einer von uns beiden ist die Karriereleiter immer weiter aufgestiegen, und der andere hockt immer noch ganz unten, hat schreckliche Höhenangst.«

Das Tablett mit dem Bier kam jetzt, Milligan packte es fest, zwinkerte Laidlaw kurz zu, bevor er wieder durch die Menge pflügte.

»Weißt du, ich hab nichts gegen Polizisten wie Ben Finlay«, sagte Laidlaw leise. »Mag sein, dass er kein Genie ist, aber er kennt den Unterschied zwischen richtig und falsch.«

»Willst du sagen, Ernie Milligan kennt ihn nicht?«

»Ich sage nur, in einer Uniform mit Hakenkreuz am Ärmel wäre er genauso zufrieden. Solange man ihn den Job machen lässt, wie er es für richtig hält, beklagt er sich nicht und denkt nicht drüber nach.«

»Wieso hab ich das Gefühl, dass du ihm das schon mal ins Gesicht gesagt hast?«

»Manchmal muss man ein Buch eben doch nach dem Umschlag beurteilen. Bei Milligan steht alles auf dem Deckel.« Laidlaw trank seinen Whisky aus

»Apropos Bücher, ich bin zufällig an deinem Schreibtisch vorbeigegangen. Nicht gerade das sonst übliche *Strafrecht* und die *Straßenverkehrsordnung,* was da liegt …«

Laidlaw hätte fast gegrinst. »Unamuno, Kierkegaard und Camus.«

»Sollte uns wohl dran erinnern, dass du an der Uni studiert hast?«

»Nur ein Jahr, das muss man nicht an die große Glocke hängen.«

»Wozu liegen die denn sonst da?«

»Wir wissen, womit ein Verbrechen endet«, erklärte Laidlaw. »Vielleicht mit einer Leiche, einer Gerichtsverhandlung oder damit, dass jemand ins Gefängnis kommt. Aber womit fängt es an? Das ist eine viel heiklere Frage. Wenn wir an solche Ursprünge zurückdenken, könnten wir Verbrechen vielleicht von vornherein verhindern.«

»Verbrechensprävention gibt es schon.«

Laidlaw schüttelte den Kopf. »Wir brauchen weniger Cops wie dich und mich und mehr Soziologen und Philosophen. Deshalb die Bücher.«

»Sokrates auf Streife nach einem Spiel der Rangers gegen Celtic in Gallowgate, das würde ich gerne mal sehen.«

»Ich auch. Ehrlich.«

Hinter dem Tresen klingelte das Telefon schon seit ein paar Minuten, endlich hatte der Barmann eine kurze Verschnaufpause und ging dran, die Hand auf sein freies Ohr gepresst, um den Lärm abzuwehren. Er sah sich im Raum um, sagte etwas in den Hörer und ließ ihn dann einfach herunterhängen, während er jemanden suchen ging. Wenig später kam er mit dem Commander wieder. Welche Information Robert Frederick auch erhielt, sie schien ernüchternd zu wirken. Lilley und Laidlaw standen in seiner nächsten Nähe und er fixierte sie mit seinem Blick. Nachdem er aufgelegt hatte, sah er sie über den Tresen hinweg an, als wollte er ihnen eine ungewöhnlich hohe Rechnung zuschieben.

»Du bist noch nicht sehr lange da, Bob, oder?«, vergewisserte er sich.

»Tut mir leid, dass ich Ihre Rede verpasst habe, Sir. Jack hat mir schon die Highlights berichtet.«

Frederick ignorierte die Bemerkung. »Ihr müsst in ein Pub namens The Parlour. Hinter dem Haus wurde eine Leiche gefunden. Könnte vielleicht Bobby Carter sein.«

»Das ist in Calton«, stellte Laidlaw fest. »John Rhodes' Gebiet.«

»Deshalb müssen wir behutsam vorgehen. Wird eine Weile dauern, bis die alle hier wieder zu gebrauchen sind, aber wir sind da, sobald es geht.«

»Botschaft angekommen«, sagte Lilley.

»Auch verstanden?« Fredericks Blick galt Laidlaw.

»Absolut«, erwiderte Laidlaw, sah dabei aber den Aschenbecher an, in dem er seine Zigarette ausdrückte.

4

EIN BLICK AUF DEN Toten genügte Lilley und Laidlaw. Sie zogen sich ins Parlour zurück und ließen die Spurensicherung ihre Arbeit machen. Ein Kranken- und zwei Polizeiwagen parkten mit blinkendem Blaulicht am Straßenrand. Wie Rauchzeichen hatte es die Ureinwohner der Gegend aus ihren Tipis gelockt. Im Parlour herrschte plötzlich Trubel. Einem Tisch jedoch hatte man ein bisschen Platz gelassen. Dort saß das junge Paar, das der Körpersprache der beiden nach zu urteilen nicht mehr lange ein Paar sein würde. Während Lilley zum Tresen ging, setzte Laidlaw sich zu ihnen.

»Ich bin DC Laidlaw«, erklärte er. »Ihr seid die beiden, die den Toten gefunden haben?«

Beide nickten, die Blicke starr auf die Batterie unberührter Getränke vor sich gerichtet. Anscheinend wollten alle in der Kneipe später sagen können, dass sie ihnen was ausgegeben hatten. Das waren ihre fünfzehn Minuten Ruhm, aber die Uhr tickte bereits.

»Ein Wagen bringt euch auf die Wache, damit wir eure Aussage aufnehmen können. Habt ihr niemanden gesehen?«

»Niemanden, der noch geatmet hat«, sagte der junge Mann, ließ einen Hauch der Großspurigkeit durchscheinen, die ihn wie Laidlaw vermutete, auch sonst eigen war. Er trug ein kariertes Sakko und ein Jeanshemd mit offenem Kragen. Seine

Handrücken waren voller selbst gestochener Tattoos, wahrscheinlich noch aus seiner Schulzeit.

»Wie heißt du, junger Mann?« Laidlaw machte sich nicht die Mühe, sein Notizbuch herauszuziehen. Die beiden würden die ganze Geschichte schon bald in einem Vernehmungszimmer noch mal erzählen. Er wollte hier nur kurz einen ersten Eindruck gewinnen.

»Davie Anderson.«

»Und was machst du beruflich, Davie?«

»Kfz-Mechaniker.«

»Sicherer Job, denke ich. Und du, Liebes?«

»Ich bin Moira.«

»Konnten sich Moiras Mum und Dad auch noch einen Nachnamen leisten?«

»Macrae«

»Moira ist Kellnerin im Albany Hotel«, ergänzte Anderson.

»Vornehmer Laden. Habt ihr euch dort kennengelernt?«

»Ich reparier normalerweise keine Rolls-Royces. Wir sind uns in der Disco begegnet.«

»Ist das eure erste Verabredung?«

»Die zweite.«

Laidlaw tat, als würde er seine Umgebung mustern. »Alle Achtung, Davie, du weißt, wie man eine Lady verwöhnt.«

»Wir waren vorher beim Chinesen.«

»Und dann lieber hierher auf 'nen Absacker als zu Joanna oder ins Muscular Arms.« Laidlaw nickte verständnisvoll. »Anschließend hast du an die Gasse hinter dem Haus gedacht, oder? Ihr wohnt beide noch zu Hause, da ist drinnen nichts zu machen. Vom Wetter her nicht gerade der ideale Abend, aber was sein muss …«

»Er hat gesagt, er kennt eine Abkürzung«, fauchte Moira Macrae und verschränkte die Arme, schuf eine Barrikade, die sich nicht durchbrechen ließ.

»Wollte nur ein bisschen knutschen«, sagte Anderson.

»Weil man nur in einer dunklen Gasse, aber nicht an einer Bushaltestelle knutschen kann?«

Der junge Mann funkelte Laidlaw böse an. »Wir haben einen Toten gefunden, falls Sie das interessiert.«

»Mich interessiert alles, junger Mann. Kann man auch als Fluch bezeichnen. Ihr habt das Opfer nicht erkannt?«

»Ist er denn eins?« Moira Macrae starrte ihn an. »Wir waren nicht sicher.«

»Er wurde erstochen, so wie's aussieht. Nach der Autopsie morgen erfahren wir hoffentlich mehr. Wir denken, er hieß Bobby Carter. Sagt euch das was?«

Laidlaw sah sie die Köpfe schütteln. Hinter ihm stand jetzt ein anderer Gast und stellte zwei frische Gläser auf den Tisch.

»Für den Schock.«

Laidlaw drehte sich zu dem Mann um. »Den beiden droht Herzversagen, wenn sie auch nur die Hälfte von dem trinken, was hier schon steht.«

Sein Blick wirkte wie Insektenvernichter, der Mann verzog sich torkelnd in die sichere Geborgenheit seines Wespenschwarms. Zwei Streifenpolizisten nahmen an verschiedenen Tischen Kontaktdaten auf. Laidlaw winkte einen mit gekrümmtem Finger zu sich.

»Unsere beiden Zeugen hier müssen zur Wache gebracht werden. Und wir brauchen sie relativ nüchtern, hol ein Tablett und schaff das Zeug hier weg.« Er nickte in Richtung der Getränke.

»Wahnsinnsverschwendung.«

»Ein Gedanke, der mir häufig kommt, wenn ich eine Uniform sehe.« Laidlaw war schon aufgestanden. Mit vier Schritten war er am Tresen, wo Bob Lilley sich vor gebannt lauschendem Publikum mit dem Barmann unterhielt.

»Wär nicht schlecht, wenn wir den Laden räumen könnten«, meinte Laidlaw.

»Sie machen Witze«, sagte der Barmann. »Hier war seit Monaten nicht mehr so viel los.«

»Vielleicht können Sie ja veranlassen, dass hier regelmäßig jemand ermordet wird. Kündigen Sie's draußen auf einer Tafel an. Wenn Sie Hilfe brauchen, ist John Rhodes sicher zur Stelle. Ist sein Gebiet, das heißt, Sie werden ihm einen Anteil Ihrer Einnahmen abtreten. Kann mir vorstellen, dass doppelte Buchführung da ganz praktisch ist.«

Während Laidlaw sprach, zog eine beeindruckende Bandbreite an Gefühlsregungen über das Gesicht des Mannes.

»Weiß nicht, wovon Sie reden«, sagte er.

»Was Besseres fällt Ihnen nicht ein? Wie heißen Sie?«

»Das ist Conn Feeney«, schaltete sich Lilley ein. »Der Laden gehört ihm.«

»In Calton ›gehört‹ niemandem was«, korrigierte ihn Laidlaw. »Alle drücken an John Rhodes ab.« Dann wandte er sich wieder an Feeney. »Haben Sie den Toten gesehen?«

Feeney nickte.

»Auch erkannt?«

Wieder nickte er.

»Darf ich fragen wieso?«

»Viele kennen Bobby Carter.«

»War er hier schon mal was trinken?«

»Glaube kaum.«

»Nein, weil er zu Cam Colvin gehörte und der sich jetzt fragen wird, wie's kommt, dass sein guter Freund und Geschäftspartner aufgespießt wie ein Schaschlik hinter einem Pub von John Rhodes liegt.«

»Das ist *mein* Pub, hab's gekauft und bezahlt.« Allmählich sträubten sich Feeneys Nackenhaare. Laidlaw zündete sich eine Zigarette an, ließ sich Zeit dabei.

»Und ich wette, Sie zahlen trotzdem.« Der Rauch quoll aus seiner Nase. Ihm fiel auf, dass Lilleys Notizbuch auf dem Tresen lag, ein Stift auf einer leeren Seite. »Hast du schon genug zum Weitermachen?«, fragte Laidlaw.

»Schwer zu sagen«, erwiderte Lilley.

»Lass dich von mir nicht aufhalten. Ich warte im Wagen.«

Fünf Minuten später fand Lilley ihn wieder, allerdings nicht im Wagen. Lilleys Triumph Toledo parkte auf der gegenüberliegenden Straßenseite, niemand saß drin. Laidlaw ging daneben auf und ab, betrachtete die dunklen Fenster der Anwohner.

»Was hat er hier gewollt, Bob?«, fragte er, als Lilley zu ihm stieß. »Das ist erstens feindliches Gebiet und zweitens ein schwarzes Loch, in Hinblick aufs Nachtleben. Es gibt das Parlour, einen Chinesen ganz hinten an der Ecke zur Hauptstraße und einen schmierigen Imbiss. Wohnungen für Leute, die wünschten, sie könnten sich anderswo eine leisten. Ein paar Bauhöfe und brachliegende Grundstücke für Investoren mit mehr Geld als Verstand.«

»Spielst du jetzt Sokrates?«

Laidlaw hörte nicht hin. Lilley war eine Wand, von der seine Worte zu ihm selbst zurückprallten. »Hat er sich im Pub mit jemandem getroffen? Das hätte er sich zweimal überlegt – es ist zu klein, zu viele Neugierige –, also lieber hinter dem Haus? Heißt das, es war jemand, den er kannte und dem er vertraute?« Laidlaw schnippte seinen Zigarettenstummel auf den rissigen Asphalt.

»Fragen für morgen«, schlug Lilley vor, der plötzlich demonstrativ seiner Armbanduhr Aufmerksamkeit schenkte. »Soll ich dich nach Hause fahren?«

»Nicht nötig.«

»Wo wohnst du überhaupt?«

»Simshill.«

»Verheiratet?«

»Drei Kinder.«

Lilley schien drauf zu warten, dass Laidlaw sich umgekehrt auch nach seinem Familienstand erkundigte, aber stattdessen drehte er sich um und ging wieder in Gedanken verloren Richtung Hauptstraße. Auf halbem Weg blieb er stehen und betrachtete noch einmal die Fassade des Pubs. Dort stand er immer noch, als Lilley an ihm vorbeifuhr.

»Komischer Kerl«, sagte Lilley leise zu sich selbst. Und fragte sich, ob die Abschiedsfeier noch im Gange war …

ZWEITER TAG

5

AM NÄCHSTEN MORGEN schloss Lilley gerade den Toledo ab, als er Laidlaw zu Fuß auf die Central Division zukommen sah. Sie war untergebracht in einem roten Backsteingebäude in der St. Andrew's Street Ecke Turnbull Street. Laidlaw beäugte es misstrauisch, als würde er Sprengfallen vermuten. Als er auf die Gestalt aufmerksam wurde, die die Straße überquerte und auf ihn zukam, reagierte er sichtlich alarmiert, entspannte sich aber wieder, als er seinen Kollegen erkannte.

»Hast du keinen Führerschein?«, fragte Lilley ihn.

»Ich fahr lieber Bus. Das öffnet einem die Augen für die Umgebung und die Stadt. Manchmal nehm ich aber auch einen Glasgower Krankenwagen, wenn's das Budget erlaubt oder notwendig ist.«

Lilley wusste, dass er Taxis meinte. Er musterte Laidlaw von oben bis unten: derselbe Anzug, dasselbe Hemd und dieselbe Krawatte wie am Vortag. »Du warst gestern Nacht nicht zu Hause«, stellte er fest.

»Kein Wunder, dass die dich zum Sergeant gemacht haben.«

»Wo hast du geschlafen?«

»Im Burleigh. In dem Hotel, das mir Ben Finlay gezeigt hat. Und um deine nächste Frage zu beantworten, manchmal kommt's mir vor, als wär zu Hause zu weit weg.«

»Macht das deiner Frau nichts aus?«

»Sie heißt Ena.«

»Meine heißt Margaret. Wir haben zwei Töchter, beide schon so erwachsen, dass sie ausgezogen sind.«

Laidlaw hätte fast gegrinst. »Hat dir keine Ruhe gelassen, dass ich dich nicht danach gefragt habe.« Gemeinsam stiegen sie die Stufen zur Wache hinauf. »Also, was haben wir heute auf dem Zettel?«

»Werden wir gleich erfahren. Aber da täuschst du dich, dass es mir keine Ruhe gelassen hat.«

»Ist aber doch so, oder?« Laidlaw zog die Tür auf und trat vor Bob Lilley ein.

Das Glasgower Leichenschauhaus, in unmittelbarer Nachbarschaft zum High Court und gegenüber dem Glasgow Green, war ein Paradebeispiel für Anonymität, anders als sein prachtvoller Nachbar nur ein Stockwerk hoch und ausschließlich von trauernden Angehörigen oder Menschen frequentiert, die beruflich dort zu tun hatten. Die Ehefrau des Verstorbenen war in den frühen Morgenstunden nach Mitternacht hergebracht worden, um den Leichnam zu identifizieren. Als Laidlaw und Lilley den Obduktionsraum erreichten, stellten sie fest, dass die Untersuchung bereits abgeschlossen war. Ein Mitarbeiter flickte den Toten gerade wieder zusammen, hielt die Nase dabei merkwürdig dicht an dessen Fleisch. Laidlaw hoffte, Kurzsichtigkeit sei der alleinige Grund und keine makabren Vorlieben. Sie traten gerade noch rechtzeitig wieder in den Gang hinaus, um den Pathologen zu erwischen. Er trug seinen Krankenhauskittel, darüber eine knielange, blutverschmierte Schürze. Die grünen Gummistiefel an seinen Füßen reichten ihm knapp über die Knöchel. Er trocknete sich die Hände ab, als die beiden Detectives näher kamen.

»Punkt zehn, hat man uns gesagt«, fing Laidlaw an.

»Da wurden Sie falsch informiert.«

»Das wird unserem Chef nicht gefallen«, setzte Lilley nach.

»Was Ihrem Chef gefällt, hat bei mir nicht oberste Priorität, DS Lilley. Wollen Sie die frohe Botschaft hören oder nicht?« Keiner der beiden antwortete, eine Antwort war nicht nötig. »Fünf Stichwunden, alle vom selben Messer. Vermutlich eine zweieinhalb Zentimeter breite Klinge. Der tiefste Einstich misst zehn Zentimeter, beginnt unterhalb des Brustkorbs und reicht bis ins Herz. Das war mit fast hundertprozentiger Sicherheit auch die Todesursache. Der wievielte Stich es war, kann ich nicht feststellen. Keine Anzeichen dafür, dass er sich gewehrt hat – keine Schnittwunden an den Händen, zum Beispiel. Eine Machete, ein Teppichmesser oder ein Rasiermesser kann es nicht gewesen sein.«

»Also keine Gang von Jugendlichen«, konstatierte Laidlaw.

»Fürs Spekulieren seid ihr zuständig; ich bleibe bei den Fakten.«

»Wie lange war er tot?«

»Zwei oder drei Tage. Der Inhalt seiner Taschen ist auf dem Weg ins Labor, genauso wie seine Kleidung und die Schuhe.«

»Hatte er Geld dabei?«

»Knapp sechzig Pfund.«

»Dann kommt ein Raubüberfall wohl nicht infrage«, meinte Lilley.

»Außerdem hatte er eine gute Armbanduhr um – eine Longines. Das Hemd und die Jacke waren von Aquascutum. Soweit ich weiß, wohnt die Familie in Bearsden.«

»Manchmal müssen sogar Leute mit Geld dran glauben.«

»Vor allem solche, die mit Cam Colvin befreundet sind.« Der Pathologe schien mit der Wirkung seiner Worte zufrieden.

»Er hat die Witwe zur Identifizierung begleitet. Ist sehr behutsam mit ihr umgegangen, muss ich schon sagen.«

»Hat er mit Ihnen geredet?«, erkundigte sich Laidlaw.

»Ich habe mich respektvoll ferngehalten.«

»Respektvoll im Sinne von ängstlich? Wer war von uns da?«

»Unser gemeinsamer Freund.« Dieses Mal galt sein Blick Laidlaw allein.

»Milligan?«, riet dieser.

»DI Milligan hat mir gesagt, ihm wurde die Leitung der Ermittlungen übertragen. Das muss Sie doch mit ebenso großer Zuversicht erfüllen wie mich, DC Laidlaw.«

»Hat Milligan mit Colvin gesprochen?«

»Ein paar Worte im Rausgehen.«

»Wie kam Ihnen die Frau vor?«

»Völlig am Boden zerstört. Sowas ist der Grund, warum wir einen Schallschutz angebracht haben.«

Die drei Männer verstummten, als die Bahre mit Bobby Carters Leiche an ihnen vorbei ins Kühlhaus geschoben wurde. Sie war vollständig von einem Laken bedeckt. Laidlaw hatte gute Lust, den Mitarbeiter zu bitten, kurz stehen zu bleiben, damit er einen Blick auf das Gesicht des Toten werfen könnte, tat es aber nicht.

Auf der Wache würde er Fotos finden. Viele Fotos.

Lilley bedankte sich bei dem Pathologen und drehte sich um, wollte gehen. Laidlaw blieb noch stehen.

»Hat Milligan gewusst, um wie viel Uhr die Obduktion stattfinden sollte?«

Der Pathologe nickte. »Vielleicht hat er's ja vergessen«, sagte er.

»Genau. Oder er wollte sich einen kleinen Spaß mit mir und DS Lilley erlauben.«

»Normalerweise finden Leute ›kleine Späße‹ lustig.«

»Ich lache innerlich«, erwiderte Laidlaw, setzte sich in Bewegung und folgte Bob Lilley nach draußen.

6

»**EINE BEERDIGUNG WIRD** schon vorbereitet und das hat mir Lust auf noch eine gemacht. Aber auf eine im kleineren Kreis –, idealerweise unter einer Autobahnüberführung. Versteht ihr, was ich sagen will?«

Cam Colvin saß auf der anderen Seite des hochglanzpolierten, ovalen Tisches und sah jedem einzeln ins Gesicht. Er hatte seine Männer in den Konferenzraum des Coronach Hotel bestellt. Der Geschäftsführer, Dan Tomlinson, hatte Tee, Kekse und einen Krug Wasser bereitgestellt. Nachdem er gegangen war, hatte Colvins Blick ihnen zu verstehen gegeben, dass sie besser nichts davon anrührten, auch nicht, wenn sie gerade aus der Gluthitze einer ausgedörrten Wüste hereingetaumelt wären. Er wollte, dass sie sich auf ihn und seine Worte konzentrierten.

Colvin war kein besonders großer Mann, füllte einen Raum aber trotzdem mühelos aus. Sein Gesicht war eine verschlossene Tür mit einem Spion, durch den er sein Gegenüber musterte und dazulernte. Er hatte seinen schwarzen dreiviertellangen Crombie-Mantel über die Stuhllehne gehängt und fuhr sich mit der Hand durch die Haare, strich sie zurück. Sie waren ein bisschen zu lang, als wären Teds nie aus der Mode gekommen. Seit seiner frühesten Teenagerzeit war sein Ruf stetig gewachsen. Er hatte sich einer Bande angeschlossen und sich ungewöhnlich brutal durchgesetzt, nie nachgegeben, egal wie groß die Gefahr war. Außerdem war er gerissen und, wenn es ums Geschäft ging, auf der Hut. Die hier versammelten Männer waren die wenigen, denen er wirklich vertraute. Andere hätten es vielleicht für ein Treffen der hässlichsten Fratzen der Stadt gehalten, aber in Colvins Branche wurden Mitarbeiter nicht geschätzt, deren Äußeres beruhigend wirkte.

»Ich bin in diesem Fall Richter und Geschworene«, fuhr er fort, »das Urteil wurde längst gefällt.« Er fuhr mit der Hand über seine dunkle Krawatte, als wollte er sich vergewissern, dass alles an seinem Platz war. »Wenn er zu mir kommt, lebt er noch, verstanden? Die Demontage ist meine Aufgabe und kann sein, dass es eine Weile dauert.« Wieder wanderte sein Blick über die Gesichter der Anwesenden. Sie waren alle hoch aufmerksam. Rechts von Colvin war ein Stuhl frei geblieben. Eins weiter saß Panda Paterson, dann Mickey Ballater, Dod Menzies und Spanner Thomson. Normalerweise wäre Panda, der sehr gerne aß, längst beim dritten oder vierten Keks gewesen, aber er wusste sich zu benehmen, ganz besonders heute.

»Das ist eine Botschaft an uns. Die wollen uns was sagen. Denkt jemand da draußen, wir würden so was auf sich beruhen lassen? Niemals. Ich will, dass ihr euch umhört, und glaubt bloß nicht, ihr müsst Zurückhaltung üben. Ich will schnelle Antworten, keine Diplomatie. Seht ihr den Stuhl hier?« Er tätschelte ihn. »Hier sollte Bobby sitzen. Der Platz muss neu besetzt werden. Hoffentlich von demjenigen, der mir als Erster Neuigkeiten bringt.«

Er hielt inne, gab der Aufforderung die Chance durchzusickern. »Also was fällt euch dazu ein – wo würdet ihr mit der Suche anfangen?«

»In der Kneipe natürlich«, sagte Panda Paterson mit belegter Stimme. »Aber die befindet sich auf dem Gebiet von John Rhodes.«

»Kein ›aber‹«, blaffte Colvin. »Gebietsaufteilungen sind Vergangenheit, bis der Fall geklärt ist.«

»Was ist mit Jenni?«, schlug Dod Menzies vor.

»Jenni ist schwierig«, erwiderte Colvin, rutschte auf seinem Sitz herum.

»Die Frau weiß nichts davon, oder?«

»Bobby war immer schlau, was das angeht. Mir wäre lieber, Monica würde es nicht erfahren. Sie hat so schon genug um die Ohren und dann noch die Kinder … Außerdem, hinter einem Pub erstochen – klingt das für euch nach einem Mord aus Leidenschaft? Nein, da ging's ums Geschäft.«

»Womit wir wieder bei John Rhodes wären«, meldete sich Spanner Thomson zu Wort. Er hatte eine hohes Stimmchen, was bei Fremden häufig Belustigung oder Spott hervorrief, bis er den schweren Schraubenschlüssel aus der Innentasche zog – sein bevorzugtes Werkzeug.

Colvin presste seine Hände aneinander. »Vielleicht muss ich ein paar Worte mit John wechseln. Erst mal warten wir aber ab und sehen, ob er vielleicht sogar zu uns kommt. Gibt's andere Wege, wie wir's versuchen sollten?«

»Bobby hatte Feinde nicht zu knapp, Chef«, meinte Mickey Ballater. »Das weißt du. Er war ein guter Anwalt, hat alles so gedreht, wie wir's brauchten, aber er konnte einfach den Ball nicht flach halten. Wie oft hab ich Beschwerden von Clubs und Restaurants bekommen, weil er einfach ohne zu bezahlen raus ist. Wenn einer aufgemuckt hat, hat er ihn dran erinnert, für wen er arbeitet.«

Ringsum am Tisch wurde genickt.

»Und du hast so was wohl nie gemacht, Mickey? Oder du, Dod? Wir sind alle eine Familie, okay? Man spricht nicht schlecht über Verstorbene.« Colvin hielt inne. »Okay, kann sein, dass er eine gewisse Vorgeschichte hatte, und vielleicht müsst ihr da mal nachhaken. Mir macht aber Sorge, wie dreist der Mord war. Entweder wurde Rhodes eingeweiht – von jemandem wie Matt Mason –, oder Rhodes hält sich für unverwundbar. Deshalb betrachte ich es als Botschaft, die wir entschlüsseln müssen. Ist nicht einfach für Leute, deren Schulzeugnisse nur Fehlzeiten aufweisen, aber das heißt noch lange nicht, dass ihr euch nicht anstrengen könnt. Ich will, dass ihr euch den Arsch aufreißt. Okay?«

Als er seine Leute ausreichend energisch nicken sah, stand er auf und nahm ein Tablett aus einem Schrank. Darauf standen eine Flasche Whisky und sechs Gläser. Feierlich schenkte er ein und reichte die Gläser herum, stellte auch eins vor den frei gebliebenen Stuhl.

»Bobby war ein hochgeschätztes Mitglied unseres Teams, hat jeden Verdacht auf Betrug oder Steuerhinterziehung von uns ferngehalten. Also lasst uns auf abwesende Freunde trinken.« Er hob sein Glas.

Sie tranken schweigend. Paterson schluckte und wischte sich mit der Hemdmanschette über den Mund.

»Ist es okay, wenn ich mir jetzt einen Keks nehme, Chef?«, fragte er.

»Dein Zahnarzt liebt dich bestimmt genauso wie dein Internist«, brummte Colvin und erhob sich. »Ich geh pissen. Tu dir keinen Zwang an.«

Als Colvin draußen war, fuhr Paterson sich mit der Zunge

über die Zähne. »Wenigstens hab ich noch alle meine Zähne, zum größten Teil jedenfalls«, meinte er und griff nach dem Teller in der Mitte des Tischs.

»Hat jemand Ideen?«, fragte Ballater in den Raum.

Menzies schniefte laut. »Ich hoffe, es ist nicht unpassend, wenn ich das sage, aber der Chef hatte immer schon eine Schwäche für Bobbys Frau.«

»Da ist er nicht der Einzige«, erwiderte Thomson und stierte weiter auf den Tisch, ohne einen der daran Sitzenden anzusehen.

»Jetzt kann er den edlen Ritter spielen«, fuhr Menzies fort.

Als er antwortete, betonte Ballater jedes Wort einzeln. »Willst du damit sagen, der Chef hat Bobby selbst auf dem Gewissen? Ich bin nicht sicher, ob das gut für uns wäre.«

»Aber irgendwas müssen wir machen«, sagte Paterson. Krümel fielen ihm aus dem Mund.

»Im Parlour geht's los«, folgerte Ballater nach kurzer Überlegung. »Schade, dass wir aktuell keine Freunde beim Crime Squad haben – könnte was bringen, ein paar Runden im Top Spot zu schmeißen.«

»Wie ich gehört habe, hat John Rhodes da die Finger schon im Spiel.«

»Und um an Rhodes ranzukommen, müssen wir's erst mal mit seinem Team aufnehmen.«

»Besonders mit dem großen Wichser, der mit dem zersäbelten Gesicht.«

»Wir sind ja auch nicht gerade Zwerge.«

»Laufen jede Menge Leute auf der Straße rum, die wir fragen könnten«, meinte Thomson. »Spricht sich immer alles Mögliche rum.«

»Während wir hier sitzen, werden bestimmt schon Märchen gesponnen«, ergänzte Ballater. »Wird nicht lange dauern, dann müssen wir vorgehen wie Grubenarbeiter, um noch irgendwas der Wahrheit auch nur entfernt Ähnliches ans Tageslicht zu bringen.«

»Mein Dad war Bergarbeiter«, erwiderte Thomson.

»Dann wollen wir hoffen, dass sein Sohn jetzt nicht mit Schaufel oder Spitzhacke losziehen muss.«

Thomson lächelte müde und klopfte von außen auf seine Innentasche.

»Ich brauch nur ein einziges Werkzeug, Mickey.«

»Seid ihr immer noch hier?«, bellte Cam Colvin von der Tür aus, als könnte er's nicht fassen, und trocknete sich die Hände an seinem Taschentuch.

»Schon unterwegs, Chef«, entschuldigte sich Paterson und stand auf. Er wollte nach einem letzten Keks greifen, überlegte es sich dann aber doch anders und folgte seinen drei Kollegen nach draußen.

7

NACH MILLIGANS BRIEFING vor der Mittagspause hatte
Laidlaw weniger das Bedürfnis, den Kopf freizubekommen, als
die gesamte einstündige Seelenmarter aus sich herauszuexorzie-
ren. Er war ohne bestimmtes Ziel in einen Bus gesprungen, hatte einfach nur oben gesessen und hinausgestarrt, während sich
auf den Straßen ringsum unendlich viele kleine Geschichten
abspielten. Er rauchte eine Zigarette nach der anderen und
dachte an das Burleigh Hotel. Wenn es für die Dauer der Ermittlungen sein Stützpunkt sein sollte, musste er nach Hause
fahren und ein paar Klamotten packen. Ena würde nicht gerade erfreut sein, aber das war in ihrer Ehe inzwischen fast schon
der Dauerzustand. Es kam ihm vor, als befänden sie sich in einem kalten Krieg, die Verhandlungen liefen schleppend, und
den Zivilisten, ihren Kindern, wurde die Wahrheit verheimlicht. Es waren drei – Moya, Sandra und Jack; sechs, fünf und
zwei Jahre alt. Immer wenn er wegen eines Falls bis nach ihrer
Schlafenszeit unterwegs war, schlich Laidlaw sich zu ihnen ins
Zimmer, strich ihnen übers Haar und dachte daran, dass eine
bessere Welt möglich war.

Mit Ena war es nicht so einfach.

Seine Gedanken wanderten zu der Frau am Empfang im
Burleigh. Sie hieß Jan, hatte üppige Kurven und einen unbeug-
samen Blick, der in seiner Gegenwart sichtlich sanfter wurde.

Ihre Verehrer fragten sich bestimmt, ob sie der Prüfung gewachsen waren, der Jan sie mit ihren Augen unterzog. Sie wusste, dass Laidlaw Detective war, weil Ben Finlay seinen Besuch damals bei ihr angekündigt hatte.

»Schön zu wissen, dass ich so durchschaubar bin.«

»Ben hält Sie für alles andere als das.«

Laidlaw sagte sich, dass es nicht Jan war, die ihn immer wieder ins Burleigh trieb; es war das Bedürfnis, sich nicht von den pulsierenden Straßen der Innenstadt zu entfernen. Simshill war zu weit weg, zu sicher. Man musste den Kindern Geschichten erzählen, Mahlzeiten gemeinsam mit der Familie einnehmen. Dort durfte er nicht Polizist sein.

»Du brennst aus, bevor du vierzig bist«, hatte Ena ihn einmal gewarnt.

Und bis vierzig war es nicht mehr weit. Er merkte, wie sich sein Alter um seine Hüfte legte. Seine Knie wurden schwer, wenn sie zu viele Stufen vor sich hatten, seine Augen waren angestrengt. Er hatte Zweifel, ob er im Falle einer Verfolgungsjagd über einen ganzen Straßenzug an einem Verdächtigen dranbleiben konnte. Er wischte über die beschlagene Scheibe im Bus, schaute hinaus in den Himmel, den die Schornsteine der verfallenen Wohnhäuser ausgespuckt hatten, der Qualm hing über den verschiedenen städtischen Gebäuden, die einst prächtig viktorianisch waren und jetzt Gefahr liefen, in Modernitäten unterzugehen. Alte Wohnviertel wurden abgerissen, hoch aufragender Ersatz geplant, eine Autobahn schnitt durch die Stadt. Vergesst die alten Gewissheiten; sie würden bald zertreten werden wie eine Zigarettenkippe unter einer Plateausohle. Laidlaw hatte keinen Zweifel daran, dass der aufgestockte Wohnbestand kaum etwas dazu beitrug, die tief sitzenden

Probleme in der Stadt zu beseitigen. Hinter den neuen Glasfassaden und dem frischen Putz versteckten sich immer noch Armut, lieblose Ehen, betrunkene Aggressionen und konfessionelle Feindschaften wie zornige Tattoos unter einem frisch gewaschenen Hemd. Als er an der nächsten Haltestelle aus dem Bus stieg, die Straße überquerte und auf den nächsten zurück in die Stadt wartete, nahm er seine Umgebung nur am Rande wahr. Es gelang ihm nicht, die Erinnerung an die Besprechung auszulöschen. Immer noch sah er Milligan vor seinem aufmerksamen Publikum stehen, nie war er zufriedener, als wenn er Befehle erteilte oder Theorien als diamant-harte Fakten präsentierte. Eine Wand aus Schwarz-Weiß-Fotos bildete den Hintergrund seines Monologs. Auf einem war das Graffito auf der Rückseite des Parlour zu sehen, die Gorbals Cumbie hatten es gesprüht. Eine Bande von Teenagern, deren Anführer zurzeit ein gewisser Malky Chisholm war. Chisholm hatte das College abgebrochen, seine Ambition, Sozialarbeiter zu werden, hatte ihn in zu große Nähe zu den verschiedenen Gruppierungen unbändiger junger Männer gebracht. Sie waren für ihn zu einer Art Droge geworden, und schließlich, nachdem er versucht hatte, Frieden zwischen den Cumbie und anderen Gangs wie den Calton Toi zu stiften, war ihm keine Wahl mehr geblieben, als sich für eine Seite zu entscheiden. Die Cumbie wurden seine Leute, und schon bald krönten sie ihn zu ihrem König. Dass er ein talentierter Amateurboxer war, hatte geholfen. Er hatte keine Angst vor einer Schlägerei – in einem fairen Kampf würde er fast immer gewinnen. Aber er war auch gerissen, das heißt, selbst unfaire Kämpfe verliefen zu seinen Gunsten.

Laidlaw wusste, dass Chisholm und Milligan eine gemeinsame Vorgeschichte hatten. Es hatte Festnahmen gegeben, die

Vorwürfe wurden wenig später fallen gelassen. Mit seinen Boxhandschuhen zog Milligan auch Scheuklappen an, war bereit, erneut in den Ring zu steigen.

»Mir sagt das Graffiti vor allem eins«, hatte er sich gegenüber seinen Zuhörern ausgelassen, »dass die Cumbie sich auf Calton-Gebiet herumtreiben. Eine Messerstecherei ist eine verdammt starke Visitenkarte, meint ihr nicht?« Als er es sagte, hatte er Laidlaw mit Blicken fixiert, als wollte er ihn herausfordern, den Kopf zu schütteln. Was hätte es gebracht? Die Räume des Crime Squad waren kein römisches Forum und Laidlaw bezweifelte, dass sich unter den Anwesenden jemand befand, dem eine Toga gut gestanden hätte. Seit Lilley und Laidlaw aus dem Leichenschauhaus zurück waren, hatte Milligan darauf gewartet, dass sie sich beschwerten, weil sie umsonst dorthingefahren und ihre Zeit verschwendet hatten. Keiner von beiden hatte aber etwas gesagt, das Vergnügen gönnten sie ihm nicht.

Als Laidlaw sich noch eine Zigarette anzündete, fiel ihm ein alter Mann mit wässrigen Augen auf, der sich hinter ihm in die Schlange gestellt hatte.

»Du brauchst mehr Spaß im Leben, junger Mann. Du stolperst noch über dein Gesicht.«

Der Atem des Mannes war wie ein Schweißbrenner und Laidlaw fragte sich, warum so viele Glasgower, wenn sie was getrunken hatten, sich in den Ancient Mariner verwandelten und Fremden unbedingt ihre Geschichten und Weisheiten erzählen mussten. Dieses besondere Exemplar hier hatte eine zusammengerollte Zeitung dabei, die er wie einen Schlagstock schwang, als könnte er die Welt damit dirigieren.

»Wenigstens stolpere ich nur über mein Gesicht und nichts

anderes«, erwiderte Laidlaw. »Dein Leben scheint dagegen ein einziger Sturz zu sein.« Er zeigte auf die Risse in der Hose des Mannes und die Ellbogen seines abgetragenen Jacketts.

Dieser musterte ihn, trat einen Schritt zurück, als könnte er ihn so schärfer sehen. »Du siehst aus wie ein Schauspieler, junger Mann. Hab ich dich schon mal irgendwo gesehen?«

»In dieser Stadt sind wir alle Schauspieler, hast du's noch nicht gemerkt? Du schauspielerst gerade auch.«

»Mach ich das?«

»Ganz schlecht – aber selbst schlechte Schauspielerei verdient hin und wieder einen Applaus.« Laidlaw kramte ein paar Münzen aus seiner Tasche und drückte sie dem Mann in die Hand. »Sollte für eine Busfahrkarte reichen. Entweder das oder eine Zeitung von dieser Woche, statt von der letzten.«

In diesem Moment kam ein Doppeldecker. Laidlaw gab dem Alten ein Zeichen, er möge vor ihm einsteigen, blieb selbst aber, wo er war, und sagte zum Schaffner, er würde auf den nächsten Bus warten. Der neue Fahrgast starrte verdattert aus dem Fenster, bis die Glocke läutete, der Bus anfuhr und ihn seines Publikums beraubte. Laidlaw war sicher, dass er bald ein anderes finden würde.

8

BOB LILLEY BETRACHTETE demonstrativ die Fotos vom Tatort, als Ernie Milligan vor ihm stehen blieb. Er roch nach Ehrgeiz und Old Spice, beides machte Lilley nichts aus, auch wenn er persönlich Aramis bevorzugte. Milligan nahm laut schlürfend einen Schluck Tee aus einem »Weltmeisterschaft in Mexiko«-Becher, Lilley wusste, dass wie immer drei Löffel Zucker drin waren.

»Habt ihr genug, um loszulegen?«, erkundigte er sich.

Lilley beschloss, seinem Chef um den Bart zu gehen. »Interessant, was du über die Cumbie gesagt hast. Wann sprechen wir mit Chisholm?«

»Bald Bob, keine Angst. Tut mir übrigens leid, wegen der Obduktion – war ein Missverständnis.«

»Man macht zwangsläufig Fehler.« Lilley beobachtete, wie Milligans Züge einfroren. »Ich meine, bei einem so komplexen Fall wie diesem. Da muss man immer mehrere Eisen im Feuer haben.«

»Wobei dein Partner sich ja eher wie Harry Houdini in Luft auflöst, als dass er Eisen schmiedet.«

»Ist Laidlaw das? Mein Partner? Ich habe das Gefühl, der Bezeichnung würde er widersprechen. Aber zu der Frage, die du mir gleich stellen wirst: Ich hab keine Ahnung, wo er ist. Die Besprechung war kaum zu Ende, schon war er weg.«

»Bevor ich dazu kam, Aufgaben zu verteilen.«

»Soweit ich gehört habe, arbeitet Jack Laidlaw am besten, wenn man ihn einfach machen lässt.«

»Man muss ihn aber in seine Schranken weisen, Bob. Das ist deine Aufgabe.«

»Soll ich ihm quer durch die Stadt hinterherrennen?«

»Ich will nicht, dass er denkt, er gibt hier den Ton an, sonst nichts.« Milligan verstummte, als eine untergeordnete Kollegin neue Fotos und Zeitungsausschnitte mit Tesafilm an die Wand klebte, unter anderem eine Aufnahme des Verstorbenen mit seiner Frau und den Kindern.

»Die hab ich aus dem Haus«, erklärte Milligan. »Das ist vielleicht eine Hütte – musst du dir mal ansehen. Nicht lange her, da sind sie erst eingezogen. Hatten noch die Maler da.«

»Wie alt ist das Foto?« Lilley beugte sich vor.

»Ein paar Jahre. Da haben sie im Albany ihren Hochzeitstag gefeiert. Sie hat sich kaum verändert.« Milligan konnte den Blick nicht von der Witwe nehmen. »Bei der werden die Verehrer Schlange stehen.«

»Wahrscheinlich wird sie finanziell gut versorgt sein?«

»Gibt ein Testament, das noch verlesen werden muss, aber du kannst dich drauf verlassen, dass Geld da ist – und das Finanzamt wird nicht an alles drankommen, wenn du dir die Vorgeschichte des Verstorbenen anschaust.«

»Wurde das Haus durchsucht?«

»Wir haben kein verstecktes Geld gefunden, wenn du das meinst.«

»Und Carters Büro?«

»Sind dabei. Seine Sekretärin hilft uns, zwischen ihren Weinkrämpfen.« Jetzt hatte Milligan den Commander bemerkt, der ihm von der Tür aus Zeichen machte. Er nickte, stellte den Becher auf dem nächsten Schreibtisch ab, richtete die Schultern auf und hielt kurz inne. »Such Laidlaw. Halt mich auf dem Laufenden. Lass dir dein Urteilsvermögen nicht von ihm trüben. Ach und achte darauf, dass er schön viel trinkt und raucht. Ich will, dass er vor mir unter die Erde kommt. Ist so was wie eine Wette, der Gewinner macht Freudensprünge auf dem Grab des Verlierers.«

Lilley schaute zu, wie Milligan zur Tür marschierte – mit schwingenden Armen. Auf dem Schreibtisch hinter ihm klingelte das Telefon, also ging er dran.

»DS Lilley«, meldete er sich.

»Ich suche Jack. Jack Laidlaw.«

»Der ist im Moment nicht zu sprechen. Kann ich was ausrichten?«

»Ich bin seine Frau. Ena. Hab mich gefragt, ob ich ihn heute sehen werde.«

»Sie wissen, dass er gestern Nacht im Burleigh abgestiegen ist?«

»Er hatte nicht den Anstand, mir das selbst zu sagen, aber ich hab's mir gedacht. Seid ihr an dem Mordfall dran?«

»Genau, Ena.«

»Tschuldigung, ich hab Ihren Namen schon wieder vergessen.«

Lilley lehnte sich mit dem Hintern an die Schreibtischkante.

»Ich bin Bob. Bob Lilley.«

»Glaube nicht, dass er Sie schon mal erwähnt hat.«

»Na ja, wir sind erst seit Kurzem Partner.« Da war wieder dieses Wort.

»Dann viel Glück.«

»Hab gehört, er kann schwierig sein.«

»Genauso gut könnten Sie behaupten, aus dem Krakatau hat's ein bisschen gequalmt.« Er hörte das Lächeln in ihrer Stimme. Ein erschöpftes zwar, aber immerhin ein Lächeln.

»Sind Sie verheiratet, Bob?«

»Schon viel zu lange, würde meine Frau vielleicht sagen. Wir haben zwei erwachsene Kinder.«

»Sie Glücklicher – unsere drei bleiben uns noch eine Weile erhalten.«

»Ich weiß, das kann schwer sein. Selbst wenn's gut läuft, arbeiten Detectives zu unchristlichen Zeiten.«

»Und auch wenn sie zu Hause sind, sind sie manchmal gar nicht da.«

»Meine Frau würde nicht widersprechen.«

»Hat sie einen Namen?«

»Margaret.«

»Vielleicht sollte ich mich mal mit ihr austauschen. Richten Sie Jack bitte aus, dass ich angerufen habe.«

»Natürlich.«

»Danke.«

Lilley überlegte, was er sagen sollte, aber der Summton aus dem Hörer verriet ihm, dass sie bereits aufgelegt hatte.

9

DAS GRAFFITO WAR GESPRÜHT. Früher hätte man einen
Eimer Farbe und einen Pinsel genommen. Laidlaw war nicht
sicher, wie es kam, dass eine Gang in den Gorbals Cumbie
hieß. Dasselbe galt für die Tongs, die Spur und die Toi. Das
war alles Teil eines Codes, vermutete er, und Codes waren dafür gemacht, nicht so ohne Weiteres entschlüsselt zu werden.
So wie der Freimaurer-Handschlag, von dem Uneingeweihte
gar nichts mitbekommen. Wobei ein Mitglied der Zunft sich
für diesen Vergleich bedanken würde. Er fand interessant, dass
Lilley nicht zur Bruderschaft gehörte; die meisten Polizisten
fühlten sich verpflichtet, beizutreten, sofern sie nicht längst der
Loge angehörten. Zu Beginn von Laidlaws Laufbahn hatte
man ihn zur Seite genommen und ihm zu verstehen gegeben,
dass es seinem beruflichen Vorankommen nicht hinderlich
wäre. Ganz im Gegenteil, nach Meinung seiner Gesprächspart-
ner. Das war wie bei den Gewerkschaften, die die Werftarbei-
ter und andere fest im Griff hatten; man musste ihnen nicht
beitreten und seinen Beitrag zahlen, aber tat man es nicht, wurde immer getuschelt, man sei kein Teamplayer.

Laidlaw vermutete, dass Gangs ihren Anhängern Ähnliches
vermittelten, ein Gefühl von Dazugehörigkeit, das sie zu Hause nicht bekommen hatten. Die anderen Graffiti erzählten jeweils eigene Geschichten. Dass abwertende Kommentare be-

reits neben *Cumbie* aufgetaucht waren, ließ darauf schließen, dass der Name schon eine Weile dort gestanden hatte, auf jeden Fall lange genug, sodass die hier regierende Gang den Cumbie hatte mitteilen können, was sie von deren Grenzüberschreitung hielt. Es handelte sich also um keinen neuerlichen Übergriff oder eine Absichtserklärung, sondern um Geschichte. Schon bald würde der Schriftzug vollkommen verschwinden, eine frische Schicht aus Gekritzel und Gekrakel würde sich darüberlegen. Wie immer war Milligan nicht auf dem Holzweg, sondern orientierungslos auf hoher See.

Die Mülltonnen an der Stelle, wo der Tote gelegen hatte, waren geleert worden, ihr Inhalt wurde von Spezialisten untersucht, die mehr Geduld hatten als Laidlaw. Wahrscheinlich puzzelten sie auch gerne an verregneten Sonntagnachmittagen. Ein einziger Blumenstrauß, im Laden gekauft, lag zwischen den Tonnen. Keine Karte dabei. Als Laidlaw dort stand und nachdachte, traf ein Schaulustiger ein, ein Mann im Trenchcoat und mit Kassenbrille, das schüttere Haar zurückgekämmt, seine Frau ein paar Schritte hinter ihm, gerne ließ sie ihren Helden vorangehen.

»Sie können sich gleich wieder verpissen«, warnte Laidlaw die beiden, als der Mann eine billige Kamera aus der Tasche zog.

»Schadet doch keinem«, blaffte der Mann, besaß aber wenigstens den Anstand, beschämt zu gucken, als er kehrtmachte und seiner Frau einen leichten Schubs gab. Laidlaw begleitete sie bis zum Gehweg, wartete kurz, stieß dann die Tür zum Parlour auf und trat ein.

Er traf auf eine plötzlich erstarrte Szene, eine wie für die Nachwelt festgehaltene Momentaufnahme. Keiner der Tische war besetzt, vier Männer standen am Tresen, einer hatte drüber hinweg gegriffen und den Wirt am Kragen gepackt. Aller Augen richteten sich auf Laidlaw. Das Hemd wurde losgelassen, die Gesichtszüge der Männer veränderten sich.

»Dachte, du hast abgeschlossen«, knurrte einer leise einen anderen an.

»Kann man sich hier fürs Fernsehen bewerben, für *University Challenge* vielleicht«, erkundigte sich Laidlaw, als er sich zum Tresen wandte und Conn Feeney fragte: »Bamber Gascoigne konnte es wohl nicht einrichten?«

Einer der Männer stieß mit einem dicken Finger in seine Richtung. »Wenn du weißt, was gut für dich ist, verziehst du dich, aber sofort, mein Freund.«

»Der ist vom CID«, meldete sich ein anderer aus der Gruppe. »Das rieche ich von hier.«

Laidlaw ließ sich mit dem Anzünden seiner Zigarette Zeit. »Und ihr seid dann wohl Cam Colvins Crew«, meinte er. »Wenn mich mein Gedächtnis nicht täuscht, heißt einer von euch Panda.«

»Das bin ich«, bestätigte der, der den Polizisten gerochen hatte.

»Dein Name ist der einzige, an den ich mich erinnere. So groß ist unsere Sorge um euch und euren Boss. Ihr seid der Staub in der Luft über einem zerdellten Blechaschenbecher, mehr nicht.« Laidlaw tippte mit dem Finger an den Aschenbecher vor sich.

»Blech, kein Glas, damit kann man bei einer Prügelei weniger anfangen. Ineffektiv, könnte man sogar sagen. Schlagt das Wort nach, wenn ihr nach Hause kommt – genau dahin solltet ihr jetzt nämlich schleunigst gehen, das rate ich euch, bevor ihr mich richtig nervt.«

»Ist das deine Vorstellung von Ermittlung in einem Mordfall?«, fragte der, der Panda hieß. »Auf ein paar Bier umsonst und 'ne Kippe im Pub vorbeischauen? Jeder weiß, dass ihr wegen Bobby keine schlaflosen Nächte habt und euch für den Fall kein Bein ausreißt.«

»Das Problem ist, es gibt zu viele Verdächtige«, sagte Laidlaw. »Ich könnte genauso gut das Telefonbuch aufschlagen und bei A anfangen. Was ich aber auf keinen Fall brauche, sind solche wie euch, die meinen Job machen wollen, und zwar mit Drohungen und Einschüchterungen statt einer Dienstmarke.«

Panda machte sich nicht die Mühe zu antworten. Er war jetzt de facto der Anführer und musste seine Männer würdevoll aus dem Pub bringen.

»Wir sehen uns noch«, rief er dem Wirt zu. »Glaub's lieber. Dasselbe gilt für dich, Bulle.«

»Laidlaw heiße ich. Sorg dafür, dass dein Chef das mitbekommt. Schreib es dir auf, wenn's sein muss.«

Er sah sie schweigend abziehen. Einer nach dem anderen ging hinaus und straffte die Schultern, bevor er erneut der Außenwelt entgegentrat. Feeney rammte ein Glas unter den Ausguss der nächsten hinter der Bar hängenden Flasche.

»Du nimmst einen.« Es war eher ein Befehl als eine Frage.

»Mir ist ein Antiquary lieber als das Zeug vom Handelsverband.«

Feeney tat ihm den Gefallen und schenkte ihm großzügig aus einer Flasche nach. Seinen eigenen Antiquary verdünnte er mit ein bisschen Wasser, Laidlaw signalisierte ihm zunickend: Das Gleiche für ihn.

»Danke dafür«, sagte der Wirt.

»Wofür? Die kommen wieder, so wie sie's gesagt haben. Be

sonders umgehaun haben die Sie aber trotzdem nicht. Ich nehme an, weil Belfaster Blut in Ihren Adern fließt.«

»Bin dort geboren und aufgewachsen.«

»Dann haben Sie wohl einiges an Terror mitbekommen, bevor es Sie hierher verschlagen hat?«

»Eine ganze Menge.« Feeney hatte seinen Drink bereits getrunken und schien es mit einem weiteren nicht eilig zu haben. Er spülte sein Glas und zündete sich eine Zigarette an. »Das sind keine Amateure, aber ich hab schon Schlimmere gesehen.«

»Was ist mit dem Chef?«

»Kenn ihn nur vom Hörensagen.«

»Und Bobby Carter?«

Feeney betrachtete Laidlaw eindringlich durch den Dunst, der zwischen ihnen lag, und seine Augen verengten sich. »Okay, Sie haben mir einen Gefallen getan, also sag ich Ihnen was, aber mehr sag ich nicht dazu – er war mal hier.«

»Bobby Carter?«

»Genau der.«

»Sie wussten, wer er ist?«

»Damals nicht. Als er weg ist, hat mich einer meiner Stammgäste aufgeklärt.«

»Und deshalb haben Sie ihn gleich erkannt, als er hinter dem Haus lag.« Mit einem Kopfnicken signalisierte Laidlaw, dass er verstand. »Und was hat er hier gewollt?«

»Auf jemanden gewartet, der gar nicht kam.«

»Und Sie haben keine Ahnung, auf wen?«

Feeney schüttelte den Kopf.

»Vorher war Carter nie hier gewesen?«

»Nein.«

»Dann war die Verabredung hier vermutlich die Idee von dem anderen.«

»Wenn Sie meinen.«

»Heißt das, Sie kannten ihn vielleicht doch? Hat nie jemand gefragt, ob er Carter verpasst hat? Ist niemand gekommen und hat sich nach ihm umgesehen, als er weg war?«

»Nicht dass ich wüsste.«

»Wie lange ist das her?«

»Drei oder vier Wochen.«

»Das hätten Sie uns sagen sollen.«

»Ich sag's Ihnen jetzt. Passen Sie auf, dass ich's nicht gleich wieder bereue.«

Laidlaw trank aus und drückte die Zigarette aus.

Er schrieb die Nummer des Burleigh auf einen McEwan's-Bierdeckel. »Wenn Ihnen noch was einfällt«, sagte er und schob ihn Feeney zu. »Oder falls Colvins Männer unangenehm werden.«

»Ich komme schon klar.«

»Die Sache ist nur, dass es für Sie wahrscheinlich Tabus gibt, Grenzen, die Sie nicht übertreten, weil Ihr Gewissen es nicht erlaubt. Für diese Männer nicht. Wenn Sie klug sind, behalten Sie das im Hinterkopf.«

Laidlaw ging zur Tür, riss sie auf, trat hinaus und stand vor zwei Männern, einer davon war John Rhodes. Er war groß und blond, nicht übermäßig kräftig. Sein Gesicht war pockennarbig und das schon seit seiner Zeit im Jugendknast, aber keiner sprach ihn je darauf an. Seine Augen waren blau und häufig von einem Lächeln umspielt, so wie jetzt auch. Der Mann knapp hinter ihm hatte ein anscheinend permanent finsteres Gesicht voller Narben, mit Augen wie Mörsergranaten.

»Jack Laidlaw«, sagte Rhodes und schob die Hände in die Taschen, als wollte er es sich bequem machen.

»Hallo, John. Was in aller Welt führt dich denn hierher?«

»Ich wüsste gerne, was in meiner Ecke hier so los ist.«

»Hast gerade ein paar Männer von Cam Colvin verpasst.«

»Da haben die aber Glück gehabt.« Er schaute an Laidlaw vorbei zum Tresen. »Was passiert?«

»Der Wirt hatte alles im Griff.«

»Zweifellos.«

»Ist das eine deiner Liegenschaften?« Laidlaw sah Rhodes den Kopf schütteln. »Dein Besuch hier könnte Colvin vom Gegenteil überzeugen.«

»Hätte ich Colvins Consigliere ausschalten wollen, hätte ich ihn wohl kaum auf meinem eigenen Gebiet liegen lassen. Nicht mal deine Kollegen können so blöd sein – es sei denn natürlich, Milligan hat die Leitung übernommen.« Rhodes' Grinsen wurde breiter, als er sah, wie Laidlaws Miene sich verhärtete. »Hat er? Wunderbar …«

»Was meinst du mit Consigliere?«

»Hast du *Der Pate* nicht gesehen? Schieb deinen Arsch in ein Kino, solange der Film noch läuft. Das ist die Bezeichnung für die rechte Hand, der Typ mit dem Hirn, auf den man hören sollte. Jetzt wo Carter nicht mehr ist, gehen Colvin die Kandidaten aus.«

»Dann wurde Carter umgebracht, weil jemand Colvin den Boden unter den Füßen wegziehen will? Wäre ein kluger Schachzug, so was könnte sich nur einer wie John Rhodes ausdenken.«

»Genau. Oder Matt Mason. Oder ein halbes Dutzend andere, wir können den ganzen Nachmittag mit Namen um uns werfen.«

»Sollte ich dann vielleicht noch Malky Chisholm erwähnen?«

»Der und seine Jungs, das sind Penner, Jack, das weißt du so gut wie ich.« Rhodes riss die Augen ein bisschen weiter auf. »Du lieber Gott, ist das Milligans Ansatz? Der Mistkerl ist dumm wie Brot.«

»Was nicht heißt, dass er nicht manchmal doch was rausbekommt, auch wenn's vielleicht nur ein Glückstreffer ist. Dürfen wir uns auf ein paar Bandenkriege freuen, John?«

»Das musst du Colvin fragen. Ich persönlich bin ja nur ein besorgter Bürger und Geschäftsmann.« Rhodes legte die Hände auf die Brust – Hände, die Menschen erdrosselt, Knüppel und Äxte gegen sie erhoben oder ihnen vielleicht sogar eine Pistole an die Stirn oder unter das Kinn gepresst hatten. »Man sieht sich, Jack. Grüß mir Ena …«

Laidlaw war unschlüssig, ob er ihm folgen sollte, dachte aber, Rhodes würde die Begleitung wohl kaum schätzen. Mit einem letzten finsteren Blick in Laidlaws Richtung ging auch sein Aufpasser rein. Zwei in Jeans gekleidete Männer Anfang zwanzig hatten sie von der anderen Straßenseite aus beobachtet. Jetzt kamen sie herüber, zögerten kurz vor der Tür.

»War das der, von dem wir denken, dass er's war?«, fragte einer. Laidlaw nickte. Der gesprochen hatte, drehte sich zu seinem Begleiter um. »Vielleicht versuchen wir's doch lieber im Sarry Heid.«

Laidlaw hätte fast gefragt, ob er mitkommen könne. Stattdessen winkte er ein vorüberfahrendes Taxi heran und stieg ein.

»Haben Sie gehört, was hinter dem Pub passiert ist, junger Mann?«, überschrie der Fahrer den Lärm des strapazierten Motors.

»Eine Familie hat einen Ehemann und Vater verloren«, sagte Laidlaw. »Das ist passiert. Jetzt lassen Sie mich in Ruhe, bitte. Ich muss nachdenken.«

Conn Feeney verschloss die Türen des Parlour und ging zu John Rhodes in das enge Hinterzimmer, Rhodes' Leibwächter blieb auf einem Barhocker am Tresen sitzen. Rhodes hatte es sich auf dem einzigen Stuhl bequem gemacht und die Unterlagen auf dem Schreibtisch durchgesehen, dem antiken Schreibtisch, den er als besonders gediegen gerühmt und Feeney an dem Tag geschenkt hatte, an dem dieser das Pub übernahm.

»Hat mal einem Bankdirektor gehört«, hatte er gesagt. »Ich hab hinten in den Schubladen nachgesehen, aber er hat nichts drin gelassen.«

»Kann ich dir wirklich nichts anbieten, John?«, fragte Feeney jetzt und blieb am Eingang stehen. Der Raum war fensterlos, entsprechend stickig und von Rhodes' Aftershave erfüllt.

»Hab gehört, du hast Besuch bekommen, Conn.«

»Cam Colvins Männer.«

»War wahrscheinlich zu erwarten«, überlegte Rhodes. »Wenn du kurzfristig Schutz brauchst, musst du's nur sagen.«

»Geht schon, John.«

»Hat dir die Polizei Ärger gemacht?«

»Wenn du diesen Laidlaw meinst, die Antwort ist Nein.«

»Die werden wissen, dass ich Anteile an deinem Laden habe, oder?«

»Und wenn. Von mir haben sie's nicht erfahren.«

Rhodes nickte langsam, hörte offenbar nur halb zu. Ein gewienerter Schuh tappte gegen den alten grünen Safe, der auf dem Boden neben dem Schreibtisch stand. Auch der stammte aus einer ehemaligen Bank. »Ich brauche was, Conn«, sagte er.

Das musste Feeney nicht zweimal gesagt werden. Er nahm den Schlüssel aus der Hosentasche und hockte sich vor den Safe, schloss ihn auf und drehte den Griff. In dem Safe lagen Papiere, ein Dutzend dicke Bündel mit Banknoten und ein kleiner in Nesselstoff eingewickelter Gegenstand. Dieser Gegenstand hatte den Weg aus Belfast nach Glasgow gefunden, dank einer Person, die Conn früher mal gekannt hatte. Heute jedoch war Rhodes nur an Bargeld interessiert, schälte ein paar Scheine aus einem der Bündel und steckte sie sich in die Tasche seines Jacketts. Feeney wusste, dass sich in fast jedem Etablissement, das mit John Rhodes in Verbindung stand, ein solcher Safe befand. Der Mann verteilte sein Geld, weil er das für sicherer hielt, als alles an einem Ort aufzubewahren.

Den Banken traute er nicht, hielt sie für Spitzel des Finanzamts.

Nachdem er das Geld eingesteckt hatte, erlaubte er sich einen längeren Blick auf das kleine Nesselstoffpäckchen.

»Liegt da, wenn du sie brauchst«, sagte er mit vollkommen emotionsloser Stimme.

»Das weiß ich, John.«

Rhodes nickte abwesend, klopfte auf sein Jackett und vergewisserte sich, dass die Scheine sicher waren.

Conn Feeney verstand dies als Aufforderung, den Safe wieder zu verschließen.

»Jetzt vielleicht noch einen Drink?«, fragte Rhodes. Typisch für den Mann war, dass er es wie einen Vorschlag klingen ließ, nicht wie einen Befehl.

Ena Laidlaw war in der Küche, behielt die Waschmaschine im Auge. Ließ man sie unbeobachtet, fiel der Abwasserschlauch manchmal aus der Spüle, sodass das Wasser auf den Linoleumboden spritzte. Das Wäschegestell unter der Decke hing schon voll mit der letzten Ladung. Die nächste kam gleich auf den Ständer vor dem Kamin. Moya und Sandra waren in der Schule, Jack junior hockte mit einer Armee Spielzeugsoldaten auf dem Sofa. Der Großteil der Wäsche war seine. Gab man ihm Süßigkeiten, Schokolade oder einen Lolli, landete immer was davon auf seiner Strickjacke, dem Hemd oder der Hose.

Der braune Teppichboden im Wohnzimmer hatte sich als Segen erwiesen, viele Flecken verschwanden einfach darauf.

Sie dachte, wie nett Bob Lilley am Telefon geklungen hatte. Nicht kurz angebunden oder misstrauisch wie manche Detectives, mit denen sie früher telefoniert hatte. Was die erzählten, klang immer wie erfunden oder nach der üblichen Ausrede – er ist auf dem Weg zum Gericht oder nach Barlinnie; er ist in einer Besprechung; er ist im Archiv.

Sie wissen, dass er gestern Nacht im Burleigh abgestiegen ist? Einfach so, ohne dass sie fragen musste. Und dann hatte er noch erzählt, dass er selbst Kinder und eine Frau hat, wie hieß sie noch … Margaret? Das war's: Margaret. Margaret Lilley, und so wie das klang, hatte sie ihren Mann gut im Griff.

Vielleicht sollte ich mich mal mit ihr austauschen.

»Vielleicht sollte ich das wirklich«, sagte Ena leise zu sich selbst, bevor sie merkte, dass Jack junior im Türeingang stand und das Gesicht säuerlich verzog. Er hielt eine Orange in der Hand, deren Saft ihm über den Pullover lief. Er hatte durch die dicke Schale reingebissen.

»Ich hab's dir doch gesagt«, schimpfte sie seufzend. »Aber du hörst ja nicht.«

Sie machte ein paar Schritte auf ihn zu, bemerkte aber, dass der Schlauch sich wieder selbstständig machen wollte.

»Untersteh dich, Mister«, sagte sie, stieß ihn mit einer Hand fest in die Spüle und griff mit der anderen nach einem feuchten Lappen. Sie sah das Telefon im Flur vor sich, ein kleines Buch daneben mit den Adressen und Telefonnummern von Freunden und Verwandten. Auf dem Regal darunter lag das Glasgower Telefonbuch, in dem vielleicht eine Nummer von R. Lilley oder M. Lilley oder sogar R. und M. Lilley stand. Wenn sie die Wäsche aufgehängt hatte, würde sie Wasser aufsetzen und es sich mit einem Tee neben Jack junior bequem machen, der konnte ihr dann beim Nachsehen helfen.

10

LAIDLAW SASS an einem Ecktisch im Top Spot. Ein Pint wartete auf Bob Lilley, aber als er eintraf, war es schon schal und er schob es zur Seite. Laidlaw, der Zeitung gelesen hatte, faltete sie zusammen.

»Was ist los in der Welt?«, fragte Lilley.

»In Belfast gibt's Kämpfe und eine Einigung bei Upper Clyde. So wie's um meine Premium Bonds steht, muss ich wohl weiter arbeiten.« Sein Blick traf den von Lilley. »Hab schon gedacht, du versetzt mich.«

»So gern ich in einem Mordfall alles stehen und liegen lasse, wenn mich jemand in eine Kneipe bestellt …« Lilley schaute Richtung Barmann, der ihn für Laidlaw angerufen hatte.

»Die Sache ist die, Bob, du hast für den Mordfall alles stehen und liegen lassen. Hier wird er nämlich gelöst.«

»Im Top Spot?«

»Auf der Straße«, korrigierte ihn Laidlaw. »Am Schreibtisch sitzen raubt einem sämtlichen Sauerstoff. Kann sein, dass manche das unter Polizeiarbeit verstehen, ich nicht. Ich bin trotzdem gut, wenn's um die Stadt geht. Das würde ich definitiv von mir behaupten. Und zwar, weil ich immer meine Hausaufgaben mache. Willst du das nicht trinken?« Als Lilley den Kopf schüttelte, kippte Laidlaw die Hälfte des abgestandenen Biers zum Rest seines eigenen. »Man kann überall Schlüsse ziehen,

aber manchmal ist ein Büro der schlechteste Ort dafür, besonders wenn einem Milligan auf der Pelle sitzt.«

»Und was für einen Schluss genau hast du gezogen?«

»Sag doch noch mal, was befand sich in den Taschen des
Opfers, als sie durchsucht wurden?«

»Abgesehen von Bargeld – eine Brieftasche, Hausschlüssel,
Zigaretten und ein schickes Feuerzeug. Eine hübsche Armbanduhr hatte er auch noch um.«

»Also können wir davon ausgehen, dass ihn der Täter nicht
ausrauben wollte?«

»Es sei denn, er ist in Panik geraten.«

Laidlaw schüttelte den Kopf. »Eine Gang wie die Cumbie
hätte den Kadaver bis auf die Knochen zerpflückt.«

»Das heißt, Milligan verplempert seine Zeit?«

»Und lässt auch alle anderen für nichts und wieder nichts
schuften. Aber zurück zu den Geiern, Bobby Carter wurde fast
drei Tage lang vermisst. Meinst du, er hat die ganze Zeit da gelegen, ohne dass es jemandem aufgefallen wäre? Den vielen
Graffiti nach würde ich sagen, die Gasse hinter dem Haus ist
ein beliebter Treffpunkt, vielleicht für Drogendealer oder min-
derjährige Trinker, bestimmt gibt's auch mal eine schnelle
Nummer im Stehen. So wurde Carter ja auch entdeckt.«

»Willst du sagen, jemand hat die Leiche dort abgelegt?«

»Wenn die Obduktionsergebnisse zutreffen, dann war er
bereits zwei bis drei Tage lang tot, also ja, ich will sagen, die
Leiche wurde dort abgelegt.«

»Aber warum? Und von woher?«

Laidlaw zuckte nur mit den Schultern. »Der Wirt hat mir
im Vertrauen erzählt, dass Carter nur ein einziges Mal im Pub
war, anscheinend war er mit jemandem verabredet, der nicht

kam. Würde mich wundern, wenn's da keinen Zusammenhang gibt. Ich sehe ihn bloß noch nicht.«

Er strich sich über den Nasenrücken.

»Alles klar?«

»Ich hab Migräne – aber das bleibt unter uns. Da meldet sich wohl gerade eine an.«

»Warst du schon mal beim Arzt?«

»Ich hab Tabletten.«

»Helfen die?«

»In Kombination mit zehn bis zwölf Stunden Bettruhe in einem abgedunkelten Raum.«

»Das solltest du Milligan sagen.«

»Warum?«

»Ist eine gute Ausrede, wenn du mal wieder irgendwo rumspazierst.«

»Aber auch ein Zeichen von Schwäche. Ich würde ihm lieber nicht noch mehr Munition liefern. Was ist mit dir – irgendwelche Fortschritte zu berichten?«

»Nicht in dem Sinne. Deine Frau hat angerufen. Wollte wissen, ob sie dich heute Abend zu Gesicht bekommt. Klang nett.«

»Sie ist toll.«

»Eine Frau, zu der ein Mann gerne nach Hause kommt?« Lilley hatte nach seinem halb vollen Glas gegriffen und nahm versuchsweise einen Schluck.

»Ich kann dir auch ein frisches holen.«

»Statt meine Frage zu beantworten?«

Unwillkürlich musste Laidlaw zumindest ansatzweise grinsen. Er holte tief Luft. »Wie gesagt, Ena ist toll. Nur sonst halt kaum was.«

»Eltern sein ist harte Arbeit.«

»Ach, das ist nicht das Problem.« Er schaute auf der Suche nach einer Eingebung an die knallbunt gestrichene Decke. »Ich bin in meiner Ehe einsamer, als ich es alleine war, und ich denke, Ena geht's genauso.«

Das Schweigen am Tisch war so tief, dass ein Sarg hineingepasst hätte. Schließlich wurde es von der Jukebox unterbrochen. Jemand hatte »Ain't No Sunshine« aufgelegt. Die Blicke der beiden Detectives begegneten sich und sie lächelten sich abgekämpft und müde an. Eine Gestalt kam vom Tresen auf sie zugeschlurft, hielt ein Pint Guinness in der einen Hand und so wie's aussah einen großen dunklen Rum in der anderen.

»Hoffe, das ist okay, Mr. Laidlaw. Ich hab gesagt, Sie zahlen später.« Der Mann setzte sich, ohne eine Aufforderung abzuwarten.

»Das ist Eck Adamson«, stellte Laidlaw ihn vor. Der Neuankömmling in den schmutzigen, schlecht sitzenden Klamotten verströmte ein ganzes Bukett an Aromen. Er hatte alte Rasierverletzungen zwischen den Bartstoppeln am Kinn und an den Wangen und schütteres vorzeitig ergrautes Haar. Adamson konnte alles zwischen dreißig und sechzig sein, und wenn er sein Leben nicht radikal änderte, hatte er wohl höchstens noch zehn Jahre vor sich. »Ich hab ja gesagt, ich kenne mich auf der Straße aus«, fuhr Laidlaw fort, »aber Eck hat seinen Doktor da gemacht und jede Menge Diplome.«

Als würde er dieser Einschätzung zustimmen, prostete Adamson den Anwesenden am Tisch zu und kippte den Rum mit einem einzigen großen Schluck. Nach einer kleinen Verschnaufpause machte er kurzen Prozess mit dem Bier.

»Wie du siehst«, fuhr Laidlaw fort, »so viel Kennerschaft

gibt's nicht umsonst. Aber auf Eck ist immer Verlass, weil er weiß, wenn er meiner Meinung nach die Auslagen nicht verdient hat, kriegt er einen Tritt in die Eier und einen Haken ans Kinn.« Adamson erstarrte beim Trinken und stellte das Guinness mit unendlicher Behutsamkeit wieder auf den Tisch.

»Ernie Milligan glaubt, er hat die besten Informanten der Stadt«, bemerkte Lilley und entlockte Adamson ein spöttisches Schnauben.

»Du meinst Macey?«

»Benny Mason, ja.«

»Das ist sein Sonntagsname – ich sag dir was, Macey bringt's wie 'n Besoffener, der bei 'ner Orgie keinen hochkriegt.«

»Hast wohl schon bei vielen Orgien mitgemischt.« Lilley lächelte humorlos …

»Bei mehr als genug, keine Angst.«

Laidlaw lehnte sich über den Tisch. »Eck, du würdest nicht mal im Puff mit hundert Pfund und einem Rezept vom Arzt zum Zuge kommen, aber wenn ich dächte, dass Macey mehr mitbekommt von dem, was draußen los ist, dann säße der hier und du irgendwo neben einem Lüftungsschacht. Also erzähl uns, was du gehört hast und vielleicht biete ich dir dann noch was zu trinken an.«

Adamson rückte näher, schob die Unterarme auf den Tisch, als wollte er sicherstellen, dass niemand sonst in der Kneipe etwas mitbekam.

»Bobby Carter war nicht der schlechteste Mensch. Hat immer einen ausgegeben und zu seinem Wort gestanden.«

»Du sollst keine Grabrede halten, Eck.« Laidlaws Blick war streng.

»Ich will erst mal das richtige Bild entwerfen. Alle Menschen haben Laster und Schwächen, oder? So ist es doch. Bei Carter waren es die Frauen. Dass er sich mit solchen Leuten wie Colvin abgegeben hat, das hat's nur schlimmer gemacht. Er dachte, die Frauen beachten ihn, weil sie ihn mögen und nicht wegen der Gesellschaft, in der er sich befand, und dem Geld, mit dem sie um sich geworfen haben.«

Adamson glaubte, sich eine kleine Pause für einen Schluck leisten zu können. Laidlaw tat es ihm auf der anderen Seite des Tisches gleich.

»Also war er ein Weiberheld«, sagte Lilley über das Niemandsland hinweg. »Und?«

Adamson hielt einen fleckigen Finger hoch, den selbst die schärfste Seife nicht sauber bekommen hätte. »Eine Frau«, verkündete er.

»Zweifellos unverheiratet und ohne weitere Komplikationen?«, hakte Laidlaw nach.

»Chick McAllisters Ex.«

»Chick McAllister? *Der* Chick McAllister von John Rhodes?«

»Genau der.«

»War das allgemein bekannt?«

»Wenn's so wäre, müsstest du's dir nicht von mir sagen lassen.«

»Und wer hat's gewusst? McAllister?«

»Kann sein. Die beiden haben sich letztes Jahr getrennt, einvernehmlich, soweit ich weiß.«

»Hatte sie außer mit Carter noch was mit anderen?«

Adamson zuckte mit den Schultern und gab seinem Guinness den Rest. Laidlaw schnippte mit den Fingern, um dem unterbeschäftigten Barmann zu signalisieren, dass Nachschub gebraucht wurde.

»Und wie heißt sie?«

»Jennifer Love. Wird Jenni genannt, mit i. Klingt wie ausgedacht, ist aber echt. Ihr Vater ist Archie Love, der Fußballer.«

»Den Namen kenne ich«, sagte Lilley. »Da gab's doch mal einen Wettskandal, oder?«

Adamson nickte. »Und der war das Ende seiner aktiven Zeit als Spieler. Seitdem säuft er, um zu vergessen.«

»Was weißt du noch über Jenni?«

»Mitte zwanzig. Liebt das Vergnügen und Männer, die's ihr finanzieren. Arbeitet als Go-go-Tänzerin im Whiskies. Das ist der Laden mit Livemusik in der Candleriggs.«

»Bestimmt dein Stammlokal«, sagte Laidlaw und verstummte, als die Getränke kamen. Für Lilley war auch eins dabei, das er aber lieber nicht anrühren wollte. Adamson kippte seinen Rum wieder in einem Zug herunter.

»Hält die Kälte ab«, erklärte er.

»Der hier auch«, sagte Laidlaw und schob ihm einen Schein zu, den Adamson gekonnt verschwinden ließ. »Sonst noch Neuigkeiten, wenn wir hier schon so gemütlich beieinandersitzen?«

»Die Buschtrommeln künden von Krieg, aber das überrascht euch wahrscheinlich nicht.«

»Will sich Colvin rächen?«

»Jemand wird dafür bezahlen müssen. Das Pub, wo Carter gefunden wurde, befindet sich auf Rhodes' Gebiet.«

»Hab ihn vor nicht ganz zwei Stunden dort gesehen«, pflichtete Laidlaw ihm bei. Lilley warf ihm einen Blick zu.

»Es heißt, Rhodes und der Besitzer kennen sich schon ewig.

Er musste schnell raus aus Belfast und Rhodes hat ihm geholfen, möglicherweise sogar einen Job auf der Werft verschafft. Dann hat er im Toto gewonnen und das Parlour gekauft. Hat anscheinend sogar noch gereicht, nachdem er seinen Gewinn mit Rhodes geteilt hat. Zum Dank für alles.«

»Wenn Colvin da also Stunk macht ...«, Laidlaw wechselte einen Blick mit Lilley , um sicherzugehen, dass er die Tragweite begriff, dann wandte er sich wieder an Adamson.

»Aber wieso wurde er umgebracht, Eck? Das müssen wir rausfinden.«

»*Cherchez la femme,* so sagt man doch, Mr. Laidlaw.«

»Und dich hat bestimmt niemand fürstlich dafür entlohnt, dass du uns diesen Bären aufbindest?«

Adamson schaffte es, gekränkt zu gucken, während er die Hälfte seines frisch gezapften Guinness hinunterkippte. Danach wischte er sich den Schaum von der Operlippe und schüttelte den Kopf.

»Wenn ich rausbekomme, dass du uns an der Nase herumführst«, fuhr Laidlaw ruhig fort, »sind's nicht deine Eier, die ich zu Staub zertrete – sondern das verhutzelte Ding in dir, das du deine Seele nennst.«

11

LILLEY BOT AN, ihn nach Hause zu fahren, und Laidlaw entschied, nicht abzulehnen. Er bat ihn aber um einen Umweg, gab ihm die Adresse in Bearsden, und als Lilley ihn fragte warum, zuckte er nur mit den Schultern.

»Du hast John Rhodes getroffen«, sagte Lilley. »Wann wolltest du mir das erzählen?«

»Er kam mir entgegen, als ich aus dem Parlour raus bin, kurz nachdem ich Colvins Schläger dabei erwischt hatte, wie sie dem Wirt dort Ärger machen wollten.« Laidlaw hielt inne, betrachtete die vorbeiziehende Stadtlandschaft. »Zum Glück sind sich die beiden gegnerischen Truppen nicht begegnet.«

»Arbeitest du eigentlich immer so?«

»Ich kenn's nicht anders.«

»Mir scheint, mit der Methode kommst du nicht weit, irgendwann sind alle genervt und schieben dich ab.«

»Was sagt man über den Propheten im eigenen Land?«

»Dass er sich Verbündete suchen soll, weil er sie eines Tages vielleicht braucht?«

»Ja, irgendwie so.« Laidlaw griff rüber, schaltete das Radio ein. Dr. Kissinger sprach über Frieden in Vietnam. »Die könnten genauso gut Dr. Strangelove schicken«, bemerkte Laidlaw.

»Meinst du, Nixon gewinnt nächsten Monat gegen McGovern?«

»*Ich* könnte McGovern schlagen, Bob. Immer wenn ich denke, die Politik kann nicht mehr mieser und korrupter werden, schau ich über den Teich und frage mich, ob ich in eine Kristallkugel starre.«

»Kissinger hat aber was in der Rübe.«

»Ich weiß, und darauf bildet er sich ganz schön viel ein, bald ist er so aufgeblasen, dass er nicht mehr durch die Einstiegsluken der Flugzeuge passt, mit denen er so gerne herumfliegt. Man kann über die Schotten sagen, was man will, aber wir hassen es, wenn einer größenwahnsinnig wird.«

»Wir sind einfach ehrlich.«

»Und die Ehrlichen sind bekanntlich die Schlimmsten.«

»Reicht schon«, meinte Laidlaw, als sie Bobby Carters Straße erreicht hatten.

»Gehen wir rein?«

Laidlaw schüttelte den Kopf. Sie hatten vor dem Nachbarhaus der Carters gehalten. Früher blieben bei einem Trauerfall die Vorhänge bis nach der Beerdigung Tag und Nacht zugezogen, aber er hatte das Gefühl, hier waren sie im Erdgeschoss nur deshalb geschlossen, weil es schon dunkel wurde.

»Sieht echt hammermäßig aus, die Witwe«, erklärte Lilley. »Milligan hat ein Foto an die Pinnwand gehängt. Ich würde sagen, er ist ein bisschen verknallt. Ich frag mich nur, wieso die bei so einem Stück Scheiße wie Bobby Carter gelandet ist.«

Laidlaw holte tief Luft. »Wenn mein Bruder oder ich über jemanden gelästert haben, hat unsere Mum immer dasselbe gesagt: ›Ach, irgendjemand hat ihn großgezogen.‹ Damit hat sie wohl gemeint, dass jeder mal von jemandem geliebt wurde und wir nicht immer wissen, warum.«

»Willst du sagen, sogar Arschlöcher haben gute Seiten und deshalb Gerechtigkeit verdient?«

»Das Gesetz hat nichts mit Gerechtigkeit zu tun. Das ist ein System, das wir installiert haben, weil's keine Gerechtigkeit gibt.«

Lilley dachte: Der Mann redet wie die in den Büchern auf seinem Schreibtisch, die ganzen Sprüche waren einstudiert. Aber bedeuteten sie wirklich was?

Laidlaw kurbelte die Scheibe runter und wies mit dem Kopf auf die beleuchtete Vorstadtstraße. »Deshalb müssen wir den Fall aufklären«, sagte er. »Von außen sieht alles noch aus wie vorher, aber in das Haus hat eine Bombe eingeschlagen. Da drinnen suchen sie in den Trümmern. Carter war draußen vielleicht ein Gangster, aber hier war er ein Ehemann und ein Vater. Das ist unser Kunde, Bob – Dr. Jekyll, nicht Mr. Hyde.«

»Frag mich, ob die anderen hier in der Straße wussten, warum er sich sein Haus hier leisten konnte.«

Sie bemerkten eine Bewegung am Wohnzimmerfenster des Hauses gegenüber der Carters und sahen dort kurz das Gesicht einer älteren Frau. Sie tat, als würde sie die Vorhänge zurechtziehen, wollte aber nur wissen, wessen Wagen dort hielt.

»Neugierige Nachbarn«, stellte Lilley fest.

»Und immer auf dem Posten«, pflichtete Laidlaw ihm bei.

»Also, wir gehen nicht rein und steigen nicht aus?«

»Wir sind Durchreisende, Bob, mehr nicht.«

»Genau, und manche von uns wollen heimwärts reisen. Bei anderen bin ich mir nicht so sicher.«

»Bist du zur Polizei und hast gedacht, das ist ein Job mit festen Arbeitszeiten von neun bis fünf?«

»Mir hat man gesagt, von zehn bis vier mit regelmäßigen Pausen.«

»Vielleicht ist es ja mein Problem – ich hätte der Gewerkschaft beitreten sollen, und den Freimaurern sowieso. Aber wenn du's eilig hast, ich hab gesehen, was ich sehen wollte.«

»Nämlich?«

»Ein weiteres von unendlich vielen Puzzleteilen, die Glasgow alle zusammen zur tollsten Stadt überhaupt machen.«

Lilley schüttelte langsam den Kopf, wendete umständlich und fragte sich, ob die Zusammenarbeit mit Laidlaw irgendwann auch mal einfacher würde.

Laidlaw erklärte ihm, wie er fahren musste, als sie nach Simshill kamen. Er wohnte in einer Straße zwischen Linn Park und King's Park. Lilley kannte die Gegend nicht und hätte sie vermutlich eher für Cathcart als Simshill gehalten. Ungefragt hatte er Laidlaw erzählt, dass Margaret und er seit ihrer Hochzeit in Downhill wohnten und er sich nicht vorstellen konnte, irgendwann von dort wegzuziehen.

»Ich hab dich von den gewohnten Pfaden abgebracht«, sagte Laidlaw, fast schon entschuldigend.

»Wenn ich warten soll, kann ich dich auch wieder mit zurück nehmen.«

Laidlaw schüttelte den Kopf. »Kann eine Weile dauern, bis ich gepackt habe. Ich nehm ein Taxi.«

Als sie hielten, ging die Tür der Doppelhaushälfte auf, als hätte Ena bereits gewartet. Laidlaw stieg aus dem Wagen, Lilley auch. Er blieb auf der Fahrerseite stehen und lächelte ihr zu, sie erwiderte dies mit einem Winken. Sie war eine gut aussehende Frau, wirkte aber erschöpft. Laidlaw ließ die Schultern hängen, als er durch den Vorgarten zu ihr ging. Wenn ihn der Abstecher nach Bearsden munter gemacht hatte, dann war seine Energie jetzt verpufft, auch wenn ein paar seiner Lebensgeister erwachten, als eins seiner Kinder an der Mutter vorbeirannte und Laidlaw in die Arme sprang.

Plötzlich kam Lilley sich wie ein Eindringling vor, auch wenn sich dieser sehr private Moment in der Öffentlichkeit abspielte. Er stieg zurück in den Wagen und startete. Laidlaws Rücken war das Letzte, was er von ihm sah, das Kind hatte die dünnen Arme um seinen Hals gelegt, als sie zusammen ins Haus gingen. Ena hatte die Bühne bereits verlassen.

Als Laidlaw vor dem Burleigh Hotel aus dem Taxi stieg, war es zehn. Der Fahrer hatte keine Lust mehr gehabt, weiterzuplaudern, als Laidlaw ihn gefragt hatte, für welchen Gangster er letzlich arbeitete. Taxis, Schrottplätze, Türsteher, Puffs, Wettbüros – sobald man in einer dieser Branchen auch nur an der Oberfläche kratzte, kam ein Rhodes, ein Colvin oder ein Matt Mason zum Vorschein. Er zahlte dem Fahrer ein Trinkgeld, und der brummte seinen Dank gerade noch hörbar, so leise, dass Laidlaw es am liebsten zurückverlangt hätte. Stattdessen aber nahm er seine Tasche und stieß die Tür zum Hotel auf, stieg die drei Stufen zum Empfang hinauf, wo Jan ihn mit einem herzlichen Lächeln begrüßte.

»Hallo, Fremder.«

»War ich gestern Nacht nicht schon hier?«

»Kommt mir vor, als wär's länger her.« Sie hatte ihr Belegungsbuch aufgeschlagen und schaute nach. »Dasselbe Zimmer kann ich Ihnen nicht geben – ist belegt. Der Mann ist geschäftlich hier, aber nur für eine Nacht. Wie wär's, wenn ich

Ihnen heute Nacht die Suite gebe, dann können Sie morgen umziehen?«

»Was kostet die Suite?«

»Nichts extra.«

»Vorauszahlung?«

Sie schüttelte den Kopf. »Ich weiß, dass Sie mir nicht abhauen.« Sie drehte sich um zu der Reihe mit den nummerierten Haken.

»Nur ein Schlüssel oder bekommen Sie noch Besuch?«

»Von ungefähr zehn Versionen meiner selbst, und ich kann ehrlich nicht behaupten, dass ich deren Gesellschaft genieße.« Er nahm ihr den Schlüssel ab, der Blickkontakt dauerte nur ein bisschen länger als genau genommen nötig.

»Wenn Sie noch was brauchen, dann wissen Sie ja, wo Sie mich finden.«

»Haben Sie immer die Spätschicht?«

»Ich bin gerne nachts wach. Da hat man das Gefühl, dass alles Mögliche passieren könnte.«

»Tut es da draußen ja meist auch.« Laidlaw zeigte zur Tür hinter sich.

»Und manchmal sogar hier drin.«

»Zweiter Stock?« Er betrachtete demonstrativ den Schlüssel mit der roten Troddel.

»Im dritten. Da oben gibt's nur zwei Zimmer und das andere ist noch nicht belegt, Sie können also so viel Krach machen, wie Sie wollen.«

Er hatte das Gefühl, dass sie wieder lächelte, als er zum Fahrstuhl ging.

DRITTER TAG

12

LAIDLAW FRÜHSTÜCKTE im Speiseraum Spiegeleier mit Speck, als ihm die Empfangsdame von der Frühschicht eine Nachricht übergab und sich für ihre krakelige Handschrift entschuldigte. Er brauchte ein paar Anläufe, bis er darauf kam, dass sie von Conn Feeney war. Carters Witwe wollte den Ort besuchen, an dem ihr Mann gefunden wurde, und anschließend ein paar Worte an ein paar zahme Journalisten richten. Laidlaw machte sich nicht die Mühe, die letzten Reste seines Spiegeleis mit Brot aufzuwischen. Er zog sein Jackett an und machte sich auf den Weg.

Als er das Parlour erreichte, war die Veranstaltung schon fast zu Ende. Die Pressefotografen machten noch ein paar letzte Aufnahmen. Auf dem Gehsteig gegenüber bildeten Nachbarn und Passanten ein dankbares Publikum, vor dem Pub stand Monica Carter. Sie war schlicht gekleidet, in ihrer natürlichen Blässe ungeschminkt, trotzdem auffallend, die Haare trug sie zurückgebunden und ihre Augen waren feucht. Zwei Journalisten – Laidlaw kannte keinen der beiden – prüften ihre Notizen, vergewisserten sich, dass sie nichts vergessen hatten. Wen Laidlaw allerdings kannte, war die Gestalt neben der Witwe – Cam Colvin. Er trug keinen Anzug, aber Jackett, Hose und auch die Krawatte waren dunkel. Laidlaw bezweifelte, dass irgendwas davon von Milligans bevorzugtem Herrenausstatter stammte. Mit einer Hand stützte Colvin Monica Carter am Ellbogen, während sie mit der Presse sprach.

Laidlaw erinnerte sich an die Worte des Pathologen. Er hatte gesagt, Colvin sei »sehr behutsam mit ihr umgegangen«. Und so auch hier, er hielt den Kopf leicht gesenkt, aber seine Blicke zielten wie Dartpfeile auf die Reporter und warnten sie, bloß nicht zu weit zu gehen. Seine leicht gekrümmten Schultern, das Ergebnis der Messerattacke, die in der Stadt längst legendär war. Laidlaw fiel auf, dass Colvin seine freie Hand auf den Rücken hielt. Irgendetwas versteckte er. Laidlaw ging weiter bis an den Rand des Gedränges. Es war der Blumenstrauß, der hinter dem Pub gelegen hatte. Aus irgendeinem Grund hatte er ihn mitgenommen.

Laidlaw kratzte sich am Kinn und merkte, dass er sich am Morgen nicht rasiert hatte. Er schaute weiter zu, bis Colvin fand, dass es nun reiche. Nein, Mrs. Carter würde für keine geschmackvollen Porträtaufnahmen posieren. Nein, sie würde für keine Gespräche unter vier Augen zur Verfügung stehen. Die Journalisten wurden weggescheucht, dann hielt ein Wagen, an dessen Steuer einer der Männer saß, mit denen sich Laidlaw im Parlour angelegt hatte. Colvin begleitete die Witwe selbst zur hinteren Autotür und nahm neben ihr auf dem Rücksitz Platz. Der Wagen fuhr davon und es kehrte wieder Normalität ein, als wäre der Vorhang am Ende einer Vorstellung gefallen. Laidlaw sah, dass die Tür des Parlour leicht geöffnet war, Conn Feeney spähte durch den Spalt und Laidlaw zeigte dem Wirt einen erhobenen Daumen zum Dank für den Tipp. Anstatt drauf zu antworten, ließ Feeney die Tür zufallen. War noch eine Weile hin, bis das Pub öffnete.

Laidlaw war nicht der einzige Zuschauer, der zu den Mülltonnen hinter dem Pub pilgerte. Ein paar dauergewellte Hausfrauen in Regencapes und geblümten Hauskitteln waren schon vor ihm da. Eine bückte sich, um zu lesen, was auf der Karte an dem frischen großen Blumenstrauß stand.

»So schöne Blumen«, sagte ihre Freundin.

»Von Deiner Frau und Deinen Dich liebenden Kindern«, las die andere laut vor. Dann an Laidlaw gerichtet: »Ich hoffe, Sie wollen die nicht klauen.«

»Will ich nicht«, versicherte er ihr. Aber er fragte sich, was mit den anderen Blumen nicht stimmte, warum Colvin fand, sie hätten dort nichts zu suchen.

»So eine Verschwendung«, sagte die erste Frau. Meinte sie den Verlust des menschlichen oder des botanischen Lebens, überlegte Laidlaw, als die beiden Frauen davon schlurften, und zündete sich eine Zigarette an. Dann las er die Widmung. Mehr als ein Dutzend Blüten ruhten unter dem Zellophanpapier, längst tot, machten sie trotzdem das Beste draus, was an sich schon keine schlechte Grabinschrift war.

Milligan war gerade fertig mit der morgendlichen Besprechung, als Laidlaw ins Büro spazierte.

»Schön, dass du auch kommst, Jack.«

»Hab vom Gang aus zugehört – ich wollte deinen Redefluss nicht unterbrechen.«

»Dann weißt du ja, welche Aufgaben euch zugeteilt wurden, Bob und dir?«

»Absolut.« Laidlaw zog seinen Stuhl heran und setzte sich. Auf seinem Tisch lag ein Stapel mit frischen Unterlagen. Die Sekretärinnen waren fleißig gewesen. Bob Lilley studierte die

Papiere auf seinem Tisch, mied den Blickkontakt zu seinem Partner.

Milligan klatschte zweimal in die Hände. »Dann mal ran an die Arbeit.«

Als die Detectives sich erhoben, ging Milligan auf Laidlaws Schreibtisch zu, aber eine Polizistin tauchte in der Tür auf und meldete, der Commander wolle ihn sprechen. Mit einem finsteren Blick Richtung Laidlaw, als Warnung, er sei noch nicht fertig mit ihm, ging Milligan hinaus und zog im Gehen seine Krawatte gerade.

»Und was haben wir jetzt für Aufgaben?«, fragte Laidlaw Lilley.

»Ich dachte, das weißt du.«

»Lass uns trotzdem so tun, als wäre ich erst vor fünf Minuten hier reingekommen, weil ich vorher noch mal am Parlour war.«

»Die machen aber früh auf.«

»Hab einen Tipp bekommen. Ich hab die Witwe und Cam Colvin gesehen, erst haben sie Blumen abgelegt und dann mit Journalisten gesprochen. Colvin gehört zu der Sorte Gangster, die ihr Bild gerne in der Zeitung sehen – damit möglichst viele in Glasgow wissen, vor wem sie sich zu fürchten haben. Anerkennung und Ansehen.«

»Dann konntest du also einen Blick auf Carters Frau werfen? Darf ich dich auf die Liste der Verschossenen setzen?«

»Wie wär's, wenn du mir verrätst, vor welche intellektuellen Herausforderungen wir heute gestellt werden?«

»Wir gehen von Tür zu Tür.«

»Mit anderen Worten, man hat uns das aufgebrummt, was beim CID einem Arbeitsdienst entspricht.«

»Milligan hat Malky Chisholm zur Vernehmung geholt, aber die übernimmt er selbst.«

»Während wir einen ganzen Tag damit verschwenden, Taube, Stumme und Blinde zu fragen, ob sie etwas Verdächtiges gesehen oder gehört haben.«

»Wahrscheinlich hast du eine bessere Idee?«

»Nur wenn du niemandem gegenüber Jennifer Love erwähnt hast.«

»Die hab ich für mich behalten.«

»Aus einem bestimmten Grund?«

»Eck Adamson ist dein Spitzel, das heißt, die Ehre gebührt dir.«

»Anständig von dir, aber genau diese Anständigkeit könnte dazu führen, dass du länger DS bleibst, als du eigentlich bleiben müsstest. Kollegen den Ruhm stehlen ist eine altbewährte Abkürzung zur Beförderung.«

»Mir waren die landschaftlich schöneren Strecken immer schon lieber.«

»Dann ist heute dein Glückstag, DS Lilley.«

»Zur Whiskies Go-go-Bar?«, riet Lilley.

»Zur Whiskies Go-go-Bar«, wiederholte Laidlaw und schob den ganzen Papierkram in die hinterste Ecke seines Schreibtischs.

Obwohl der Club erst Stunden später öffnen sollte, waren die Mitarbeiter bereits am Saubermachen und Vorräte-Auffüllen. Es stank nach Moschus, nach Schweiß und verschüttetem Bier, ein Aroma, das noch nicht mit Raumerfrischer aus der Dose überdeckt worden war. Kleine kreisrunde Podeste mit einer verchromten Stange in der Mitte befanden sich an allen vier Ecken der Tanzfläche. Laidlaw stellte sich vor, wie Jenni Love um die Stange kreiste und die bunten Lichtkegel der Spotlights ihren Körper umspielten. Der Besitzer des Whiskies, ein Mann namens Jake Collins, war noch nicht da, aber der selbst ernannte »Bar Manager«, ein übernächtigter Teenager mit rasender Akne und selbst gestochenen Tattoos, glaubte, ihnen mit einer Adresse von Jenni weiterhelfen zu können. Als er im Hinterzimmer verschwand, gab Laidlaw Lilley Zeichen, er solle ihm folgen. Sie wollten auf keinen Fall, dass er Love anrief und sie vorwarnte. Als Lilley weg war, ging Laidlaw zum DJ-Pult. Dort befanden sich zwei Plattenspieler und ein Kassettenrecorder, außerdem ein Kontrollpult für die Scheinwerfer. Ein Tonbandgerät stand auf dem Boden, offenbar hielt man es für veraltet. An der hinteren Wand der Bude klebten Werbefotos, deren sich hochrollende Ränder ihr Alter verrieten. Laidlaw erkannte ein paar Gesichter: Marmalade, Lulu, Cilla.

»Die hat hier mal gesungen, wissen Sie«, rief eine Stimme von der Bar. Laidlaw drehte sich zu dem Mann um, der Flaschen aus einem Kasten räumte. Er war Mitte dreißig. Die Ärmel hatte er hochgekrempelt, der Bauch wölbte sich, auf seinem Gesicht lag ein Schweißfilm. »Lulu, meine ich. Damals, bevor es das Whiskies wurde. Die sind hier alle durchgekommen, von den Corries bis zu den Poets.«

»Inzwischen aber nicht mehr, oder?«

»Tanzen macht durstig, und ein DJ kostet nicht so viel wie ein richtiger Musiker.«

Laidlaw musterte demonstrativ die Umgebung. »Wem gehört der Laden jetzt?«

»Jake Collins.«

»Klar, auf dem Papier vielleicht. Aber wer zieht die Fäden? Cam Colvin?«

»Keine Ahnung.«

»Dein Gesicht sagt was anderes. Hast du Bobby Carter hier schon mal gesehen?«

»Der, den sie umgebracht haben?« Der Mann beschloss, lieber nicht zu lügen. »Ab und zu kam er her.«

»Mit Colvin?« Kopfschütteln. »Mit seiner Frau aber wohl auch nicht, oder?«

»Ihr lasst euch doch gerade Jennis Adresse geben, ich nehm an, ihr wisst Bescheid.«

»Ich glaube kaum, dass du ihren Ex hier schon mal gesehen hast, oder? Chick McAllister heißt er.«

Wieder Kopfschütteln, dieses Mal entschiedener. Der Mann konzentrierte sich darauf, den Kasten auszuräumen und den nächsten zu holen. Bob Lilley kam aus dem Hinterzimmer, wedelte mit einem Zettel, der Teenager folgte ihm auf den Fersen.

Laidlaw machte eine Handbewegung in Richtung der beiden Angestellten. »Sollte sie ausgeflogen sein, kommen wir sofort wieder her, und dann verbringt ihr ein bisschen Zeit in den Zellen der Central Division. Schönen Tag noch, meine Herren.«

13

JENNIFER LOVE wohnte noch zu Hause bei ihren Eltern. Ihre Mutter öffnete die Tür des Bungalows in Knightswood. Im Viertel wurde überall gebaut, neue Wohnblocks wurden hochgezogen. Mit der Zeit würden sie die bestehenden Häuser überragen, das Leben darin ersticken. Jennifer lag noch im Bett, teilte man Laidlaw und Lilley mit. Sie wüssten ja, wie die Jugend heutzutage war. Ihre Mutter wollte nachsehen, ob man sie wecken durfte. Mrs. Love führte die beiden durch einen schmalen Flur, vorbei an einer altehrwürdigen Petroleumheizung, ins Wohnzimmer, wo ein Kohlenfeuer Funken sprühte, der Kamin selbst war tadellos. Ob sie Tee oder Kaffee wollten? Stimmte was nicht?

»Nur ein paar Fragen zu jemandem, den sie vielleicht kennt«, erklärte Bob Lilley.

»Und wer mag das sein?«

»Bobby Carter.«

Die Lippen der Frau verzogen sich, aber sie wahrte die Fassade.

»Ihre Miene verrät Sie, Mrs. Love«, sagte Laidlaw. »Sollten Sie dran gedacht haben, uns etwas zu verheimlichen, dann rate ich davon ab.«

Sie verschränkte langsam die Arme, wog innerlich ab …

»Jennifer hat's mir gestanden«, gab sie schließlich zu.

»Nicht gleich am Anfang, aber dann schon. Wo er auch noch verheiratet war. Aber die treffen sich schon lange nicht mehr. War ja auch nie so richtig ernst. Ich glaub nicht mal, dass sie überhaupt ...« Sie verstummte, tätschelte ihr dauergewelltes Haar, als wollte sie's richten. »Ich geh sie holen.«

Sie warteten im Wohnzimmer. Es war mit Andenken an Archie Loves Spielerzeit geschmückt. Morton, Dunfermline, dann eine kurze, wenig erfolgreiche Zeit bei den Rangers und zum Schluss noch eine Weile als Profi bei St. Johnstone. Da waren Pokale und Medaillen, eine Kappe von seinem einzigen Einsatz bei einem Länderspiel und gerahmte Fotos, die ihn mit allen möglichen Leuten zeigten, angefangen von Jim Baxter bis Jock Stein, Hamish Imlach und Molly Weir. Auf anderen Bildern war ein Junge zu sehen. Eines davon schien aus einem größeren Bild ausgeschnitten worden zu sein, die Ränder waren nicht glatt. Es stand neben einem Familienporträt, aufgenommen in einem Fotoatelier, der Name des Fotografen eingeprägt unten auf dem weißen Papprahmen. Love ganz das herrische Familienoberhaupt. Seine Frau bekam geradeso ein Lächeln hin, und Jennifer, zu dem Zeitpunkt vermutlich elf oder zwölf, merkte man an, dass sie nur mitspielte, weil ihr nichts anderes übrig blieb.

Als Mrs. Love zurückkehrte, erklärte sie, Jennifer sei in ein paar Minuten da. Sie machte Anstalten sich niederzulassen, aber Laidlaw teilte ihr mit, sie wollten mit ihrer Tochter unter vier Augen sprechen. Ihre Miene verhärtete sich.

»Dann bin ich in der Küche.« Getränke wurden keine mehr angeboten.

»Ihr Mann ist nicht da?«, erkundigte sich Lilley.

»Er trainiert eine Jugendmannschaft. Mit denen hat er viel zu tun.« Sie ging hinaus.

Die beiden Männer saßen schweigend nebeneinander auf dem Sofa. An Archie Loves Sessel stand ein sauberer Aschenbecher und ein Brillenetui lag daneben. Der Sessel wirkte durchgesessen, und Laidlaw vermutete, dass der Mann seit seiner Glanzzeit, in der die Fotos entstanden waren, an Gewicht zugelegt hatte. Seine Frau war im Vergleich dazu ein Spatz, wenn auch einer, der sein Nest auf den Tod verteidigen würde. Dann kam Jennifer Love. Sie hatte die feinen Gesichtszüge ihrer Mutter, war aber größer und sah besser aus. Ihre dunklen Haare waren schulterlang, die Augen strahlten aufmerksam. Sie setzte sich in den Sessel, der wohl sonst der ihrer Mutter war, und zog die Beine an. Mitte zwanzig und wohnt noch bei Mum und Dad – Laidlaw fragte sich, wer von dem Arrangement am meisten profitierte.

»Wir haben uns nicht mehr getroffen«, verkündete sie.

»Trotzdem unser herzliches Beileid.«

Sie biss sich auf die Lippen, als hätte sie gerade erst begriffen, dass sie eigentlich Traurigkeit an den Tag legen müsste, die sie nicht empfand.

»Wann haben Sie Mr. Carter das letzte Mal gesehen?«, fragte Lilley.

»Vor ein paar Wochen.«

»War das im Whiskies?« Lilley sah sie nicken. »War er Stammgast?«

»Wenn ich getanzt habe, schon.«

»Haben Sie sich so kennengelernt?«

»Ja.«

Laidlaw beugte sich zu ihr vor, seine Ellbogen ruhten auf seinen Knien. »Und was war der Grund für die Trennung?«, fragte er.

»Gab eigentlich keinen.«

»Haben Sie ihm klargemacht, dass Sie nicht mit ihm ins Bett gehen werden?«

Sie riss die Augen auf, angesichts der taktlosen Frage.

»Tut mir leid, dass ich so direkt frage, Jenni«, fuhr er fort, »aber wir ermitteln in einem Mordfall.«

Sie nickte wieder, dieses Mal verständnisvoll. »Ich glaube, wir hatten einfach nicht genug Gemeinsamkeiten. Nicht mal die Musik im Club hat ihm gefallen. Er hat nur gerne die Mädchen angeglotzt.«

»Aber er war großzügig – hat Getränke ausgegeben? Hier und da mal essen gehen? Vielleicht ein bisschen Schmuck?«

»Ja, klar.«

»Ihnen muss doch klar gewesen sein, dass er dafür etwas erwartet. Der Mann war verheiratet. Er war aus einem bestimmten Grund lieber mit Ihnen zusammen als mit seiner Frau.«

»Wahrscheinlich schon.«

»Was ist mit Cam Colvin? Haben Sie den schon mal im Whiskies gesehen?«

»Bin ihm nie begegnet, aber Bobby hat ständig von ihm gesprochen. Ich glaube, ich hätte das alles genauso aufregend finden sollen wie er.«

»Sie sind nicht auf den Kopf gefallen«, sagte Laidlaw. »Darauf sollten Sie stolz sein.« Er machte eine Pause, gab ihr einen Augenblick Zeit, das Lob zu inhalieren. »Was ist mit Ihrem alten Freund Chick?«

»Was soll mit dem sein?«

»War er eifersüchtig, weil Sie sich mit Bobby getroffen haben?«

Sie zuckte mit den Schultern. »Ich hab Chick seit Monaten nicht mehr gesehen.«

»Wie vielen Monaten?«

»Zwei, vielleicht drei.«

»Aber hat er das mit Bobby und Ihnen gewusst?«

»Davon wussten nicht viele. Wir waren diskret.«

»Ist aber nicht einfach in einer Stadt mit einer Million Augen. Fällt ihnen ein Grund ein, warum jemand Bobby hätte töten wollen?«

»Abgesehen davon, dass er für einen Gangster gearbeitet hat?«

»Wie ist es mit dem Parlour – ist er jemals mit Ihnen da hin, oder hat er das Pub erwähnt?«

Sie schüttelte den Kopf. Sie trug eine schwarze Hose, war barfuß und fingerte an einem Zehennagel herum, als wollte sie sich ablenken.

»Gibt es *irgendetwas*, das Sie uns über Bobby erzählen können?«, beharrte Laidlaw. »Etwas, das uns helfen könnte, den Mörder zu fassen?«

»Er kam mir einfach vor wie jeder andere Anwalt auch. Bisschen still, bisschen langweilig, um ehrlich zu sein. Aber ich wusste, dass es zu seinem Job gehörte, anderer Leute Geheimnisse zu bewahren. Man hatte immer das Gefühl, dass er aufpassen muss, damit ihm bloß nichts rausrutscht.«

»Und diese Geheimnisse, haben Sie eine Ahnung, wo er die aufbewahrt hat?«

Sie merkte, dass Laidlaw sie falsch verstanden hatte. »Hier oben«, erklärte sie und tippte sich an die Stirn.

Bob Lilley räusperte sich, gab ihr zu verstehen, dass er auch eine Frage hatte. »Tut es Ihnen leid, dass er tot ist, Jenni?«

»Natürlich. Aber ich kann schlecht heulend und jammernd durch die Gegend laufen, oder?«

»Sie haben einen Blumenstrauß hinter dem Parlour abgelegt, oder?«, setzte Laidlaw hinzu. Er sah, wie sie zögerlich nickte. »Kein Name und keine Karte … ich vermute, Bobby war ein Geheimnis zwischen Ihnen und Ihrer Mutter?«

Jennifer Love sah sich in dem Raum um, in dem sie saß.

»Dad wäre an die Decke gegangen.«

»Kann er's denn auf keinen Fall herausgefunden haben?«

»Wenn, dann wüsste ich's, das können Sie mir glauben.«

»Aber angenommen, er hätte es herausgefunden, dann wär's ihm nicht recht gewesen.«

»Gar nicht so einfach, ihm überhaupt etwas recht zu machen.«

Von der anderen Seite der Wohnzimmertür hörte man ein unterdrücktes Niesen.

»Wir sind fast fertig, Mrs. Love«, verkündete Laidlaw und hob die Stimme. »Sie können hereinkommen, wenn Sie wollen.«

Als er in den Flur hinaustrat, stand Jennis Mutter wieder an der Spüle und starrte ins Becken, auf was auch immer darin lauern mochte.

»Werden Sie den finden, der ihn umgebracht hat?«, fragte sie Bob Lilley.

»Machen Sie sich mal keine Sorgen«, erwiderte er in routiniertem Tonfall, dann folgte er Laidlaw zur Haustür hinaus.

Als sie wieder in Lilleys Toledo saßen, zündete sich Laidlaw eine Zigarette an.

»Archie Love?«, spekulierte Lilley.

»Wir gehen damit zu Milligan – zusammen. Er bekommt Jenni, das Whiskies und Archie Love, alles.«

»Und Chick McAllister obendrauf?«

Laidlaw überlegte kurz. »Den behalten wir vielleicht erstmal noch für uns.«

»Weil du ihm die Fragen stellen willst?«

»Willst du auf die Gästeliste, wenn's so weit ist?«

Lilleys Mundwinkel zuckten. »Wieso hast du nach den Blumen gefragt?«

»Cam Colvin hat sie weggenommen. Jenni muss das nicht wissen, aber mir verrät das was.«

»Dass er von den beiden wusste?«

»Wahrscheinlich hat er erraten, von wem sie waren.«

Lilley nickte zum Zeichen, dass er ihm folgen konnte, dann griff er in das Fach in der Fahrertür. Auf dem Papier befand sich die Liste mit den Adressen, die sie eigentlich hätten abklappern sollen. Laidlaw nahm sie ihm ab und tat, als würde er sie überfliegen, dann riss er sie entzwei und warf sie auf den Rücksitz.

»Mal schauen, ob wir einen Pfadfinderorden bekommen für das, was wir Milligan gleich mitteilen werden.«

»Ich kann mir dich als Pfadfinder schwer vorstellen, Jack.«

»Boys' Brigade, Bob, immer gewesen. Auf die Pfadfinder haben wir geschissen.«

»Hoffentlich nur metaphorisch.«

»Stell keine Fragen, dann lüg ich dich auch nicht an. Meinst du, du könntest die Show ankündigen? Damit der rote Teppich bei der Central Division schon mal ausgerollt wird, bevor wir denen die Neuigkeiten überbringen.«

14

SIE SPÜRTEN es gleich, als sie die Wache betraten. Das ganze Gebäude schien unter Strom zu stehen. Alle waren in Bewegung, und je näher Laidlaw und Lilley dem Büro des Crime Squad kamen, umso fieberhafter wirkten alle. Laidlaw gelang es schließlich, einen Detective Constable zu erwischen, indem er sich direkt vor ihn pflanzte und ihm den Fluchtweg versperrte.

»Was ist hier los?«, fragte er.

»Ein Messer wurde gefunden. DI Milligan denkt, dass es die Mordwaffe war.«

»Wo wurde es gefunden?«

»Ein Junge hat im Park damit herumgefuchtelt. Fragen Sie mich nicht, in welchem.«

»Wieso nicht? Sind Sie nicht beim CID?«

Der Hals des jungen Beamten rötete sich. Er zwängte sich an Laidlaw vorbei und ging seiner Wege.

Lilley war schon im Büro, als Laidlaw wieder zu ihm aufschloss. Jedes verfügbare Telefon lief in der Hand eines hemdsärmeligen Detectives heiß. Es war stickig in dem Raum. Milligan stand an seiner Ermittlungswand und bellte Befehle. Er wollte die Gegend durchkämmen.

»Schnappt euch so viele Streifenpolizisten wie ihr braucht. Das hat absolute Priorität. Und besorgt mir eine Karte vom Springburn Park!«

Der Springburn Park befand sich in Balornock, nicht weit vom Stobhill Hospital. Laidlaw hatte den alten Uhrturm vor Augen, den man schon von Weitem sah, wenn man auf das Hauptgebäude zufuhr. Der Park war nicht groß, hatte aber, soweit er sich erinnerte, immerhin ein Bowling-Green, einen Musikpavillon und vielleicht sogar einen Bolzplatz. Laidlaw stand direkt vor Milligans hochrotem Gesicht, bevor dieser ihn erkannte.

»Planänderung. Ihr geht in Springburn und Balornock von Haustür zu Haustür.«

»Bist du sicher, dass es unser Messer ist?«

»Der Junge hat gesagt, er hat's im Gebüsch gefunden. Hat damit herumgefuchtelt, weshalb man uns verständigt hat. Der Kollege, der's ihm abgenommen hat, hat Blut am Griff entdeckt.«

»Ein nachlässig entsorgtes blutverschmiertes Messer in Glasgow? Kommt höchstens ein Dutzend Mal am Tag vor.«

Milligan sah ihn finster an. »Wenn du dein Hirn so oft anstrengen würdest wie deine große Klappe, wüsstest du, dass es seit Bobby Carter nur drei Messerstechereien gab und der Täter jedes Mal gefasst und die Waffe sichergestellt wurde.« Er holte tief Luft, vermutlich um sich zu beruhigen. »Jemand hat eine erste Liste mit Straßen erstellt, die wir abklappern müssen. Und mit ›wir‹ meine ich dich.«

»Meine Freude könnte nicht größer sein. Ist das Messer schon im Labor?«

»Es wird just im Moment daran gearbeitet – ich möchte ein Ergebnis bis heute Abend.«

»Die Fingerabdrücke des Jungen müssen ausgeschlossen werden.«

Milligan nickte geistesabwesend. »Wo ist die Karte?«, rief er in den Raum.

»Donald ist los, eine kaufen«, antwortete eine Stimme. Laidlaw bewegte sich, sodass er erneut in Milligans Sichtlinie stand.

»Kann ich was für dich tun?«, fragte Milligan.

»Macht der Junge eine Aussage?«

Milligan nickte erneut, dann schob er sich auf der Suche nach einem neuen Opfer an Laidlaw vorbei.

Lilley stand an seinem Schreibtisch, hielt die überarbeitete Adressenliste hoch. Laidlaw antwortete mit angedeutetem Stirnrunzeln und ging hinaus zu den beiden Vernehmungszimmern der Wache. In einem saß der Junge, neben ihm eine Frau, die eine Angehörige oder eine Sozialarbeiterin sein konnte. Der Detective auf der anderen Seite des Tischs hörte auf zu schreiben, als Laidlaw eintrat.

»Erzähl mir, was du den anderen auch erzählt hast«, sagte Laidlaw zu dem Jungen. Er war zehn oder elf, klare Augen, aber verwahrlost. Vermutlich hatte er's mit der Schule schon aufgegeben, lernte die Lektionen lieber auf der Straße.

»Hab's im Gebüsch gefunden. Ich hab bloß damit gespielt. Ich wollte nichts Böses.« Sein Tonfall signalisierte aufgesetzte Gleichgültigkeit, der seine nervös zuckenden Beine nicht entsprachen.

»Und du hast nicht gesehen, wer's dort hingeworfen hat?« Der Junge schüttelte den Kopf. »War es gut versteckt oder leicht zu entdecken?«

»Es hat da einfach bloß im Dreck gelegen, zwischen dem Gras und dem Gebüsch.«

»Solange du die Wahrheit sagst, passiert dir nichts.«

Laidlaw ging wieder raus und blieb mit verschränkten Armen im Gang stehen. Mehrere Tage war der Mord jetzt her. Hätte das Messer die ganze Zeit gut sichtbar dort gelegen, hätte es jemand vor dem Jungen gefunden. Entweder war es tiefer verbuddelt gewesen und irgendwie zum Vorschein gekommen oder erst vor Kurzem weggeworfen worden. Wenn Letzteres, dann warum? Hatte jemand den Mörder aufgeschreckt? Hatte er das Gefühl, dass sich das Netz zusammenzog? Hatte sein Gewissen vielleicht eine Rolle gespielt, war das Messer eine ständige zermürbende Erinnerung an die Gewalttat? In dem Fall hätten Laidlaw und seine Kollegen es nicht mit einem kaltblütigen Killer zu tun, sondern mit jemandem, der aus tieferen emotionalen Beweggründen handelte. Aber wieso ließ er das Messer dann nicht für immer verschwinden? Der Clyde wäre ein sicherer Ort oder auch eine Mülltonne irgendwo. Doch es hatte im Gebüsch gelegen, nicht einmal dürftig vergraben. Das zeugte von Panik. Und ein Killer in Panik war leichter zu fassen als einer, der einen kühlen Kopf bewahrt.

Laidlaw hörte jemanden hinter einer Tür niesen. Es kam nicht aus dem Vernehmungszimmer, in dem der Junge saß, sondern aus dem daneben. Er klopfte an und trat ein. Ein Mann Mitte zwanzig saß dort alleine. Er rauchte seine dritte oder vierte Zigarette, hatte einen leeren Plastikbecher zerdrückt. Seine Haare waren strähnig und er trug eine schwarze Lederjacke, darunter eine verwaschene Jeansweste, dazu Stiefel mit Stahlkappen und Jeans mit Schlag.

»Wer sind Sie?«, fragte er Laidlaw.

»DC Laidlaw. Alles klar hier bei dir?«

»Dieses Dreckschwein Milligan hat mich vergessen. Noch fünf Minuten, dann geh ich.«

»Du musst Malky Chisholm sein.« Als der Mann dies nicht

abstritt, zog sich Laidlaw den Stuhl ihm gegenüber heran, setzte sich und zündete sich eine Zigarette an. »Wie läuft das Geschäft?«

»Welches Geschäft?«

»Das Bandengeschäft. Habt ihr in letzter Zeit Fußball-Hooligans zusammengetreten? Ladenbesitzer erschreckt? Wie sieht's aus mit Graffiti – bisschen an der Mauer hinter dem Parlour herumgesprüht?«

»Keine Ahnung, wovon Sie reden.«

»Ich rede von dem bevorstehenden Krieg und frage mich, auf welche Seite du dich schlägst.«

»Wer sagt, dass es Krieg gibt?«

»Wird es. Einer von Colvins Leuten wurde hingerichtet – und nicht irgendein Handlanger, sondern einer der wichtigsten Männer –, hingerichtet und anschließend sichtbar für alle auf dem Gebiet von John Rhodes abgelegt. Das bedeutet Auge um Auge, Zahn um Zahn.«

»Dann laden Sie doch John Rhodes vor.«

»Wir müssen wissen, wer den Namen deiner Crew da auf die Mauer gesprüht hat. Wenn's einer von euch war und das schon voher da stand, bevor Bobby Carters letztes Stündlein geschlagen hat, lassen wir's auf sich beruhen. Wenn du aber schwören kannst, dass es keiner von euch da hingesprüht hat, dann möchte wohl jemand möglichst viel Zwietracht säen, indem er euch auf die immer länger werdende Liste von Verdächtigen setzt.«

»Geht's vielleicht auch ein bisschen klarer?«

Laidlaw seufzte, was nur zu neunzig Prozent gespielt war.

»Wegen dem Graffito denkt DI Milligan, dass ihr vielleicht was damit zu tun habt. Könnte sein, dass der Killer genau das will. Wenn Cam Colvin die Sache genauso sieht, wird er euch ans Leder wollen. Das Einzige, was ihr dann noch machen könnt, ist, zu John Rhodes zu rennen und ihn um Schutz anzubetteln.«

Chisholm dachte eine knappe Minute darüber nach, rauchte dabei seine Kippe zu Ende.

»Wahrscheinlich war's einer von meinen Leuten«, gab er zu. »Hab erst hinterher davon erfahren. Bisschen dreist, es da hinzusprühen, wo's Toi-Gebiet ist, aber darum ging's ja.«

»Als würde man seine Flagge auf feindlichem Gebiet hissen?« Laidlaw nickte zum Zeichen, dass er verstand. »Und wie lange ist das her?«

»Wochen. Vielleicht sogar Monate. Also kann ich jetzt gehen? Hab schon den halben Tag vertrödelt.«

»Beantworte mir noch Folgendes – wer, glaubst du, hat Bobby Carter umgebracht?«

»Jemand, der seinem Boss eine Botschaft senden wollte.« Chisholm zuckte mit den Schultern, weil die Antwort so nahelag.

»Aber wer?«

»Muss John Rhodes gewesen sein, oder?« Chisholm erhob sich.

»Wo willst du denn hin?«

»Sie haben gesagt, wir sind fertig.«

»Du und ich vielleicht, aber du bleibst hier, bis Milligan dich entlässt.«

»Wie lange dauert das?«

»Je länger, desto besser aus Sicht der gesetzestreuen Leute in deinem Viertel.«

Chisholm sackte wieder auf den Stuhl zurück. »Schon mal den Spruch gehört, Bullen sind Schweine?«

Laidlaw blieb in der bereits geöffneten Tür stehen. »Wenigstens bin ich ein Schwein mit einem Hauch von Selbsterkenntnis.« Er schnippte seinen Zigarettenstummel Richtung Tisch und ging hinaus.

15

DER SPRINGBURN PARK war ein Meer aus Streifenpolizisten, ungefähr die Hälfte der Anwohner verfolgte deren langsames geradliniges Voranschreiten. Bei den meisten, bei denen angeklopft wurde, war niemand zu Hause. Entweder sie arbeiteten, kauften ein oder standen vor dem Park am Zaun und verfolgten das Spektakel.

»Hoffentlich weiß Cam Colvin unsere Bemühungen zu schätzen«, sagte Laidlaw zu Bob Lilley.

»Klingt aber nicht, als wäre damit zu rechnen.«

»Weil's keinen Sinn ergibt. Selbst wenn sich herausstellt, dass es das Messer ist, was sagt uns das?«

»Entspricht aber den Vorschriften, Jack.«

»Sicher, aber die sind in einer Fremdsprache und außerdem fehlen ein paar Seiten. Meinst du, der Mörder lebt hier in der Gegend?«

»Hier wohnen nicht nur Pfarrer und unverheiratete alte Bibliothekarinnen.«

»Wahrscheinlich hast du recht, und wenn der Mörder das Messer erst mal behalten hat, müssten sich Blutflecken an seiner Kleidung finden.«

Laidlaw zeigte auf eine Gruppe von Schaulustigen. »Vielleicht solltest du mal die Reihen abschreiten und nach verräterischen Hinweisen Ausschau halten.«

»Nur dass der Täter die Klamotten inzwischen längst entsorgt haben wird. Dasselbe gilt für die Tasche, falls er das Messer in einer aufbewahrt hat.«

»Er hat es nicht neben der Leiche liegen lassen – darüber sollte man nachdenken. Der Park hier ist zu öffentlich, um als Tatort infrage zu kommen. Also haben wir jetzt drei unterschiedliche Orte, die uns beschäftigen sollten – dieser Park, die Gasse hinter dem Parlour und der Tatort, an dem er tatsächlich erstochen wurde. Sind ein paar Meilen von hier bis Calton. Meine Vermutung wäre, dass der dritte Punkt des Dreiecks an den beiden anderen nicht nah dran ist.«

»Mit anderen Worten, der Täter verwischt immer wieder seine Spuren?«

»Entweder das oder er ist unglaublich bescheuert. Apropos…« Über Lilleys Schulter hinweg sah Laidlaw, wie Milligan in einem cremefarbenen Polyestermantel auf sie zurannte, der Mantelgürtel flatterte im Wind. Sein Gesicht war noch röter als sonst.

»In einem der Häuser, in denen wir's versucht haben, war die Frau zu Hause, der Mann nicht. Sie heißt Mary Thomson und war nicht unbedingt kooperativ. Der Beamte hat sich bei den Nachbarn erkundigt und ratet mal, mit wem sie verheiratet ist – mit Spanner Thomson.«

»Ist das nicht einer von Colvins Männern?«, vergewisserte sich Lilley.

»Bingo«, sagte Milligan.

»Wir haben auch Neuigkeiten«, unterbrach ihn Laidlaw. »Carter hat sich mit einer jungen Frau namens Jennifer Love getroffen. Der Tochter von Archie Love.«

Milligan runzelte konzentriert die Stirn. »Dem Fußballer?«

»Soweit wir wissen, hatte ihr Vater keine Ahnung, dass sie zusammen waren«, ergänzte Lilley.

Laidlaw sah Milligan an, dass er diese neue Fährte ungern zur Kenntnis nahm. Er hatte bereits ein Muster im Kopf und das wollte er sich nicht verderben lassen. Abfällig wedelte er mit der Hand. »Später«, beschloss er. »Erst mal will ich, dass Spanner Thomson auf die Wache gebracht wird.«

»Die Vernehmungszimmer sind schon belegt«, erinnerte Laidlaw ihn.

»Der Junge ist nach Hause gegangen.«

»Und Malky Chisholm?«

»Der soll schmoren, bis ich so weit bin. Könnt ihr beiden Thomson holen?«

»Besteht die Chance, dass er sein Markenzeichen einstecken hat?«, erkundigte sich Lilley.

»Ich bin ziemlich sicher, dass wir deswegen den Auftrag bekommen haben«, erwiderte Laidlaw.

»Seid einfach vorsichtig, Bob«, gab Milligan zurück. »DC Laidlaws Masche, den Verdächtigen so lange vollzuquatschen, bis er sich ergibt, funktioniert möglicherweise nicht, wenn eine Rohrzange im Spiel ist. Wir sehen uns auf der Wache. Entweder dort oder im Krankenhaus. Glaubt nicht, dass ich euch Weintrauben mitbringe.« Und weg war er wieder, fort zur Truppen-Inspektion.

»Höchstens ein paar saure«, murmelte Laidlaw.

»Wir könnten die Frau fragen, wo wir ihn finden«, sagte Lilley ohne große Begeisterung.

»Oder wir fallen einfach in ein paar Etablissements von Cam Colvin ein und nerven. Hast du eine Ahnung, wie er aussieht?«

»Nicht mehr viele Haare, untersetzt und stämmig, hohe Stimme.«

»Ich glaube, den kenne ich. Er hatte den Wirt am Kragen gepackt, als ich im Parlour war. Wäre ich ein oder zwei Minuten später gekommen, hätte die Rohrzange vielleicht ein bisschen frische Luft geschnappt.«

Lilley blähte die Backen auf und atmete langsam wieder aus. »Meistens ist es ein Schraubenschlüssel, daher der Spitzname. Ich bin nicht sicher, ob DI Milligan den Unterschied kennt. Was meinst du, wo sollen wir anfangen?«

»Um die Uhrzeit, vielleicht in der Taxi-Zentrale.«

»Dann auf zur Taxi-Zentrale«, stimmte Bob Lilley zu.

16

ABER IN DER TAXI-ZENTRALE hatte niemand je von einem Spanner Thomson oder einem Cam Colvin gehört, ganz ehrlich Hand aufs Herz, also stiegen Laidlaw und Lilley wieder in den Wagen und versuchten es bei zwei verschiedenen Buchmachern, wo sie ebenfalls auf selige Ahnungslosigkeit stießen. Beim zweiten riet Laidlaw sein Instinkt, lieber eine Minute im Wagen zu warten. Und tatsächlich kam schon bald ein junger Mann aus dem Wettbüro, überquerte die Straße und verschwand in einer Kneipe. Die Detectives folgten ihm und fanden Cam Colvin mit seinen Männern im Schankraum an einem runden Tisch, ihr Kartenspiel war gerade durch den Boten unterbrochen worden. Die Luft war dick vor Qualm. Offene Schnapsflaschen standen auf dem Tisch, neben Stapeln von Münzen und Scheinen.

»Die Bank gewinnt immer«, sagte Laidlaw und baute sich breitbeinig, die Hände in den Taschen, vor Cam Colvin auf.

»Kenne ich Sie?«

»Ihre Leute kennen mich. Ich bin DC Laidlaw.«

»Den Namen habe ich schon mal gehört, aber mehr nicht.«

»Schön, euch wiederzusehen, Leute.« Laidlaw kehrte Colvin den Rücken zu, der sich die größte Mühe gab, sich seine

Verwirrung nicht anmerken zu lassen. »Haben die Ihnen nicht erzählt, dass ich sie aus dem Parlour gejagt habe?«

»Dein Glück, dass du noch gestanden hast, als wir da raus sind«, knurrte einer der Männer. Laidlaw konzentrierte sich wieder auf Colvin.

»Also«, sagte er, »so was könnte man als Drohung gegen einen Staatsbeamten verstehen. Und das kann schnell vor Gericht enden. Ihr habt Glück, dass wir wegen einer anderen Sache hier sind. Sie betrifft Mr. Thomson.«

Er nickte in Richtung des Mannes, der am wenigsten Geld vor sich liegen hatte. »Sieht aus, als würden wir ihm sogar einen Gefallen tun. Noch ein schlechtes Blatt und er ist geliefert.«

»Was ist los?«, fragte Thomson fast schon mit Falsettstimme.

»Die Mordwaffe wurde im Park gefunden, ganz in der Nähe von da, wo du wohnst«, teilte ihm Laidlaw mit.

»Und von welchem Mord soll das die Waffe sein?«, fragte Colvin.

»Dem an Ihrem wichtigsten Mann, Bobby Carter.«

»Ich hab nichts damit zu tun!«, bellte Thomson. Aller Augen waren auf ihn gerichtet.

»Dann wird's ja nicht lange dauern auf der Wache«, sagte Lilley freundlich. »Und wie DC Laidlaw schon gesagt hat, wir retten dich wahrscheinlich vor dem finanziellen Ruin und dem Zorn deiner lieben Frau.«

Laidlaw hatte bemerkt, dass Thomsons Hand immer näher zu seinem Jackett gewandert war, das über der Stuhllehne hing. »Mach keine Dummheiten«, sagte er. »Deinem Chef würde nicht gefallen, was dann passiert.«

»Bin nicht sicher, ob mir hier überhaupt was gefällt«, sagte

Colvin leise. »Aber der Mann hat recht, Spanner. Du gehst am besten mit und beantwortest die Fragen.«

Thomson warf ihm einen flehenden Blick zu, hoffte, ihn damit von seiner Unschuld zu überzeugen. Colvin nickte ihm leicht zu, schob die Unterlippe nur ein bisschen vor. Thomson stand langsam auf und nahm sein Jackett von der Lehne.

»Wir können dich die Waffe nicht mitnehmen lassen«, erklärte Lilley. Wieder nickte Colvin, und Thomson zog den Schraubenschlüssel aus der eigens in sein Jackett eingenähten Tasche und legte ihn auf den Tisch, wo er auf dem grünen Filz glänzte. Dann sammelte er das bisschen Geld an seinem Platz ein.

»Solltet ihr handgreiflich werden«, sagte Colvin zu den Detectives, »kriegt ihr's zehnfach zurück, das versprech ich euch.« Er machte eine kurze Pause. »Ihr müsst doch kapieren, was hier gerade passiert. Einer meiner Männer wird ermordet und einem anderen soll es angehängt werden. Das ist so durchsichtig, dass es fast beleidigend ist.«

»Wir erwischen den, der's getan hat, darauf könnt ihr euch verlassen«, sagte Laidlaw. »Wäre schön, wenn wir weitermachen könnten, ohne dass der Zweite Weltkrieg noch mal ausbricht.«

Colvin sah sich demonstrativ um. »Ich sehe keinen Krieg – seht ihr einen?«

Ringsum Kopfschütteln.

»Das ist ja das Heimtückische an solchen Feindseligkeiten«, sagte Laidlaw. »Sie schleichen sich fast unsichtbar an. Man spürt sie näher kommen, wird aber trotzdem überrascht und dann ist es zu spät. Ich vermute, dieses Kartenspiel ist eine regelmäßige Sache, deshalb musste es stattfinden, sonst könnte es ja so aussehen, als hätten euch die Ereignisse überrumpelt, und das würde Leuten wie John Rhodes und Matt Mason zu Ohren kommen. Sich Schwächen anmerken zu lassen zahlt sich nicht aus, egal ob man Karten spielt oder Geschäfte macht.«

Colvin musterte Laidlaw. Er lehnte sich sogar ein bisschen zurück, als würde ihm das die Einschätzung erleichtern. Zum Schluss schüttelte er den Kopf über die unmögliche Aufgabe.

»Behaltet ihn nicht zu lange bei euch«, sagte er und widmete sich wieder den Karten vor sich. »Wer ist mit Setzen dran?«

»Ich hab nichts gemacht«, hielt es Thomson noch einmal nötig zu betonen, als er Bob Lilley zur Tür folgte. »Ich sage euch, ich war's nicht.«

»Und das glauben wir dir, wenn du's sagst«, versicherte ihm Laidlaw. »Wir akzeptieren die Aussage zu hundert Prozent.«

Er konnte sich einen letzten Blick zurück zum Tisch nicht verkneifen. Colvin nahm eine Karte vom Stapel, steckte sie zu den anderen und legte eine ab. Der Schraubenschlüssel war zur bloßen Dekoration verkommen. Das Spiel lief weiter, als wären die polizeilichen Ermittlungen völlig ohne Belang.

Kaum schlug die Tür zu, warf Colvin seine Karten auf den Tisch. Er zitterte vor Zorn.

»Wenn einer von euch etwas weiß, dann ist jetzt die Zeit, den Mund aufzumachen.«

Mickey Ballater, Dod Menzies und Panda Paterson zuckten mit den Schultern und wechselten einen Blick. Paterson räusperte sich.

»Du weißt doch, wie Bobby war. Wir hatten alle ab und zu mal Streit mit ihm.«

»Aber nur Streit«, sagte Menzies, als wollte er den Satz unterstreichen.

»Eigentlich haben wir nur ein bisschen gestichelt«, pflichtete Ballater ihnen bei. »Was nicht heißt, dass Bobby manchmal nicht auch mehr verdient hätte.«

»Du meinst, was auf die Fresse? Eine Ohrfeige? Prügel?« Colvins Augen waren jetzt nur noch Schlitze.

»Ich meine, manchmal hat er sich halt ganz schön aufgespielt. Wenn er was getrunken hatte, in einem Club oder wenn er ein Mädchen im Schlepptau hatte, das er beeindrucken wollte, dann hat er uns verarscht und herumposaunt, wir wären seine Laufburschen und er unser Chef.«

»Wir wollen nicht schlecht über Tote sprechen«, machte Paterson weiter, »und niemand hier am Tisch hat ihm je ein Haar gekrümmt – bei Gott, das ist die Wahrheit –, aber der Typ konnte einem das Leben schwer machen, und ich glaube, das hat Spanner ein bisschen stärker zugesetzt als uns.«

»Ach ja?«

Paterson sah sich nach Unterstützung um, aber seinen Freunden hatte es anscheinend plötzlich die Sprache verschlagen.

»Du kennst Spanner länger als wir alle«, erklärte er Colvin, »und das ist ihm wichtig. Du bist wie ein Bruder oder so was für ihn. Und dann kam Bobby und alles wurde anders. Du hast Spanner keine Sachen mehr anvertraut, so wie früher, und bist abends nur noch mit Bobby was trinken gegangen.«

»Bobby hat das Geschäft verstanden wie Spanner es nie verstehen wird.« Colvin schien sich allmählich unwohl zu fühlen. »Darauf läuft's hinaus und um was anderes ging's auch gar nicht, wenn wir was trinken waren.«

Paterson nickte zustimmend. »Ich sag ja nur, Spanner würde für dich aufs Schafott steigen.«

»Dann ist es ja ein Glück, dass hier niemand mehr gehängt wird, was?« Colvin versuchte die Stimmung ein bisschen zu lockern und die Männer schmunzelten jetzt vorsichtig. »Aber ich weiß, was du meinst, und damit stellt sich die Frage – hat jemand Spanner einen Anlass gegeben, zu glauben, dass Bobby vielleicht mehr als eine Abreibung braucht? Dass er vielleicht was für sich abgezweigt oder mit gezinkten Karten gespielt hat?«

Colvin sah, wie sie alle den Kopf schüttelten. Nur Panda Paterson traute sich, den Blickkontakt zu halten. »Weil mir nämlich was zu Ohren gekommen ist«, fuhr Colvin fort und dehnte seine Worte so in die Länge, dass sie ihm aus dem Mund krochen. »Matt Mason hat gesagt, er hätte jemanden bei mir in der Firma, der ihm Zärtlichkeiten ins Ohr flüstert. Ich weiß, wie Mason ist, deshalb hab ich's für seinen üblichen Bullshit gehalten, aber jetzt gibt es mir doch zu denken.«

»Bist du sicher, dass das Mason war?« Dod Menzies schaltete sich ein.

»Wieso?« Die Frage kam wie aus der Pistole geschossen.

»Hätte gedacht, das ist eher die Art von hinterhältiger Taktik, die John Rhodes anwendet – der bringt uns alle dazu, uns gegenseitig zu bespitzeln, weil wir nicht mehr wissen, wem wir vertrauen können.«

»Kann sein, dass du recht hast, also lass uns mal alles auf den Kopf stellen. Angenommen, Bobby hat von diesen Gerüchten nicht nur gehört, sondern ist losgezogen und hat ein paar Nachforschungen angestellt.«

Panda Paterson schüttelte den Kopf. »Damit tun wir uns keinen Gefallen, Chef. Wir kennen alle die naheliegenden Kandidaten – John Rhodes und Matt Mason. Aber Mason war im Krankenhaus wegen seinem Bein, und außerdem scheint er mit seinem Gebiet auch zufrieden zu sein. Bei Rhodes sieht das ganz anders aus. Den sollten wir in die Zange nehmen. Wenn er unschuldig ist, wird er uns am besten los, indem er uns herauszufinden hilft, wer's war. Wir machen ihm das Leben schwer, bis er uns entgegenkommt.«

»Du willst sagen, ich kann euch vertrauen – euch allen, Spanner auch?«

»Ich sage, du musst uns vertrauen, sonst kracht alles zusammen, was wir aufgebaut haben.«

»Vertrauen ist aber keine Einbahnstraße – wieso habt ihr mir nichts von der Begegnung mit Laidlaw im Parlour erzählt?«

»Weil er uns sozusagen verjagt hat«, sagte Dod Menzies. »Deshalb haben wir die Klappe gehalten. Man könnte behaupten, unsere Berufsehre ist angeschlagen.«

»Eure Köpfe sind gleich angeschlagen, wenn ihr mir noch mal was verheimlicht, verstanden?«

»Ja, Chef.«

Colvin nahm seine Karten wieder auf, ohne sie richtig anzusehen. Er warf sie zu den abgelegten auf den Stapel.

»Wir fangen ein neues Spiel an. Erhöht den Mindesteinsatz, geht mehr auf Risiko. Seid ihr alle dabei?«

Alle drei stimmten zu.

17

DIE BEIDEN FRAUEN liefen gemessenen Schrittes über die Glasgow Necropolis, passten sich der Friedhofsumgebung und dem Anlass an. Eleanor Love ging auf einem kleinen Umweg voran, was sie immer so machte, damit sie an der Statue von John Knox vorbeikamen. Sie erwiderte seinen missbilligenden Blick von oben mit einem finsteren von unten. Trotz des traurigen Anlasses für ihren Besuch, musste Jennifer Love grinsen. In den letzten Jahren war es stets ihre Aufgabe gewesen, den kleinen Blumenstrauß zu tragen. Das Grab war gepflegt und tadellos in Ordnung; ihre Mutter achtete bei ihren regelmäßigen Besuchen darauf. Heute aber war Sams Geburtstag und da begleitete Jennifer sie immer, genauso wie an seinem Todestag.

Archie Love hatte den Namen Sam ausgesucht. *Mein Sohn Sam, Samson, versteht ihr?* Er hatte gehofft, mitzuerleben, wie Sam groß und stark wird, hatte den Jungen schon einen Ball kicken lassen, als er sich ohne Hilfe kaum auf seinen speckigen und wackligen Kinderbeinchen halten konnte. Aber mit acht Jahren war er tot. Der zwei Jahre jüngeren Jennifer war nur schwer begreiflich zu machen, dass ihr großer Bruder vom Spielen im Hof hinter dem Wohnblock seines besten Freundes nicht mehr zurückkommen würde.

Jetzt waren sie am Grab angekommen, Jennifer gab ihrer Mutter die Blumen, die sie in die kleine vom Wetter verblichene Vase stellte. Dabei sprachen sie kein Wort, und danach, das war inzwischen Tradition, blieben die beiden noch ein bisschen stehen und sahen sich um. Die Glasgow Necropolis war der steinerne Ort, an dem sich die Vornehmen und Reichen der Stadt unter das gewöhnliche Volk mischten. Eleanor Love streckte ihre Hand nach der ihrer Tochter aus und drückte sie kurz, aber fest.

»Wieso kommt Dad nie mit?«, fragte Jennifer. Die Frage kam ihr nicht zum ersten Mal über die Lippen.

Eleanor seufzte leise und gedehnt. »Er ist kein schlechter Mensch, dein Dad. Das hier ist der Grund, warum er für dich immer nur das Beste wollte.«

»Sam ist von einer Mauer gefallen, Mum. Er muss mich nicht in Watte packen.«

»Ich weiß. Aber schau dir an, in was für Schwierigkeiten …« Sie verstummte und verschluckte den Rest des Satzes.

»Ich stecke nicht in Schwierigkeiten. Ich hab *nie* in Schwierigkeiten gesteckt. Jeder Mensch hat ein kleines bisschen Freiheit verdient.«

»Dein Dad will nur …«

»Mein Bestes. Das sagst du mir immer wieder. Aber fragt er sich auch mal, was *ich* möchte?« Jennifer bohrte die Schuhspitze ins feuchte Gras.

»Deine guten Schuhe«, ermahnte ihre Mutter sie.

»Wieso reden wir überhaupt immer über ihn? Ich meine nicht Sam, ich meine Dad. Eines Tages reden wir vielleicht auch mal über uns. Vielleicht reden wir mal über *dich*.«

»Was gibt's da zu reden?«

»Irgendwas. Alles. Wie warst du, als du so alt warst wie ich? Was hast du vom Leben gewollt?«

Eleanor Love dachte einen Augenblick nach. »Da war ich schon schwanger«, sagte sie, den Blick auf den Grabstein gerichtet. Jennifer sah, wie sich ihre Augen mit Tränen füllten.

»Tut mir leid, Mum«, sagte sie und suchte in ihrer Tasche nach einem Papiertaschentuch. Aber als sie ihrer Mutter die Tränen aus dem Gesicht tupfen wollte, packte diese sie am Handgelenk.

»Schwör mir, dass du nichts weißt, Jenni. Hier vor Sam. Versprich mir, dass du nicht weißt, was ihm zugestoßen ist.«

»Meinst du Bobby?« Jennifer schüttelte den Kopf, sah ihrer Mutter aber nicht in die Augen. Sie spürte ihren grimmigen Blick, als sie ihr die Tränen aus dem Gesicht tupfte. »Hand aufs Herz«, sagte sie leise, ihre Stimme war kaum mehr als ein Flüstern.

Und es stimmte, größtenteils. Sie *wusste* nichts, das vor Gericht Bestand haben würde. Aber sie hatte eine Ahnung, vielleicht sogar mehr als das.

»Trinken wir jetzt einen Tee?«, fragte sie. »Im Café halten sie uns den Tisch am Fenster frei.«

Eleanor hatte das Handgelenk ihrer Tochter losgelassen. Sie nickte langsam.

»Hat Dad was über Bobby gesagt?«, fragte Jennifer, versuchte es beiläufig klingen zu lassen. »Seit die Nachricht kam, meine ich?«

»Er weiß es immer noch nicht. Das bleibt am besten auch so.«

»Danke Mum, ehrlich.« Jennifer umarmte ihre Mutter, Eleanor schloss die Augen, um die Wärme der Geste besser zu spüren. Dann ließ sich Eleanor Love vom Friedhof führen, fast so, als hätten sie die Rollen getauscht und als sei nun sie das Kind.

Laidlaw dachte bei Calton häufig an »Klein-Rhodesien«. Der Stadtteil kam ihm vor wie ein eigener Staat, John Rhodes hatte einseitig dessen Unabhängigkeit erklärt. Das Gay Laddie strafte seinen Namen Lügen, es befand sich in einem wenig einladenden Klotz aus Fünfzigerjahre-Architektur, die Fenster waren hoch und winzig, die Wände rau verputzt, sie schrien nach Graffiti, waren eigenartigerweise aber vollkommen frei davon. Laidlaw wusste warum: Das Gay Laddie war John Rhodes' zweiter Wohnsitz. Würde man sich daran vergreifen, würde dies unverzüglich und definitiv bestraft. Beim Eintreten wurde er von einer langen Reihe von Trinkern am Tresen beäugt, die genauso gut auch die Uniformen von Wachleuten hätten tragen können. Sie erkannten ihn sofort als das, was er war, auch wenn sie nicht sicher wussten, *wer* er war. Er ignorierte sie und wartete, bis der Barmann ihm gnädigst Aufmerksamkeit schenkte.

»Ich muss mit John sprechen«, erklärte er, schaute Richtung Nebenraum.

»Wirst du erwartet?«

»Wir spielen hier nicht *Das Haus am Eaton Place*, Charlie, tu nicht so, als wärst du ein beschissener Butler. Geh und sag ihm, dass ich hier bin, und richte ihm aus, ich *muss* mit ihm sprechen – nicht, dass ich's *möchte*.«

Der Barmann stellte das Glas ab, das er abgetrocknet hatte, warf sich das Geschirrhandtuch über die linke Schulter und ging in den Nebenraum. Laidlaw wusste, dass er wie im Labor unter die Lupe genommen wurde, zündete sich eine Zigarette an und betrachtete die Reihe aufgehängter Spirituosenflaschen an der Wand hinter dem Tresen. Es gab keinen Fernseher, keine Musik, und solange er den Raum nicht verlassen hatte, würde es auch keine Gespräche mehr geben. Die Anspannung in der Bar war wahrscheinlich immer hoch, Männer wie diese hier waren in jedem wachen Moment und gegenüber jedem Fremden auf eine potenzielle Bedrohung gefasst.

Als Charlie, der Barmann, wiederauftauchte, griff er unter den Tresen und reichte Laidlaw eine ungeöffnete Flasche von einem guten Whisky und zwei Gläser. »John nimmt kein Wasser«, sagte er, womit er meinte, auch Laidlaw würde keins bekommen.

Mit der Zigarette zwischen den Lippen ging Laidlaw in den Nebenraum. Früher diente er mal dem Schutz der Frauen vor der Männerwelt im Schankraum. Jetzt saßen dort nur John Rhodes und sein Leibwächter, der mit dem entstellten Gesicht voller Rasiermessernarben. Rhodes wechselte regelmäßig die Leibwächter, damit sie nicht nachlässig und faul wurden. Dieser hier hatte sich länger gehalten als die meisten, tatsächlich sogar so lange, dass es sich für Laidlaw lohnen könnte, herauszufinden, wie er hieß. Aber nicht jetzt. Nachdem er ihm zugenickt hatte, stellte er die Flasche und die Gläser auf den Tisch und nahm Rhodes gegenüber Platz. Er hütete sich davor, die Flasche zu öffnen. Das war Rhodes' Aufgabe. Zwei Fingerbreit befanden sich schon bald in Laidlaws Glas, halb so viel in dem von Rhodes.

»Ich hab gehört, ihr habt Spanner Thomson auf die Wache geholt«, sagte Rhodes ohne Einleitung.

»Neuigkeiten sprechen sich schnell rum.«

»Wäre aber ganz einleuchtend – in allen Unternehmen gibt's Machtkämpfe und Zerwürfnisse.«

»Aus welchem Grund hätte es ein Zerwürfnis zwischen Thomson und Bobby Carter geben sollen?«

»Spanner und Colvin kennen sich seit der Schule. Carter kam später.«

»Also Eifersucht.«

Rhodes nahm einen Schluck, dann sah er Laidlaw zum ersten Mal direkt in die Augen. »Carter wollte mich sprechen. Wir haben ein Treffen im Parlour verabredet. Aber dann bin ich nicht hingegangen.«

»Warum nicht?«

»Ich war nicht sicher, ob es gut ausgeht.«

»Wie lange ist das her?«

»Drei oder vier Wochen.«

Laidlaw nickte fast unmerklich. Zeitlich passte das zu dem, was Conn Feeney erzählt hat.

»Irgendeine Idee, was er wollte?«

»Zwei Theorien – erstens, einen Seitenwechsel aushandeln, vorfühlen, was ich ihm anbieten kann.«

»Und zweitens?«

»Carter hat das Leben geliebt. Als *Der Pate* im Kino lief, hat er sich dort häuslich eingerichtet, und auch das Buch gleich ein paar Mal gelesen. Gab Gerüchte, dass er sein eigenes Ding in Glasgow machen wollte. Wenn ich ihm was abgegeben hätte und Colvin auch, hätte er eine Art Pufferzone zwischen uns gebildet, das heißt, weniger Potenzial für Kämpfe.«

»Ganz schön ehrgeiziger Plan.«

»Bobby Carter war ein ehrgeiziger Mensch. Er wusste, dass er was im Kopf hat, deshalb hielt er sich ja auch für was Besseres.«

»Denken Sie, er hat mit Colvin gesprochen?«

»Keine Ahnung. Aber angenommen, einer wie Spanner Thomson hätte das rausbekommen. Sie können sich vorstellen, wie das vielleicht eskaliert wäre.«

»Oder Spanner wäre mit der Info zu seinem Chef, der hätte eine Hundertachtziggradwende vollzogen, Carter selbst umgebracht und ihn tot vor Ihre Tür gelegt, um die Spur zu verwischen.« Gedankenverloren schwieg Laidlaw einen Augenblick, dann stand er auf. »Apropos eskalieren, wie sieht's gerade zwischen Ihnen und Colvin aus?«

Rhodes' Blick verhärtete sich. »Es gibt Fragen, die man besser nicht stellt.«

»Trotzdem verlangt mein Job, dass ich's tue. Aber ich kann gerne das Thema wechseln, sprechen wir über Chick McAllister.«

»Was hat Chick denn damit zu tun?«

»Ich muss mich mit ihm unterhalten, sonst nichts. Ich bin sicher, er wird Sie danach ins Bild setzen.«

»Sie verlangen ganz schön viel.«

»Nicht mehr als nötig.« Laidlaw hob sein Glas und nahm einen Schluck.

»Erwartet Milligan wirklich, dass Spanner Thomson einknickt und gesteht?«

»Ist halt ein ewiger Optimist.«

»Aber Sie wissen's besser, oder?«

»Ich geb mir Mühe.«

Die beiden Männer schwiegen, dann neigte Rhodes den Kopf einen halben Zentimeter Richtung Narbengesicht, mehr war nicht nötig.

»Geh, schaff Chick her.«

Als der Mann gegangen war, schenkte Rhodes Laidlaw seine volle Aufmerksamkeit. »Haben Sie sich gefragt, woher er die Narben hat?«

»Ich soll doch nicht so viele Fragen stellen.«

Fast hätte das ein Lächeln hervorgerufen. »Die hat er von mir. Ein paar Jahre bevor er bei mir angefangen hat.«

»Sie vertrauen drauf, dass er keine Rache will?«

»Die Narben waren ja schon Rache, das heißt, wir sind quitt. Mir scheint, ich tue Ihnen einen Gefallen nach dem anderen, bislang verläuft das alles sehr einseitig. Ich hoffe, Sie erinnern sich dran, wenn es zum Krieg kommt.«

»Mit meinem Gedächtnis ist alles in Ordnung.«

»Schön zu hören. Wenn Thomson in Gewahrsam ist, fehlen Colvin zwei Männer und ich sehe schon eine Menge kopflose Hühner herumrennen.«

»Die Sorte Chaos, aus der man Kapital schlagen kann.«

»Sie wissen selbst, dass hin und wieder abgerechnet wird. Danach ist die Luft rein wie nach einem Gewitter, die Grenzen sind wiederhergestellt und alle sind zufrieden.«

»Jedenfalls diejenigen, die noch ohne Hilfe laufen, sprechen und essen können«, präzisierte Laidlaw.

Jetzt war der vernarbte Mann wieder da.

»Um fünf ist er hier«, sagte er.

Rhodes nickte und konzentrierte sich wieder auf Laidlaw. »Aber er wird Ihnen nichts erzählen, bevor ich nicht weiß, was Sie von ihm wollen.«

Laidlaw dachte kurz nach. »McAllister war mit einer jungen Frau namens Jennifer Love zusammen. Nachdem sie sich getrennt hatten, hat Carter sie unter seine Fittiche genommen.«

»Und Sie denken, deshalb hat Chick ein Motiv, Bobby Carter umzubringen?«

»Eigentlich nicht, aber wenn ich Milligan die Verbindung stecke, denkt er's vielleicht. Ich versuche nur, McAllister in dem Zusammenhang auszuschließen, möchte mich selbst davon überzeugen, damit wir nicht noch mehr Zeit bei den Ermittlungen verschwenden.«

»Mit anderen Worten, Sie haben Ihren Kollegen noch nichts von Chick und Jennifer Love erzählt?« Rhodes presste seine Handflächen auf die Tischplatte, als wollte er sich auf den Beginn einer Séance vorbereiten. Laidlaw wusste, dass er die Information abspeicherte. Endlich mal ein Detective, der nicht gleich mit allem zu seinen Chefs rannte und Geheimnisse für sich behalten konnte.

Vielleicht ein seltener Fall von einem Cop, dem John Rhodes vertrauen konnte, ohne dass vorher Geld den Besitzer wechseln musste.

Bei der Geste kam eine große goldene Armbanduhr an seinem linken Handgelenk zum Vorschein. Anscheinend bemerkte er, wie spät es war, und stand auf.

»Bleiben Sie hier und stellen Sie Chick Ihre Fragen. Ich habe noch woanders zu tun.«

»Tun Sie nichts, das ich nicht auch tun würde, John.«

Laidlaw wurde erneut mit einem verhaltenen Lächeln belohnt. Der mit dem Narbengesicht half Rhodes in seinen Kamelhaarmantel.

»Gibt's eine Verbindung zu dem Fußballer?«, fragte Rhodes, fast schon zu beiläufig.

»Von wem reden wir?«

»Archie Love. Ist kein sehr verbreiteter Name.«

»Das ist ihr Vater«, gab Laidlaw zu, beobachtete Rhodes dabei genau und fragte sich, was da hinter seinen Augen vor sich ging, die noch kein einziges Mal gezwinkert hatten. Es wurde nichts mehr gesagt, als die beiden Männer den Nebenraum verließen. Laidlaw bewegte die Schultern und rollte den Kopf, um die Verspannungen zu lösen, denn Rhodes hatte ihn für die Dauer der Begegnung ebenfalls zum Schauspieler gemacht – einen, der seinen Text lernte, bevor er ihn den Bruchteil einer Sekunde später schon sprechen musste. Er nahm noch eine Zigarette aus der Packung, als der Barmann auftauchte und einen kleinen Krug Wasser auf den Tisch stellte.

»Mr. Rhodes dachte, dass sie vielleicht einen Schuss Wasser dazunehmen möchten«, erklärte er.

»Mr. Rhodes ist gut informiert, aber ich glaube, ich muss mal raus. Kommt mir vor, als wäre die ganze Luft hier rausgesaugt und durch Testosteron ersetzt worden.«

»Sie warten doch nicht auf Chick?«

»Solange hier in der Kneipe alle die Ohren spitzen?« Laidlaw schüttelte den Kopf und trank aus. Als er hinausging, standen immer noch dieselben Typen an der Bar. Er warf ihnen eine Kusshand zu.

Es regnete nicht richtig, aber es dämmerte schon und die Scheinwerfer der Autos und Busse leuchteten Fußgänger an, die nach der Arbeit oder dem Einkaufen nach Hause trotteten. Ihre Welt war nicht seine und sie hätten es ihm nicht gedankt, hätte er ihre mit ihnen geteilt. Er fragte sich, ob Glasgow immer so sein würde. Es musste sich was verändern, unbedingt. Es konnten einfach nicht immer mehr Arbeitsplätze verschwinden, die Gangs konnten nicht immer brutaler werden, das Leben der Menschen immer nervenaufreibender. Aber dann kam eine junge Mutter mit einem Kinderwagen vorbei, schaute wie gebannt hinein, als hätte sie gerade das erste Baby der Welt erfunden. Laidlaw existierte für sie nicht. Für sie war nur das neue Leben, das sie aufziehen würde, von Bedeutung, und solange sie dabei nicht gestört wurde, war die Welt im Lot.

»Die Hoffnung stirbt zuletzt«, hörte er sich selbst laut sagen. Sein alter Schulfreund Tom Docherty fiel ihm wieder ein. Als Studenten hatten sie so manche Nacht damit verbracht, Gedichte zu zitieren und sich über Kultautoren auszutauschen, meist im Admiral Pub zwischen einer Partie Darts, Karten oder Domino. Laidlaw hatte sein Studium nach einem Jahr abgebrochen und er wusste nicht, wo Tom jetzt war. Sein Bruder Scott könnte es vielleicht wissen, aber wo der steckte, wusste Laidlaw auch nicht. Wie Tom hatte Scott davon geträumt, eines Tages Schriftsteller zu werden, entweder das oder Künstler. Zuletzt hatte Laidlaw gehört, dass er in ihrer alten Heimatstadt Graithnock Lehrer war. Eine Adresse oder Telefonnummer hätte man leicht herausfinden können, aber irgendetwas hatte ihn bisher davon abgehalten. Er fand, wenn Scott sich nicht darum bemühte, warum sollte er's dann tun? Das alte schottische Wort »thrawn«, verstockt, fiel ihm ein. Die beiden Brüder hatten sich ständig in den Haaren gelegen, vielleicht waren sie sich ähnlicher als gut für sie war. Dass Laidlaw zur Polizei gegangen war, hatte es nicht besser gemacht – er hatte die Seiten gewechselt, wie Scott, der schon immer als Erster auf die Barrikaden gegangen war, ihm vorgeworfen hatte.

Das Taxi, das vor ihm hielt, gehörte anscheinend einem privaten Fahrdienst, jedenfalls bezahlte der Fahrgast nicht, als er ausstieg.

»Berufliche Vergünstigungen?«, fragte Laidlaw im Plauderton und bekam einen bösen Blick als Antwort. »Ich bin der, mit dem Sie hier verabredet sind«, fuhr er fort. »Vorausgesetzt, Sie sind Chick McAllister.«

»Gehen wir nicht rein?«, wollte McAllister wissen. Er war groß, Anfang zwanzig, hatte dichtes welliges Haar bis über die Ohren und in den Nacken. Der Mann trug so viel Jeansstoff am Leib, dass Laidlaw sich vornahm, Aktien von Lee Cooper zu erstehen.

»Wird nicht lange dauern«, kündigte Laidlaw an. »Eigentlich hätten Sie dem Fahrer sagen sollen, dass er warten kann. Ich will Sie nur fragen, ob Sie vor ein paar Tagen Bobby Carter erstochen haben.«

McAllister blieb vor Fassungslosigkeit der Mund offen stehen. »Sie machen Witze, oder?«

»Sie wussten, dass er was mit Ihrer ehemaligen Freundin hatte.«

»Sie hatten sich ja schon wieder getrennt.«

»Aber wie fanden Sie das?«

»Mr. Rhodes hat gesagt, ich soll mit Ihnen reden, aber ich denke, vielleicht ist das keine gute Idee.«

»Was spielen Sie für eine Rolle in der Organisation, Chick? Sie sehen nicht aus wie einer, der zuschlägt, und sichtbare Kriegsverletzungen haben Sie auch keine, also vermute ich, Sie gehören eher zum Vertrieb. An einem Abend im Whiskies, wenn's dort richtig voll ist, da muss doch die Kasse klingeln, hm? Verkaufen Sie nur Dope oder auch Pillen?«

»Nicht mit mir.« McAllister drehte sich um, wollte gehen.

»Zwingen Sie mich nicht, Ihnen ein schlechtes Zeugnis auszustellen, wenn ich das nächste Mal mit John Rhodes spreche.«

McAllister drehte sich auf dem Absatz zu ihm um. »Ich

habe Bobby Carter kein Haar gekrümmt. Hab ihn ja kaum gekannt.«

»Aber Sie sind ihm begegnet? Im Whiskies? Mit Jenni?«

»Ich hab ihr gesagt, dass der nichts für sie ist, und ausnahmsweise hat sie meinen Rat mal befolgt.«

»Haben Sie ihren Dad kennengelernt?«

»Einmal hat sie mich zu sich nach Hause mitgenommen. Ihre Mum war da, aber ihr Dad nicht.«

»Wer wusste sonst noch Bescheid über Jenni und Carter?«

»So was spricht sich rum.«

»Hat Carters Chef davon gewusst?«

»Auf jeden Fall.«

»Carters Frau?«

McAllister zuckte mit den Schultern. »Bobby Carter hat sich mit den Frauen ein bisschen übernommen. Das und ein paar andere Dinge hab ich Jenni gesagt.«

»Was noch?«

»Dass er Ärger bedeutet.«

»Inwiefern?«

»Er hat für Cam Colvin gearbeitet.«

»Und Sie arbeiten für John Rhodes. Zwei Backen am selben Arsch, oder nicht?«

McAllister wurde rot im Gesicht vor Wut. Laidlaw wartete, aber er sah McAllister an, dass er kein gewalttätiger Mensch war, anders als die meisten Trinker im Gay Laddie. Er war ein Mitläufer, und auf Mitläufer hatte Laidlaw es nicht abgesehen.

»War schön, mit Ihnen zu plaudern«, sagte er, überquerte die Straße und ging zur nächsten Bushaltestelle.

Laidlaw wartete bis nach sechs, bevor er zur Central Division ging. Als er dort ankam, war das Büro des Crime Squad leer, nur der warme Mief verriet, dass sich hier bis vor Kurzem noch Menschen aufgehalten hatten. Er betrachtete die Ermittlungswand und sah, dass neben den Aufnahmen aus dem Springburn Park jetzt ein Phantombild hing. Eine Notiz wies darauf hin, dass das Phantombild der Beschreibung eines Mannes entsprach, der kurz vor dem Messerfund im Park gesehen wurde. Laidlaw konnte sich ein humorloses Schmunzeln nicht verkneifen. Seiner Erfahrung nach – und das hier war ein weiterer Beleg dafür – sahen solche Bilder allen und niemandem ähnlich. Die meisten könnte man auf den Kopf stellen und sie wären noch genauso aussagekräftig. Stattdessen konzentrierte er sich kurz auf das Foto von Monica Carter, erinnerte sich wieder an das, was der Pathologe über Cam Colvin gesagt hatte, und wie Colvin sie bei dem Auftritt vor der Presse sanft am Ellbogen gefasst hatte. Laidlaw sah sich um, entdeckte eine Ausgabe der Abendzeitung in einem Papierkorb und fischte sie heraus. Da war sie auf der Titelseite, Colvin direkt neben ihr, ihre Hüften berührten sich beinahe.

Er ging rüber zu seinem Schreibtisch und sah den Papierkram durch. Er las die Notizen, die Milligan sich nach seinem ersten Besuch im Haus der Familie gemacht hatte. Dort wurde gerade renoviert und frisch gestrichen, es war also ziemlich chaotisch, aber wie ein Immobilienmakler bei einem Verkaufsgespräch hatte Milligan es für nötig gehalten anzumerken, es sei »normalerweise ein einladendes und sehr angenehmes Heim«. Die drei Kinder der Carters waren ebenso wie die Mutter im Wohnzimmer gewesen. Mrs. Carter wurde wegen ihrer »äußerlichen Gefasstheit« gelobt. Die Tochter Stella hatte den Gästen Tee angeboten. Die Familie habe unter »schwierigen

Umständen« ihr »Äußerstes getan« und ihre Mitarbeit sei »rückhaltlos und hochgeschätzt«.

»Herrje, Milligan«, brummte Laidlaw vor sich hin, »du schreibst doch nicht für Mills & Boon.« Er schob den Bericht beiseite und suchte nach Informationen über Cam Colvin und seine Männer. Es gab einen dicken Ordner, in dem der übliche Sermon ausgewalzt wurde, die Kindheit geprägt von Lieblosigkeit und Verwahrlosung, die Ehe der Eltern kaputt, frühe Straffälligkeit, die nahtlos in eine kriminelle Laufbahn überging, Alternativen hatten anscheinend nie zur Verfügung gestanden. Spanner Thomsons Vater war dessen gesamte Kindheit abwesend und seine Mutter dem Alkohol und kurzen Affären zugetan. Schule schwänzen, Ladendiebstahl, Besserungsanstalt fanden sich im Lebenslauf des jungen Mannes, gefolgt von Bandenzugehörigkeit und schließlich einer Vertrauensposition in den Reihen seines Freundes Cam Colvin. Bei Colvin selbst sah's ein bisschen anders aus. Er war in die Geschäfte der Familie eingestiegen, sowohl sein Vater wie auch sein Großvater väterlicherseits hatten als Erwachsene mehr Zeit im Gefängnis als außerhalb verbracht. Dann bekam er ein Messer zwischen die Schulterblätter, was sich schließlich als keine schlechte Empfehlung erwies.

Die Biografien von Panda Paterson, Dod Menzies und Mickey Ballater waren ähnlich, unterschieden sich nur insofern, als Ballater eigentlich ganz anständige Noten in der Schule hatte und dort auch eine ganze Weile durchhielt, bis er sie wegen eines Jobs in der Produktion verließ und sich schließlich von der Aussicht auf leichtverdientes Geld in die Unterwelt locken ließ. Er war unzählige Male von der Polizei vernommen, aber nie formell angeklagt worden, ebenso wenig wie Cam Colvin selbst. Die anderen Mitglieder der Crew hatten im Lauf ihrer Karriere alle mehrere kurze Haftstrafen abgesessen. Wahrscheinlich verstanden sie dies unter Berufsrisiko.

Erst als eine Putzfrau kam und die Papierkörbe leerte, blickte Laidlaw von seiner Lektüre auf. Als er auf die Uhr sah, merkte er, dass ein paar Stunden vergangen waren. Er streckte sich und lockerte die Schultern.

»Müssen Sie nachsitzen?«, fragte die Putzfrau, während sie den Schrubber über den Boden schob.

»Der Chef ist ein Arsch«, vertraute ihr Laidlaw an.

»Hat Sie wohl auf dem Kieker? Und Sie sind natürlich unschuldig wie frisch gefallener Schnee.«

»So ist es.«

Er stand auf. Für heute hatte er genug Trostlosigkeit gesehen. Hoffentlich regnete es draußen noch. Er hatte das Bedürfnis nach einem reinigenden Schauer.

»Machen Sie Feierabend? Sie sehen fix und fertig aus, wenn ich das mal sagen darf. Sind Sie sicher, dass es das wert ist?«

»Jeder Einzelne zählt«, sagte Laidlaw und ging zur Tür.

18

ALS ER INS BURLEIGH kam, überreichte Jan ihm eine Nachricht. Sie war von Bob Lilley und seine private Telefonnummer stand dabei.

»Hinten im Gang ist ein Telefon«, sagte Jan. Laidlaw kramte in seiner Tasche, brachte eine klägliche Ansammlung von Münzen zum Vorschein. Jan gab nach. »Okay, nehmen Sie das im Büro – aber verraten Sie's nicht der Geschäftsführung.«

Mit einem dankbaren Lächeln folgte er ihr in das enge Zimmer hinter der Rezeption. Im Hinausgehen schob sie sich an ihm vorbei. Er ließ sich auf ihrem Stuhl nieder und wählte die Nummer. Eine Frau ging dran, vermutlich Margaret.

»Ist Bob da? Hier ist Jack Laidlaw.«

»Ah, Jack. Ich habe gerade über Sie gesprochen. Ich hab heute Nachmittag mit Ena geredet. So nett von Ihnen, uns auf einen Happen einzuladen.«

Laidlaw runzelte die Stirn. »Wir haben nicht häufig Gäste«, sagte er schließlich.

»Ah, da ist ja Bob.«

Laidlaw lauschte, während der Hörer übergeben wurde. Im Hintergrund lief ein Fernseher oder ein Radio. Er stellte sich ein gemütliches Wohnzimmer vor. Jeder hatte seinen Stammsessel. Vielleicht stand ein Sofatisch dazwischen, die Abendausgabe der Zeitung lag zusammengefaltet darauf, die Teebecher standen auf Untersetzern.

»Hallo«, sagte Bob Lilley.

»Ein Happen bei uns, Bob?«

»Warte kurz. Margaret, meinst du, ich könnte einen Tee bekommen?« Ein kurzer Wortwechsel mit gedämpften Stimmen. »Jetzt ist sie in der Küche«, erklärte Lilley. »Ena hat Margaret angerufen. Sie hatte unsere Nummer aus dem Telefonbuch. Die haben das untereinander ausgeheckt, ich hab nichts damit zu tun.«

»Und wann soll dieses entzückende Abendessen stattfinden?«

»Morgen. Punkt sieben.«

Laidlaw atmete hörbar aus. Auf dem Boden neben ihm stand eine große Schultertasche aus Leinen, vermutlich von Jan. Er untersuchte ihren Inhalt, während er gleichzeitig das Gespräch fortsetzte. Make-up, Schlüssel, Portemonnaie, ein Taschenbuch von Agatha Christie, ein Mars und eine kleine Tüte Chips mit Käse-Zwiebel-Geschmack, außerdem ein Schal und ein Taschenschirm. Ihr Regenmantel hing an einem Haken hinter der Tür.

»Wozu soll das gut sein, Bob?«, fragte er beim Kramen.

»Ich glaube, die haben sich einfach gut verstanden. Und jetzt, wo wir beide zusammenarbeiten, halten sie das für einen naheliegenden Schritt.«

»Ich bin kein Typ für Geselligkeiten.«

»Pubs ausgenommen.«

»Das ist Arbeit, größtenteils.«

»Soll ich versuchen, es zu verschieben? Wir können ja immer behaupten, wir haben zu viel mit dem Fall zu tun.«

»Ena würde das durchschauen. Am besten lässt man ihr ihren Willen. Also, was ist so dringend, dass es nicht bis morgen warten kann?«

»Das Abendessen. Ich dachte, du erfährst es lieber so schnell wie möglich.«

»Was Neues aus der St. Andrews Street?«

»Würdest du hin und wieder mal reinschauen, wüsstest du's.«

»Nur zu deiner Information, ich war gerade da, hab eine Extraschicht eingelegt.«

»Aber nachdem wir Spanner Thomson abgeliefert haben, hast du dich schleunigst verzogen.«

»Hatte zu tun.«

»Hast du Lust, mir von den Früchten deiner Arbeit zu berichten?«

»Noch nicht. Ich nehme mal an, unserem hauseigenen Genie Ernie Milligan ist es nicht gelungen, Thomson ein Geständnis zu entlocken?«

»Wir mussten ihn gehen lassen. Er hat sich ganz schnell einen Anwalt besorgt und das war's.«

»Und das Messer?«

»Die einzigen Fingerabdrücke gehören dem Jungen, der's gefunden hat. Blutgruppe passt zu der des Opfers, aber mehr können sie im Labor nicht sagen.«

»Der Täter hat seine Abdrücke abgewischt«, stellte Laidlaw fest.

»Oder Handschuhe getragen. So oder so behandeln wir es immer noch als Tatwaffe, und das bedeutet, dass wir weiter in den einladenden Straßen von Balornock von Tür zu Tür ziehen müssen.«

»Was ist mit Malky Chisholm?«

»Milligan fand, dass er jetzt genug Spaß mit ihm hatte, und hat ihn gehen lassen.«

»Ein Schritt vorwärts, zwei zurück. Wir laufen Gefahr, in Details zu ertrinken.«

»So wie bei Bible John? Ich hab Nächte im Barrowland verbracht und gehofft, dass er auftaucht …« Erst drei Jahre war es her, dass der Killer, der Bible John genannt wurde, sein letztes bekanntes Opfer gefordert hat. Allen drei war er zuvor im Barrowland Ballroom begegnet, weshalb sich dort scharenweise verdeckte Ermittler tummelten, allerdings vergeblich.

»Ich wette, du tanzt gut«, meinte Laidlaw.

»Das Problem war, meine Kollegin damals auch. Gab ganz schön Stress mit Margaret.«

Laidlaw hatte seine Aufmerksamkeit jetzt von Jans Handtasche auf die Gegenstände gelenkt, die auf ihrem Schreibtisch lagen. Papierkram, ein Tacker, Büroklammern zu einer Kette zusammengesteckt, außerdem ein Blackpool-Becher mit Kulis und Bleistiften, ein gerahmtes Foto von zwei kleinen Kindern. Er nahm das Foto und betrachtete es. Aufgenommen an einem Strand im Sommer, vielleicht sogar wirklich in Blackpool.

»Sehen wir uns morgen bei der Besprechung?«, fragte Lilley.

»Um nichts auf der Welt würde ich mir die entgehen lassen. Weiß Margaret Bescheid über das Burleigh?«

»Ich hab's ihr nicht erzählt.«

»Das macht Ena bestimmt, wenn sie's noch nicht getan hat. Tut mir leid, dass du da hineingezogen wirst.«

»Wo rein?«

»Dass du zur Spielfigur auf dem Schachbrett meiner Ehe wirst.«

»Können wir was mitbringen?«

»Nur euch selbst und zwei kugelsichere Westen.«

Laidlaw beendete das Gespräch und faltete den Zettel zusammen, steckte ihn in die Brieftasche. Vielleicht würde er Lilleys Nummer noch mal brauchen. Jan musste sich an den Empfangstresen pressen, damit er sich an ihr vorbeizwängen konnte.

»Hübsches Bild«, sagte er und zeigte Richtung Büro.

»Meine Nichte und mein Neffe.«

»Haben Sie keine eigenen Kinder?«

»Keinerlei Vorbelastungen, Jack.«

»Sie Glückliche«, sagte er als sie ihm den Schlüssel zu seinem Zimmer gab.

»Also, naja, wenn Sie mich mal zu einem Konzert von Lena Martell einladen möchten …«

»Besser als die Black and White Minstrels.«

»Ich hab Ihen heute Nacht noch mal die Suite gegeben. Ist das in Ordnung?«

»Ganz schön viel Platz für eine Person allein.«

»Vielleicht müssen Sie ja was dagegen unternehmen.«

»Vielleicht mach ich das«, sagte Laidlaw mit einem halbherzigen Lächeln.

Sie saßen zu zweit in dem gestohlenen Wagen, die schlafende Stadt bekam von der Fahrt durch die menschenleeren Straßen nichts mit. Ihre Augen waren fest auf die Straße vor ihnen gerichtet, nur hin und wieder, wenn sie über eine Kreuzung fuhren, schauten sie nach links oder rechts. Man wusste ja nie. In keiner der kleinen Polizeistationen war Licht. Die Nachtstreife suchte häufig Zuflucht in bestimmten Hotelküchen, wärmte sich dort mit Tee auf. Oder in Bäckereien, wo man Brötchen frisch aus dem Ofen bekam. Wozu sich die Füße auf den Gehwegen platt laufen, wenn die Säufer sowieso längst zu Hause waren?

Die Flaschen zwischen den Füßen des Beifahrers stießen klappernd aneinander. Seine Miene wirkte angespannt, er hatte die Fäuste geballt.

»Da ist es«, sagte sein Begleiter. Die ersten Worte, die seit gut fünf oder zehn Minuten gesprochen wurden.

»Ja.«

»Ich fahre vorbei, nur um sicherzugehen.«

»Mach das.«

Kein Licht in den Fenstern ringsum; kein Lebenszeichen nirgendwo. Der Fahrer wendete und fuhr wieder näher heran, dieses Mal hielt er am Bordstein.

»Na gut«, sagte er unnötigerweise, da der Beifahrer die Tür schon aufgestoßen hatte und sich nach den beiden Flaschen bückte. Dann war er weg. Der Fahrer kurbelte seine Scheibe herunter und merkte, dass er vorher hätte dran denken sollen.

Der Benzingestank würde hängen bleiben. Wobei das keine Rolle spielte. Der nächste Halt des Wagens würde auch sein letzter sein.

Schrottplatz. Autopresse. Weg.

Als die beiden Männer davonfuhren, färbte sich der Himmel orange.

VIERTER TAG

19

DIE NACHRICHT am nächsten Morgen lautete: Vergiss die Besprechung und komm zum Gay Laddie. Als Laidlaw sich zu Fuß näherte, roch er schon das verkohlte Holz und die verschmorte Farbe. Bob Lilley aß ein Butterbrötchen. Er hielt ihm eine Papiertüte entgegen.

»Hab dir auch eins geholt«, sagte er.

»Danke.« Laidlaw nahm einen Bissen und begutachtete kauend den Schaden. Allzu schlimm war's nicht. Das Gay Laddie war gebaut wie ein Atombunker. Die kleinen Fenster waren rußschwarz, ebenso der Bereich um die Tür.

»Ist so eine Sache mit der Tür«, meinte Lilley, »sieht aus wie Holz, ist aber Stahl. Das bekommt man nicht von der Stange.«

»Und billig ist es auch nicht«, pflichtete Laidlaw ihm bei. »Aber irgendjemandem ist es das wert.«

»Dieser Jemand ist wohl John Rhodes.«

»War er schon hier, hat sich's angesehen?«

»Nicht so weit ich gehört hab.«

Laidlaw ging zu der Tür. Glasscherben lagen davor. Der Flaschenhals war fast noch intakt, Stoffstreifen klebten daran.

»Ganz nach Ulster-Art«, merkte Lilley an. »Zwei von Rhodes' Männern haben was abbekommen. Der eine ist zu Hause an die Tür, als es geklopft hat, und wurde von einem Vorschlaghammer getroffen. Der andere wurde nach einer Party auf dem Heimweg überfallen.«

»Leuchtet ein. Colvin hat einen Mann weniger, ein anderer wird verdächtigt. Das heißt, in den Augen des Gegners wirkt er schwach, wie ein verletztes Tier. Er schlägt um sich, will den Angriff der Gegenseite möglichst hinauszögern.«

»Meinst du?«

Laidlaw nahm noch einen Bissen vom Brötchen, wischte sich Mehlstaub vom Mund. »Ich brauche Tee oder irgendwas, um das runterzuspülen.« Auf der anderen Straßenseite an der Ecke war ein Café, also gingen sie hin, Lilley ein paar Schritte hinter Laidlaw. Der Tee wurde in einer riesengroßen verbeulten Zinnkanne ausgeschenkt, Milch war schon drin. Eine Zuckerschale stand auf dem Tresen, daneben ein benutzter Löffel. Es stank nach altem Speckfett, die eng beieinanderstehenden Tische waren voll besetzt mit Leuten, die sich nach der vorangegangenen Nacht noch die Wunden leckten. Laidlaw und Lilley standen am Tresen und tranken.

»Weniger eine Stadt, mehr ein Kater«, meinte Laidlaw leise. »Und keiner erinnert sich, ihn bestellt zu haben. Erst der Spaß, da ist alles noch schön und gut, aber die Konsequenzen sind immer ein Schock fürs System. Glasgow ist voller Konsequenzen, jeden Tag der Woche.«

»Ist noch ein bisschen früh für mich, aber lass dich nicht davon abhalten, an meinem Schädel zu sägen.«

»Margaret sagt, wir sollten Ena Blumen mitbringen – würde ihr das gefallen?«

»Frag mich nicht.«

»Oder Pralinen?«

»Bringt eine Flasche Wein mit, egal welche Farbe, egal wie

teuer. Wahrscheinlich haben wir einen Korkenzieher.« Laidlaw hatte die letzten Überreste des Brötchens beseitigt und wischte sich die Finger ab. »Von dem Tee wachsen dir Haare auf den Zähnen«, beschwerte er sich. »Ist Haustürenabklappern in Springburn wirklich alles, was der Tag zu bieten hat?«

»Milligan hat schon Leute zu Rhodes' angeschlagenen Schlägern geschickt.«

»Mit Rhodes sollte er sich unterhalten. Der Mann muss sich jetzt revanchieren, sonst ist *er* derjenige, der schwach wirkt – schwach oder schuldig.«

»Und du bist ziemlich sicher, dass er nicht hinter Carters Tod steckt?«

»Was nicht heißt, dass er nicht doch so tut als ob, wenn er gefragt wird.«

»Weil manche das als kühnen Schachzug verstehen würden?« Lilley nickte, um anzuzeigen, dass er Laidlaws Einschätzung folgte. »Er hat's nicht abgesegnet, aber dass es passiert ist, schadet seinem Ruf nicht unbedingt.«

»Ich hab ihn übrigens gestern gesehen.«

»Rhodes?«

»Im Gay Laddie. Er hat mir Chick McAllister geliefert, der hatte aber nicht viel beizutragen.«

»Dann können wir McAllister jetzt also gegenüber Ernie Milligan erwähnen?«

»Wie du willst, Bob.«

»Willst du deine Rolle herunterspielen?«

»Aufs blanke Minimum, wenn überhaupt.« Laidlaw zündete sich eine Zigarette an.

»Überlegst du, noch mal bei Rhodes vorbeizuschauen?«

»Rhodes wirft keine Brandbomben.«

»Dann eben Cam Colvin.«

Laidlaw zog den Rauch tief in die Lunge und zuckte mit den Schultern.

»Dieser Fall ist wie ein Bettelarmband«, sagte er beim Ausatmen. »Es kommen immer neue kleine Anhänger dazu. Alle bedeuten für sich etwas, berühren einander aber kaum.«

»Willst du heute Abend auch so reden? Margaret interessiert sich nämlich eher für Strickmuster, Frauenzeitschriften und Sacha Distel.«

Laidlaw dachte kurz nach. »Dann bringt doch lieber zwei Flaschen Wein mit«, sagte er.

20

SPANNER THOMSON schloss die Haustür hinter sich ab – zwei Einsteckschlösser und ein Yale –, dann schaute er, wie er es sich angewöhnt hatte, erst nach rechts und links, bevor er den schmalen Weg durch den Vorgarten zurücklegte. Sein Wagen, ein Austin Maxi, parkte am Bordstein. Er schloss ihn auf und stieg ein. Als er um die erste Ecke bog, sich der Springburn Road näherte, fuhr ein weißer Jaguar XJ6 an, zog in die Mitte der Straße und blockierte den Weg. Thomson spannte sich an, seine Hände umklammerten das Lenkrad. Die hintere Tür des Jaguars ging auf, eine Gestalt stieg aus. John Rhodes ging auf den Maxi zu, zog die Beifahrertür auf und schob sich hinein.

»Das Ding ist eher eine Müllhalde als ein Auto«, meckerte er, trat den Abfall im Fußraum beiseite.

»Ich hätte noch mal durchgesaugt, hätte ich gewusst, dass Sie mitfahren.«

Der Jaguar stand jetzt wieder dicht am Gehweg. Rhodes zeigte auf die freie Straße. »Du hast doch nichts gegen ein bisschen Gesellschaft, Spanner? Kannst mich irgendwo absetzen, ein gutes Stück bevor du ankommst, wo auch immer du hinwillst. Hält Colvin noch Kriegsrat im Coronach? Ich hab gehört, der Besitzer ist nicht angetan davon, dass immer angeschrieben, aber nie bezahlt wird.«

»Ich war's nicht, Mr. Rhodes«, sagte Thomson, wobei seiner Stimme der Anflug eines Bebens anzuhören war, als er aufs Gaspedal trat. An der Hauptstraße blinkte er, um abzubiegen, was er selten tat. Ein Fußgänger hätte ihn für einen Schüler bei der ersten Fahrstunde gehalten, auch wenn die massige Gestalt auf dem Sitz neben ihm ganz und gar nicht wie ein Fahrlehrer aussah.

»Was warst du nicht, Spanner?«, fragte John Rhodes.

»Das mit dem Gay Laddie. Das und das mit deinen beiden Jungs.«

»Eher ausgewachsene Männer als Jungs. Die sollten sich eigentlich zu verteidigen wissen.« Rhodes drehte sich zu ihm. »Aber du hast mir gerade gesagt, du weißt was, dass es passiert ist, meine ich, dabei war noch nichts in den Zeitungen oder im Radio.«

»Buschtrommeln, Mr. Rhodes.«

»Du hast nicht mal ein Telefon zu Hause, Spanner. Eine Nachbarin nimmt Nachrichten für dich entgegen und ihr Junge bringt sie dir rüber. Du zahlst ihr jede Woche ein paar Pfund für ihre Dienste. Das verrät mir, dass du nicht nur vorsichtig bist, sondern auch alle deine fünf Sinne beisammenhast.«

Thomson sah in den Rückspiegel. Der Jaguar war direkt hinter ihm.

»Soll ich Mr. Colvin eine Nachricht überbringen?«

»Er wird von mir hören, aber nicht durch dich. Ich bin hier, weil Milligan dich auf die Wache geholt hat.«

»Zur Vernehmung, mehr nicht.«

»Durch einen, der noch zu blöd ist, sich Sackratten im Puff einzufangen. Denkst du, das Messer wurde absichtlich in der Nähe von deinem Haus deponiert?«

»Wie meinen Sie das?«

»Um dich reinzureiten.«

»Keine Ahnung.« Ein Zeichen, ein Schachzug. »Und wenn?«

»Also dann würde ich vielleicht gerne erfahren, wer's war. Müsste jemand sein, der weiß, dass du in der Gegend wohnst, und dich entweder aus dem Weg haben oder deinen Chef dazu bringen will, dich auf die Ersatzbank zu schicken.«

»Sie haben wohl lange darüber nachgedacht.«

»Die Leiche lag auf meinem Gebiet, Spanner. So was nehme ich sehr persönlich. Und auch wenn ich deinen Chef mit jeder Faser meines Wesens verachte, sehe ich nicht, was uns ein Krieg bringen würde. Wenn uns jemand in die Enge zu treiben versucht, dann will ich wissen, wer und warum. Andererseits könnte es auch ein Zerwürfnis zwischen zwei Verbrechern sein, oder? Das ist fast schon die einfachste Erklärung. Wie weit vertraust du Panda Paterson, Mickey Ballater und Dod Menzies? Nach Carters Abgang sind nur noch vier im Rennen. Einer von euch wird auf dem Gewinnertreppchen stehen und du kennst Colvin länger als alle anderen. Vielleicht bist du der Favorit, aber wer auf Pferde wettet, weiß, dass der Favorit am ehesten dran glauben muss.«

»Verstehe.«

»Schon klar, aber gleichzeitig denkst du, dass ich das auch sagen würde, wenn ich Colvin und seine Organisation Stück für Stück auseinandernehmen wollte.«

»Um Uneinigkeit zu säen.«

»Deine Schuljahre sind nicht spurlos an dir vorbeigegangen, Spanner. Aber die Uneinigkeit besteht schon. Brandbomben auf das Gay Laddie schmeißen ist ganz schön stümperhaft, deshalb denke ich, Colvins Idee war's nicht, und das bedeutet, dass einer deiner Kollegen auf eigene Faust gehandelt haben muss. Genau diese Person könnte es sein, die du im Auge behalten musst.« Thomson spürte, wie sich John Rhodes' Blicke in ihn bohrten. »Kann sein, dass du bald einen Freund brauchst.«

»Und Sie sind dieser Freund?«

»Es sei denn, du willst mich als Feind?« Der Blick, den Rhodes ihm zuwarf, hatte sich verhärtet. »Muss ich dir sagen, dass Mitleid auf der Liste meiner persönlichen Eigenschaften nicht sehr weit oben steht? Ich hab vor langer Zeit gelernt, dass es keinen Sinn macht, in einer unvernünftigen Welt vernünftig zu sein. Das ist das einzige Mal, dass du und ich uns so unterhalten werden. Und wenn ich's deinem Chef heimzahle – und eines Tages *werde* ich's ihm heimzahlen –, denke ich nicht zweimal drüber nach, solltest du mir in die Quere kommen, verstanden?«

»Verstanden.«

Rhodes wendete sich vom Fahrer ab, schaute wieder nach vorne. Ein paar Augenblicke herrschte konzentriertes Schweigen, dann sprach er weiter. Er zog die Nase hoch und seine Mundwinkel zuckten leicht. »Eine letzte Sache musst du noch wissen – Carter hatte eine eigene Crew geplant, Konkurrenz.« Er registrierte den Blick, den Thomson ihm zuwarf. »Ich weiß, du denkst, ich sag das wieder nur, um Unfrieden zu stiften. Heißt aber nicht, dass es nicht stimmt.« Er schwieg kurz. »Vielleicht hat dein Chef davon gewusst, vielleicht nicht. Wenn er's gewusst hat, vielleicht hat er was unternommen. Ich hätte es auf jeden Fall getan.« Der Wagen hatte an der Ampel gehalten. Thomson wollte noch etwas sagen, aber Rhodes machte schon die Tür auf.

»Pass auf dich auf, Spanner«, sagte er beim Aussteigen.

Thomson sah zu, wie er zum Jaguar ging und einstieg. Die Ampel war auf grün umgesprungen, aber ein Mann ließ sich beim Überqueren der Straße viel Zeit, seine Bewegungen glichen denen einer Marionette. Schaffellmantel, die Mütze tief in die Stirn gezogen, eine Zeitung unter einen Arm geklemmt. Thomson drückte fest auf die Hupe, aber der Mann zeigte ihm nur den Finger. Das Schauspiel hatte dem Jaguar allerdings Zeit für ein Wendemanöver verschafft. Spanner Thomson wischte sich über die Stirn, legte den ersten Gang ein und fuhr weiter, in seinem Kopf drehte sich alles. Offenbar galt bei Rhodes' Pferderennen ein eigenes Wettsystem, unbegreiflich für alle, außer den abgebrühtesten Profizockern.

Der Mann, der vor Spanner Thomsons Wagen die Straße überquert hatte, hörte auf den Namen Benny Mason, seine zahlreichen Bekannten nannten ihn »Macey«. Er war ein kleiner Dieb, dem es irgendwie gelungen war, sich auf keine Seite zu schlagen und das in einer Stadt, in der sich alles darum drehte, für welche Mannschaft man antrat. Macey hatte sowohl zu John Rhodes wie auch zu Cam Colvin Beziehungen – wenn's drauf ankam, sogar zu Matt Mason. Zwischen Matt und ihm gab es keine Blutsverwandtschaft, das hatte er überprüft. Trotzdem konnte er ganz nützlich sein, wenn es darum ging, Botschaften von einem Schützengraben in den anderen zu tragen. DI Ernie Milligan hatte ihn vor einiger Zeit drauf angesprochen. Er hatte ihm ein paar Akten über ungelöste Hauseinbrüche gezeigt und anschließend erklärt, er könnte Macey vor Gericht zerren und in allen Anklagepunkten schuldig sprechen lassen.

»Auch wenn ich annehme, dass höchstens die Hälfte davon auf deine Kappe geht.«

Dann hatte er Macey einen Drink spendiert und einen Deal mit ihm geschlossen, weshalb Macey nun eine funktionierende Telefonzelle suchte. Immerhin sah man John Rhodes nicht jeden Tag aus dem Wagen von einem der Typen aus Cam Colvins innerem Kreis steigen. Nein, das war wirklich ein seltener Anblick, und damit genau die Art von Angelegenheit, über die Ernie Milligan unterrichtet werden wollte, außerdem bezahlte er durchaus anständig …

21

DA BOBBY CARTER nicht am Leichenfundort ermordet wurde, war Detective Inspector Ernest Milligan der Ansicht, Cam Colvin sollte vernommen und alle Räumlichkeiten, die in irgendeiner geschäftlichen Verbindung zu ihm standen, sollten auf Blutflecken durchsucht werden. Außerdem sollte eine Warnung ausgesprochen werden: Keine weiteren Übergriffe auf Einrichtungen und Angestellte von John Rhodes. Commander Frederick hatte auf diesen Punkt bestanden.

Milligan war also nicht unbedingt erfreut, als ihn ein Telefonanruf in seinen Gedanken und Vorbereitungen unterbrach. Der Anrufer wollte keinen Namen nennen und sagte nur, er habe etwas, das Milligan sicher hören wolle. Schließlich lenkte dieser ein und nahm den Hörer.

»DI Milligan am Apparat.«

»Wurde auch Zeit. War meine letzte Münze.«

Milligan erkannte Maceys Stimme. »Was hast du für mich?«

»Ich hab gesehen, wie John Rhodes in der Castle Street bei Spanner Thomson aus dem Wagen gestiegen ist.«

Milligan stutzte. »Bist du sicher?«

»Na ja, kann sein, dass ich ihn mit Jimmy Clitheroe verwechselt hab ...«

»Also gut, du Klugscheißer. Hast du eine Ahnung, was da los war?«

»Rhodes hatte seinen Jaguar dabei, der Fahrer hat gewartet. Er ist eingestiegen und sie sind in der entgegengesetzten Richtung wie Thomson davongefahren, Spanner hat ganz schön kariert geguckt. Ist bestimmt interessant, oder?«

»Kann sein.«

»Mit ›interessant‹ meine ich, dass es was wert ist.«

»Ich werde mich schon revanchieren, Macey, keine Angst.« Milligan knallte den Hörer auf und kratzte sich am Kinn. Er hielt einen vorübergehenden DC auf. »Wurde Cam Colvin schon hergebracht?«

»Müsste jeden Augenblick kommen.«

»Sag mir sofort Bescheid, wenn er da ist, und achte drauf, dass er in das Vernehmungszimmer mit dem stinkenden Abfluss kommt.«

»Verstanden.«

Milligan entdeckte Laidlaw auf der anderen Seite des Raums. Er schoss wie ein Torpedo auf ihn zu. Laidlaw blätterte in den Unterlagen auf seinem Schreibtisch.

»Den Sekretärinnen müssen die Schreibmaschinen heiß laufen«, sagte er.

»Wieso bist du nicht in Balornock und klapperst die Haustüren ab?«

»Weil's Zeitverschwendung ist.«

»Eine Zeitverschwendung, die dir von deinem direkten Vorgesetzten aufgetragen wurde.«

Laidlaw sah ihn finster an. »Sollte ich dich je als mir in irgendeiner Form vorgesetzt betrachten, weise ich mich selbst in Gartnavel ein. Übrigens, hast du irgendwas wegen Jenni Love unternommen?«

»Wegen wem?«

»Dem Mädchen, mit dem Carter seine Frau betrogen hat.«

»Alles zu seiner Zeit.«

»Sie tanzt in einem Club namens Whiskies. Ich hab ihn mir schon angesehen und sie zu Hause besucht – *das* ist echte Polizeiarbeit, keine Klinkenputzerei.«

»Bist du ihrem Vater begegnet? Hab ihn gesehen, als er noch für die Gers gespielt hat.«

»Die Freimaurer und der Rangers FC – ist mir ein Rätsel, wie du's beim CID bis in solch schwindelerregende Höhen geschafft hast. Bob Lilley weiß jedenfalls noch ein bisschen mehr, was dich interessieren könnte, wenn du ihn also von der sinnlosen Suche in Springburn abziehst, würdest du's vielleicht nicht bereuen.« Laidlaw hatte die Unterlagen fertig durchgesehen. »Lässt du Colvin und seinen Mob antanzen?«

»Erst mal nur ihn selbst. Aber wir schauen uns seine diversen Geschäfte mal genauer an, vor allem die Werkstätten und Schrottplätze.«

»Das Team ist so schon voll ausgelastet.«

»Trotzdem.« Milligan straffte die Schultern.

Laidlaw beugte sich zu ihm hin. »Jede einzelne deiner Entscheidungen wird eine Etage höher genau geprüft. Unter jedem Fehler steht dein Name in Rot. Kannst versuchen, die Schuld auf die anderen zu schieben, die eine oder zwei Sprossen auf der Leiter unter dir stehen, aber das werden dir die, auf die's ankommt, nicht abnehmen. Meine Vermutung ist, just in diesem Moment stehen die Zeitungen, der Stadtrat und alle Abgeordneten Schlange, um dem Commander die Hölle heißzumachen und ihn zu fragen, warum es mit den Ermittlungen nicht vorangeht, obwohl die Stadt brennt.«

»Deshalb werde ich Cam Colvin befehlen, die feindlichen

Handlungen einzustellen.« Milligan legte eine kurze Pause ein. »Und wenn ich dir sage, dass John Rhodes und Spanner Thomson heute morgen in ein und demselben Wagen zusammen unterwegs waren?«

Als Laidlaw um eine Antwort verlegen schien, konnte Milligan sich ein selbstzufriedenes Grinsen nicht verkneifen. »Während du dich also in schäbige Ermittlungen über das Liebesleben des Verstorbenen verstrickst, konzentrieren wir uns auf die Hauptsache.« Er hielt inne. »Vielleicht lade ich Archie Love später noch vor, nur um mal zu sehen, wie er so ist.«

»Ich glaube nicht, dass er von Carter und seiner Tochter wusste«, warnte ihn Laidlaw.

»Na ja, wird jetzt keinen großen Unterschied mehr machen. Er kann schlecht zu ihm nach Hause fahren und ihn verprügeln.«

»Aber der Tochter machst du damit das Leben nicht leichter.«

»Ich hab immer gesagt, du bist zu weich. Kann sein, dass du einen harten Schädel hast, aber dein Herz ist es nicht.« Milligan bekam Zeichen von der anderen Seite des Raums. »Sieht aus, als wäre Cam Colvin jetzt da.«

»Soll ich mit reinkommen, wenn du ihn vernimmst?«

Milligan schnaubte und drehte sich um.

»Danke trotzdem, dass du's in Betracht gezogen hast«, brummte Laidlaw. Seine Schläfen pochten. Schon seit fast einer Stunde, der Schmerz wurde immer hartnäckiger. »Jetzt nicht, Migräne«, sagte er. »Nach der Arbeit schenke ich dir meine volle Aufmerksamkeit, ich versprech's, aber jetzt muss ich erst mal der Presse einen Besuch abstatten.«

»Schön , dass du gleich bewaffnet hier anmarschierst, Cam«, sagte Milligan beim Betreten des Vernehmungszimmers.

Der Anwalt neben Cam Colvin trug einen doppelreihigen Nadelstreifenanzug und eine weinrote Seidenkrawatte.

Feine rote Äderchen überzogen seine Nase und die Wangen. Er hieß Bryce Mundell. Milligan hatte in der Vergangenheit bereits häufiger mit ihm zu tun gehabt. Bobby Carter hatte sich auf Wirtschaftsrecht spezialisiert, Mundell auf Strafrecht. Wenn man korrupt war und sich sein Honorar leisten konnte, war er der richtige Mann. Gestern hatte er Spanner Thomson vertreten. Milligan wunderte sich nicht, ihm heute wieder gegenüberzusitzen.

»Der Gestank hier ist ja schon gesundheitsschädlich«, beschwerte sich der Anwalt, zog demonstrativ ein weißes Stofftaschentuch aus der Tasche und hielt es sich vor Mund und Nase.

»Ich hab gar nicht gemerkt, dass es stinkt, bis Ihr Klient hereinkam«, entgegnete Milligan und machte es sich bequem.

»Sie sind ein echter Scherzkeks«, erwiderte Colvin.

»Ich sorge gerne für gute Stimmung«, pflichtete Milligan ihm bei. »Deshalb hab ich auch die Kollegen losgeschickt, damit sie jeden einzelnen Zentimeter auf allen Grundstücken ausleuchten, die irgendwas mit Ihnen zu tun haben.«

»Und ich habe bereits mit Commander Frederick darüber gesprochen«, fiel Mundell ihm ins Wort und stopfte das Taschentuch wieder in die Tasche. »Ich habe große Zweifel daran, dass die Durchsuchungen im Vorfeld vorschriftsmäßig genehmigt wurden.«

Milligan ignorierte die Bemerkung. Seine Aufmerksamkeit galt Colvin. »Das Gay Laddie anzuzünden ist natürlich eine sichere Methode, um John Rhodes unverzüglich auf den Plan zu rufen. Wollen Sie das, Cam? Zwei von seinen Leuten derart verdreschen, dass sie im Krankenhaus behandelt werden mussten – war das rückblickend wirklich so klug?«

»Ich weiß nicht, wovon Sie sprechen.« Colvin hatte die Arme verschränkt, den Kopf zur Seite geneigt. Er schaute Milligan an, als läge er vor ihm auf dem Seziertisch. Milligan fand, es sei Zeit für ein bisschen Provokation. Er öffnete die Akte, die er mitgebracht hatte, hauptsächlich zu Demonstrationszwecken. Jetzt betrachtete er das oben aufliegende handgeschriebene Blatt, zählte still bis fünfzehn. Der Anwalt ließ ungeduldig seinen Kugelschreiber klicken. Wobei er natürlich *niemals* wirklich ungeduldig wurde, jedenfalls nicht, solange er für jede angefangene Viertelstunde bezahlt wurde.

»War das Treffen zwischen Spanner und John Rhodes Ihre Idee?«, fragte Milligan betont beiläufig.

»Welches Treffen?«

»Vor gerade mal einer Stunde.«

Colvin setzte sich kaum merklich auf seinem Stuhl zurecht. Hätte er die Arme nicht schon verschränkt, würde er es jetzt tun, dachte Milligan. Er ist beunruhigt und spielt auf Zeit, während es in seinem Gehirn rattert.

»Spanner ist gefahren«, unterbrach Milligan das Schweigen, »Rhodes saß auf dem Beifahrersitz, nett geplaudert haben die beiden. Und besonders diskret war's auch nicht – sind mitten im morgendlichen Berufsverkehr die Castle Street runter und wurden dabei von mehreren Zeugen gesehen, Sie dürfen mir also ruhig glauben, dass es so war. Mich interessiert nur, ob das mit Ihrem Segen geschehen ist. Die halbe Nacht versuchen Sie, Rhodes fertigzumachen, dann schicken Sie Spanner – ausgerechnet Spanner Thomson – los zum Verhandeln.« Er brach ab, dachte nach. »Nur dass das gar keinen Sinn macht, oder? Sie sind aus Balornock in die Stadt reingefahren, was bedeutet, dass eher Rhodes zu Besuch kam als andersherum. Hat sogar seinen Jaguar und einen Fahrer dabeigehabt, damit er abhauen kann, bevor Spanner zu weit in Ihre Ecke kam.«

Er klappte den Ordner wieder zu und tippte mit einem Finger drauf.

»Möchten Sie was dazu sagen, Cam?«

Mundell räusperte sich. »Sie haben uns nichts zu bieten außer Gerüchten, DI Milligan. Mein Klient wird keine Aussage machen.«

Milligan klappte den Aktenordner wieder auf und nahm die Titelseite der Abendzeitung vom Vortag heraus. »Das ist nicht gerade hilfreich.«

Colvin musterte das Bild, das vor dem Parlour aufgenommen wurde. Schwer zu sagen, ob seine Aufmerksamkeit mehr der Witwe oder sich selbst galt.

»Da es keine von der Polizei organisierte Pressekonferenz gab«, Mundell zog die Worte mit seinem auf einer teuren Privatschule antrainierten Tonfall in die Länge, »haben die Angehörigen des Opfers beschlossen, die Angelegenheit selbst in die Hand zu nehmen. Haben Sie daraufhin weitere Informationen erhalten?«

»Das darf ich Ihnen nicht verraten.«

»Gestern wurde meinem Klienten Mr. Thomson ein Phantombild einer möglicherweise verdächtigen Person gezeigt, die in der Nähe der Messerfundstelle gesehen wurde. Gab es Fortschritte bei der Identifizierung dieser Person?«

»Wir sind nicht wegen Spanner Thomson hier.«

»Was uns direkt zu der Frage bringt, warum wir sonst hier sind.« Mundell starrte Milligan wütend an.

»Wir sind hier, weil Ihr Klient – der heute, meine ich – Gefahr läuft, einen sehr unschönen Krieg auf den Straßen meiner Stadt anzuzetteln. Ich möchte, dass er sich der möglichen Folgen bewusst ist.«

»Den Vortrag sollten Sie lieber John Rhodes halten«, sagte Cam Colvin.

»Wie wär's, wenn Sie ein Treffen mit ihm vermitteln?«

»Mit einem Polizisten im Zimmer hätten wir uns nichts zu sagen.«

Colvins Blick bohrte sich in den von Milligan. »Und Sie wären doch sicher gerne dabei? Sonst können Sie ja auch nicht damit angeben. Wenn Rhodes reden will, weiß er, wo er mich findet. Bislang gab's nicht mal einen Anruf oder eine Beileidskarte.« Er lehnte sich auf seinem Stuhl zurück. »Hab gehört, Rhodes schmeißt öfter mal ein, zwei Runden im Top Spot, auch als Ben Finlay dort seinen Abschied gefeiert hat. Vielleicht ist das ja Ihr Problem.«

»Kann es sein, dass mein Klient nicht ganz unrecht hat, DI Milligan?«, schaltete sich Bryce Mundell ein. »Mr. Colvin hat einen guten Freund und Geschäftspartner verloren. Schon eigenartig, dass Sie so viel Zeit darauf verwenden, ihn und seine Mitarbeiter zu belästigen, während John Rhodes freie Bahn bekommt. Das riecht nach Vetternwirtschaft. Ich bin sicher, Sie möchten nicht, dass solche Vermutungen in der breiteren Öffentlichkeit die Runde machen. Dreck hat die Eigenschaft, an einem kleben zu bleiben, nicht wahr?«

Milligan merkte, wie ihm Farbe ins Gesicht stieg. Er klappte den Aktenordner wieder zu und stand auf.

»Darf ich davon ausgehen, dass wir hier fertig sind?« Mundell versuchte, nicht süffisant zu grinsen.

»Noch lange nicht«, entgegnete Milligan und ging raus.

Im Hinterzimmer des Gay Laddie lag nur noch ein schwacher Brandgeruch. John Rhodes hatte seine beiden verwundeten Soldaten zur Manöverkritik herbestellt. Wobei keiner von beiden etwas zu berichten hatte, das Rhodes nicht längst wusste. Die Angreifer hatten Sturmmasken getragen, nur die Augen waren zu sehen gewesen. Außerdem hatten sie den Ort jeweils gut ausgesucht – eine schlecht beleuchtete Straße und ein Hauseingang hinter einer hohen Hecke –, es gab kaum Zeugen, wenn überhaupt. Gesprochen wurde nichts. Die Verletzungen gingen kaum über ein paar Prellungen, eine angeknackste Rippe und möglicherweise eine Gehirnerschütterung hinaus. Rhodes hatte den beiden nichts Alkoholisches angeboten.

»Alkoholfreie Getränke sind das Beste für euch«, hatte er erklärt. Eine offene Flasche Lucozade stand auf dem Tisch, der Inhalt auf einige Half-Pint-Gläser verteilt.

»Tut mir leid, wenn wir dich enttäuscht haben«, einer der beiden Männer hielt es offenbar für nötig, das zu sagen.

»Ihr habt nicht aufgepasst, mehr nicht. Aber es sollte euch eine Lehre sein. In unserem Spiel hat niemand um fünf Feierabend. Ihr müsst immer in Alarmbereitschaft sein, verstanden?«

Beide nickten. Sie rührten nicht mal ihre Getränke an, bis Rhodes ihnen mit einer Geste zu verstehen gab, dass sie zugreifen sollten. Den ersten Schluck nahmen sie argwöhnisch, als rechneten sie damit, dass die Lucozade vergiftet war.

»Ich habe von einem Spiel gesprochen«, fuhr Rhodes fort, »und das bedeutet, wir sind ein Team. Wenn uns einer angreift, schlagen wir zurück. Und das werden wir, das könnt ihr glauben. Ihr bekommt eure Rache. Aber wir überstürzen nichts, verstanden? Es muss zu meinen Bedingungen passieren, nicht euren, *ich* bestimme den Zeitpunkt. Ihr müsst kapieren, dass ich euch nicht vergessen habe und euch nicht übergehe. Ist nur so, dass sich vielleicht noch was Größeres anbahnt, und es gibt ein paar Dinge, die vorher in Ordnung gebracht werden müssen.«

»Wie Sie meinen, Mr. Rhodes.«

»Wir sind nur …«

Rhodes schlug mit der flachen Hand so hart auf den Tisch, dass beide Männer zusammenzuckten.

»Keine Entschuldigungen mehr«, sagte er. »Ich will sie nicht hören. Ich will nur, dass ihr in Zukunft auf der Hut seid, weil ihr's denen dieses Mal viel zu leicht gemacht habt, wer auch immer es war.«

»War doch sicher Cam Colvin.«

»Daran ist gar nichts ›sicher‹, mein Lieber. Nicht in diesem Geschäft. Denkfaulheit führt in alle möglichen Sackgassen, und in Sackgassen wird man am ehesten überfallen. Jetzt verpisst euch, alle beide.« Rhodes griff in seine Tasche, zog ein paar Scheine hervor und schob sie über den Tisch. »Nennen wir's Krankengeld«, sagte er.

»Wir fliegen nicht raus?«

»Ihr wurdet verwarnt, mehr nicht. Wenn ihr schlau seid und draus lernt, umso besser.«

»Auf geht's, Jungs«, sagte das Narbengesicht hinter ihnen. Sie standen auf, brummten ein Danke und nahmen ihr Geld.

Kaum waren sie weg, schob John Rhodes seinen Stuhl zurück und streckte die Beine aus.

»Vielleicht lässt du sie hier draußen Nachtwache schieben«, sagte er zu dem mit den Narben.

»Meinst du, die werden es noch mal mit einem Anschlag versuchen?«

»Nein, mach's trotzdem. Vielleicht dämmert den beiden, dass es eine Strafe ist. Vielleicht aber auch nicht.«

»Das mit der Lucozade war eine schöne Geste.«

»Nicht weil mir viel an ihnen liegt, falls du das denkst, sondern weil ich manchmal besser dran wäre, wenn ich kranke Schulkinder einstellen würde als solche Typen. Aber wahrscheinlich wären die sogar noch zu blöd, um zu merken, wenn sie beschimpft werden. Muss ich meine Anweisungen noch mal wiederholen?«

»Angekommen und verstanden.«

»Worauf zum Teufel wartest du dann? Geh und sag ihnen Bescheid!«

22

DER GLASGOWER PRESSECLUB befand sich in der West George Street. Eine geschwungene Treppe – ein Fluch im Leben einiger übergewichtiger Journalisten – führte zu einer verschlossenen Tür, hinter der sich eine Bar und ein abgetrennter Raucherraum befanden. Eddie Devlin war bereits dort. Devlin arbeitete für den *Glasgow Herald* und verfügte über das Wissen eines Archivars, was die Stadt betraf. Ein großzügig eingeschenkter Whisky wartete auf Laidlaw, außerdem ein kleiner Krug mit Wasser. In einer Ecke des Raums lief ein Fernseher, anscheinend eine Sendung der Open University.

»Der Barmann studiert Strukturmechanik«, erklärte Devlin. Vor ihm stand ein Pint Tennent's und zweifellos würde er das Glas als halb leer und nicht als halb voll bezeichnen.

»Soll ich dir noch eins holen?«, fragte Laidlaw, aber der Reporter schüttelte den Kopf. »Ich glaube, allmählich werde ich schwerhörig, Eddie«, zog Laidlaw ihn auf.

»Anweisung vom Arzt. Er will, dass ich über zehn Kilo abnehme. Ich hab vorgeschlagen, mir einen Arm oder ein Bein abzuhacken, aber davon hat er mir abgeraten.«

»Wie lautet die Diagnose?«

»Such's dir aus, ich hab alles. Diabetes, vernarbte Lungen, herzkrank bin ich außerdem. Ach, und leichte Zahnschmerzen kommen noch dazu.«

»Klingt nach einem Volltreffer. Aber du arbeitest noch, oder?«

»Das Verbrechen ruht nicht, Jack, ebenso wenig wie der Chefreporter vom *Herald*. Trotzdem fallen hier und da ein paar Stunden Schlaf für mich ab, auch wenn ich immer Angst habe, nicht wieder aufzuwachen. Also verschaff mir gute Laune – sag, dass du hier bist, um mir was zu erzählen und nicht um Informationen abzuzapfen.«

»Tut mir leid, dass ich dich enttäuschen muss, Eddie.« Laidlaw öffnete seine Zigarettenschachtel und bot Devlin eine an.

»Ich versuch's mir abzugewöhnen.« Was ihn nicht davon abhielt, die Zigarette, die Laidlaw sich zwischen die Lippen steckte und anzündete, schmachtend zu betrachten.

»Von Willensstärke mal abgesehen, was ist dein Geheimnis?«

»Pfefferminzbonbons und Kaugummi.«

»Erklärt jedenfalls die Zahnschmerzen.« In einem barmherzigen Akt blies Laidlaw seinem Freund ein bisschen Rauch zu und sah, wie Devlin ihn inhalierte. Dann sagte er: »Hast du was von deinen Informanten gehört, Eddie?« Er zog den Aschenbecher über den Tisch zu sich heran.

»Über vergangene Nacht, meinst du? Die Brandbombe und die Schlägereien?«

»Das und alles andere. Ich hab das Gefühl, das Chaos hat Methode, aber welche, hat sich mir noch nicht so richtig erschlossen.«

»Mir auch nicht. Weißt du, Carter war kein zurückhaltender Typ. Fiel ihm anscheinend auch schwer, sein Ding in der Hose zu lassen.«

»Mit Jennifer Love haben wir schon gesprochen. Haben wir jemanden übersehen?«

»Wahrscheinlich jede Menge One-Night-Stands und Blitzaffären. Er war immer in dem Casino in der Ingram Street. Die haben ein paar Zimmer im obersten Stock, manchmal werden die von Kunden genutzt, die's nicht mehr nach Hause schaffen – ich meine Spieler, die seitens des Casinos aber mit Samthandschuhen angefasst werden. Hin und wieder ist Carter dort mit seinen Eroberungen abgestiegen.«

»Außer seiner Frau und den Kindern haben es alle gewusst.«

»Ist doch immer so.«

»Wird das Casino noch von Joey Frazer betrieben?«

»Sein Name steht in den Verträgen, aber das Gebäude gehört Colvin und er behält den Löwenanteil der Einnahmen.«

»Wenn Carter sich also beim Zocken übernommen hat ...«

»Carter hat nie viel gesetzt. Er hat gegessen, Champagner getrunken, ein bisschen Roulette oder Blackjack gespielt. Das war einfach ein Ort, wo er sich unter die Leute gemischt hat und vor einer Sekretärin oder einer Friseuse aus Maryhill den großen Macker markiert hat.«

»Oder auch vor einer Tänzerin aus Knightswood.«

Devlins Mund zuckte. »Du weißt, dass sie vor Carter mit Chick McAllister zusammen war?«

»Hab mich mit ihm unterhalten.«

»Dann weißt du auch, dass McAllister für John Rhodes arbeitet?«

»Ist eine kleine Stadt, Eddie.«

»Könnte man an einem einzigen Tag malen«, stimmte Devlin ihm zu. »Aber bevor man fertig wird, ist der erste Teil schon mit Graffiti übersprüht.«

Die beiden schwiegen, tranken. »Hast du mal an Matt Mason gedacht?«, fragte Devlin schließlich und senkte dabei die

Stimme. Laidlaw blickte zu den anderen Tischen, zwei Gruppen von Männern erzählten sich Kriegsgeschichten. Niemand schien zuzuhören, aber andererseits waren sie alle nicht blöd. Sie wussten, wer Laidlaw war oder zumindest was er war. Als er weitersprach, war Laidlaws Stimme ein leise murmelndes Bächlein.

»Nicht allzu ausführlich. Meinst du, ich sollte?«

»Du weißt, wer Jennifer Loves Vater ist?« Laidlaw nickte. »Es heißt, Matt Mason zahlt ihm heutzutage seinen Lohn.«

»Was ist denn sein Job?«

»Love kennt noch ein paar Leute aus dem Fußball. Er trainiert Jugendliche für die Junior League. Aber die Spieler ziehen häufig zu größeren Vereinen weiter und durch sie lernt Love mehr oder weniger alle und jeden kennen. An einem Fußballspiel hängt häufig eine Menge Geld. Ein paar Wetten auf mehrere Buchmacher verteilt, außerdem Toto natürlich …«

»Willst du sagen, Love überredet Spieler, hin und wieder ein Spiel zu kippen?«

Devlin zuckte mit den Schultern. »Bei Torhütern ist es am einfachsten. Gewühl im Elfmeterraum, ein ungeschickter Abwehrversuch, mit ein paar Tricks sehen die Verteidiger genauso schuldig aus. Ich sage nicht, dass es stimmt, aber das hab ich gehört.«

»Und bei all dem läuft Loves Tochter von einem John-Rhodes-Mann zu einem von Cam Colvin über.«

»Kannst du dir vorstellen, dass ihr alter Vater begeistert davon wäre, wo er sich gerade vor Matt Masons Karren hat spannen lassen?«

»Nein, bestimmt nicht. Danke Eddie.«

»Bekomme ich was dafür?«

»Milligan ist mal wieder der Elefant im Porzellanladen.«

»War das nicht deine Rolle?«

»Er hat Cam Colvin zu einem Gespräch bestellt.«

»Verständlich nach dem Anschlag auf das Gay Laddie.«

»Wird ihm nichts bringen.«

»Hast du's schon vergessen? Ich bin ein kranker Mann, Jack. Das ist verdammt schmale Kost, die du mir da vorsetzt.«

»Ich dachte, du willst ein paar Kilos verlieren, Eddie.«

»Meinen Job würde ich aber ganz gerne behalten. Zeitungen sehen nicht gut aus ohne Artikel. Wenn ich meinem Chef nicht bald was vorlegen kann, muss ich möglicherweise auswandern.«

»Hab gehört, Südafrika soll schön sein.«

»Könnte auch erklären, wieso die so viele Anzeigen aus der Zeitung nehmen.« Devlin bedachte Laidlaw mit einem Blick. »Aber das weißt du ja alles.«

»Weil ich sie gewissenhaft lese, Eddie. Schön zu erfahren, dass Mr. Heath dem gemeinsamen europäischen Markt beitreten will. Hab gehört, Enoch Powell war kürzlich in der Stadt und hat alle aufgehetzt.« Er sah Devlin zurückschrecken und fragte: »Warst du da?«

»Auf Anweisung des Chefredakteurs.«

»Dann bist du ja genauso gut informiert wie ich«, sagte er versöhnlich. »Ich lass mich gerne von dir beim Snooker schlagen, wenn es dein Unwohlsein lindert.«

»Ich hab dich Snooker spielen sehen, Jack. Bis du eine einzige Kugel eingelocht hast, habe ich Proust von vorne bis hinten auf Französisch gelesen.«

»Aber du hättest nur halb so viel Spaß dabei«, sagte Laidlaw und hob sein leeres Glas, als wollte er ihm zuprosten.

23

COLVIN HATTE SEINE MÄNNER wieder in denselben Konferenzraum im Coronach Hotel beordert, aber Dan Tomlinson hatte nur alkoholfreie Getränke bereitgestellt. Panda Paterson sah sich vergeblich nach Essbarem um. An Verpflegung nur das Nötigste, hatte Colvin Tomlinson angewiesen. Colvin saß am Kopfende des Tisches, zog ein frisch gewaschenes Taschentuch aus der Tasche und putzte sich die Nase, bevor er das Wort ergriff.

»Erst mal will ich sagen, wie schön, dass du wieder da bist, Spanner. Ich gehe mal davon aus, dass sie dich bei der Central Division gut behandelt haben.«

»Ich hab ihnen nichts verraten, weil es nichts zu verraten gab«, sagte Thomson.

Colvin signalisierte nickend seine Zustimmung. »Dasselbe haben sie auch mit mir gemacht«, sagte er, »wenn auch aus anderen Gründen. Anscheinend dachten die, ich hätte den Anschlag auf das Gay Laddie und die zwei Überfälle genehmigt. Es heißt, Rhodes' Männer haben Milligans Team nichts verraten, aber die haben sowieso nicht gesehen, wer ihnen aufgelauert hat.« Er hielt inne, um mit einem seiner goldenen Manschettenknöpfe zu spielen. »Ich kann den Impuls verstehen, was zu unternehmen, vielleicht sogar mit dem Hintergedanken, dass es ein schönes Geschenk für mich wäre, mit Schleifchen drum und so, aber so läuft das nicht. Also, welches Arschloch von euch war's?«

Die vier Männer sahen sich schulterzuckend gegenseitig an.

»Spanner würde ich mal ausschließen, zu dem Zeitpunkt war er zwar nicht in Gewahrsam, aber wahrscheinlich hatten die Cops schon ein Auge auf ihn. Mickey, Dod und Panda – der Ball liegt bei euch im Strafraum, sozusagen.«

»Ich hab nichts damit zu tun«, brummte Ballater, während seine Kollegen ebenfalls die Köpfe schüttelten.

»Dann war's jemand weiter unten?«, fragte Colvin. »Ich will, dass ihr rausfindet, wer, fangt bei den Übereifrigen an, die's mir unbedingt recht machen wollen. Die haben nichts dagegen, dass es rauskommt, weil sie denken, sie bekommen eine Beförderung oder wenigstens ein Küsschen.«

»Hast du mal an Matt Mason gedacht, Chef?«, fragte Dod Menzies.

»Ich habe an *alle* gedacht, Dod«, blaffte Colvin ihn an. »Wie kommst du drauf, dass ich so was übersehen könnte?«

Menzies hob kapitulierend beide Hände. »Ich mein ja nur, wenn jemand was davon hat, dass Rhodes und du gegenseitig Rechnungen begleichen …«

»Ratespielchen sind schön und gut, aber ich brauche Antworten, und solange ihr hier auf euren fetten Ärschen sitzt, bekomme ich keine.« Colvin bedachte jeden Einzelnen mit einem Blick. »Also geht da raus und stellt Fragen.« Als die vier aufstanden, wandte er sich an Thomson. »Warte kurz, Spanner«, befahl er. »Ich will noch mal mit dir über Ernie Milligan sprechen.«

Colvin gab noch ein kleines bisschen Wasser in sein Glas, während die anderen abzogen, Paterson gab Thomson zu verstehen, dass er im Wagen auf ihn warten würde. Als die Tür zu war, wartete Colvin noch eine weitere halbe Minute, dann schenkte er Spanner seine volle und ungeteilte Aufmerksamkeit.

»Was ist mit Milligan?«, fragte Thomson in die Stille hinein.

»Wolltest du mir noch was sagen, Spanner? Vielleicht etwas, das du weißt und ich nicht?«

Thomson schüttelte misstrauisch den Kopf.

»Ich spreche eher über heute Morgen als über gestern.«

Thomson ließ sichtlich die Schultern hängen. »John Rhodes«, sagte er halb laut.

»Nicht gerade geheim, oder? Am helllichten Tage die Castle Street langzufahren. Was hat er gewollt?«

»Er denkt, dass ich auf die Wache musste, könnte irgendwas ändern.«

»Was denn?«

»Zwischen dir und mir, mir und den anderen.« Thomson wies mit einem Kopfnicken zur Tür.

»Und du hattest vor, das für dich zu behalten?«

»Ich wusste ja, wie's aussehen würde. Wie es aussieht. Aber John Rhodes wird von mir nichts erfahren, das schwör ich dir.«

»Da bin ich aber froh, das zu hören, denn solltest du jemals versuchen, mich zu hintergehen, zahl ich's deiner ganzen Familie heim, von längst begrabenen Vorfahren bis zu dritten Cousinen zweites Grades, von denen du nicht mal wusstest, dass du mit ihnen verwandt bist. Hast du verstanden?«

»Um Himmels willen, Cam, wie lange kennen wir uns?«

Colvin schlug mit der flachen Hand auf den Tisch. »Das zählt einen Scheiß, Spanner.« Er bleckte jetzt die Zähne, was zur Schärfe seines Tons passte. »Wenn mir jemand ans Leder will, antworte ich mit einer Atombombe. Ist das klar?«

Thomson nickte mürrisch.

»Hast du mir sonst noch was über unseren Freund Rhodes zu berichten?«

»Er hat um die Ecke bei mir zu Hause gewartet.«

»Wollte wahrscheinlich nicht, dass die Nachbarn es sehen. Trotzdem seid ihr zusammen aufgefallen, und das bedeutet, dass er sich keine große Mühe gegeben hat, es geheim zu halten. Der spielt mit uns, Spanner, ich hoffe, du kapierst das. Ich kenne dich länger als sonst jemanden in meinem Leben. Wenn Rhodes einen Keil zwischen uns treiben kann, denkt er noch, er darf sich alles erlauben.«

Thomson konnte sich zu keinem Blickkontakt aufraffen. »Er hat mir erzählt, Bobby hätte abspringen und sich selbstständig machen wollen. Als Konkurrenz, meine ich.«

Colvin schnaubte. »Das wollte er dir weismachen?«

»Außerdem würden wir ja sowieso von ihm erwarten, dass er so was behauptet.«

»Als der da oben die Gerissenheit verteilt hat, stand John Rhodes bestimmt nicht ganz hinten in der Schlange.«

»Meinst du, er hat mir einen aufgebunden? Ich weiß, dass du Bobby großes Vertrauen geschenkt hast, Cam, aber wir anderen haben nicht alle denselben Goldjungen in ihm gesehen wie du ...«

Colvins Miene verfinsterte sich weiter. »Bobby war einer von uns, egal, welches Gift John Rhodes verspritzt. Wäre schön, wenn du das nicht vergisst.«

»Ja, Cam.«

»Also, falls und wenn er noch mal Kontakt aufnimmt ...«

»Komm ich direkt zu dir.«

»Allerdings, verdammte Scheiße, genau das tust du. Versuch bloß nicht noch mal, mir so was zu verheimlichen.« Colvin hielt inne. »Und wenn du eine Ahnung hast, wer die Anschläge gestern Nacht in Auftrag gegeben hat ...«

»Ich schwör bei Gott, ich weiß es nicht.«

»Dann mach, dass du verschwindest, und finde raus, wer's war!«

Thomson sprang auf, hielt nach ein paar Schritten aber inne. »Ist zwischen uns alles okay, Cam?«

»Sag du's mir, Spanner.«

»Ich fänd's furchtbar, wenn nicht.« Er wartete wieder, aber sein Chef machte sich bereits wieder an seinen Manschettenknöpfen zu schaffen.

Als Thomson die Tür aufzog, sah er Mickey Ballater ein paar Meter weiter hinten im Gang. Er kam auf ihn zu.

»Ich muss den Chef sprechen«, erklärte er. »Wir treffen uns im Wagen.«

Thomson nickte und ging, Ballater trat in den Raum und schloss die Tür hinter sich.

»Alles in Ordnung, Cam?«, erkundigte er sich.

»Kann ich was für dich tun, Mickey?«

»Wollte nur sicher sein, dass es zwischen Spanner und dir keine Probleme gibt. Wenn doch, musst du nur was sagen.«

Colvin presste die Hände flach zusammen und führte die Fingerspitzen an die Lippen.

»Vielleicht solltest du ihn für mich im Auge behalten. Heute Morgen saß John Rhodes bei ihm im Wagen. Wenn das noch mal vorkommt, würde ich's lieber von einem meiner eigenen Leute erfahren, nicht vom CID.«

»Was wollte Rhodes?«

»Höchstwahrscheinlich, dass wir uns untereinander bekriegen anstatt mit ihm.«

»Aber du bist nicht sicher, ob du Spanner vertrauen kannst?«

Colvin machte eine unverbindliche Geste.

»Das Messer wurde in der Nähe von Spanners Haus deponiert«, fuhr Ballater fort. »Als Nächstes bekommt er Besuch von John Rhodes. Ich würde sagen, Rhodes hält Spanner für den Mörder und will, dass wir's wissen.«

»Oder er deckt einen seiner eigenen Leute. Weißt du, dass Jenni Love und Chick McAllister mal zusammen waren?«

»Aber vor einer ganzen Weile. Und sie hat mit Bobby Schluss gemacht, bevor er dran glauben musste.«

»Eifersucht ist schon eine komische Sache, oder? Nicht rational, so wie unsere Geschäfte. Wenn wir jemandem einen Besuch abstatten, dann geht es immer ums Geschäft. Es ist nie was Persönliches. Wenn jemand Mist baut, dann deshalb, weil das Herz über den Verstand regiert und er das Denken einstellt.«

»So schnell brennt Chick McAllister die Sicherung nicht durch.«

»Aber vielleicht frisst er's in sich rein, lässt es in tiefstem Innern immer weiterbrodeln.«

»In dem Fall sollten wir lieber ihn im Auge behalten, nicht Spanner.«

»Eins nach dem anderen, Mickey. Behalt Spanner im Auge, find raus, wer das gestern Nacht war, und anschließend konzentrieren wir uns auf McAllister – einverstanden?«

»Hundert Prozent, Cam.«

Colvin streckte einen Arm aus, sodass er nun auf der Lehne

des freien Stuhls neben sich lag. Er musste nichts sagen. Die Bedeutung der Geste war offensichtlich und Mickey zeigte nickend, dass er verstanden hatte und das damit verbundene Angebot annahm.

Auf dem ansonsten leeren Hotelparkplatz ließen Menzies, Paterson und Thomson den Motor laufen, damit die Heizung warm wurde. Der Peugeot 504 war ein großer Wagen, aber sie füllten ihn aus – Menzies am Steuer, Thomson auf dem Beifahrersitz, Paterson hinten. Sie schauten zum Hoteleingang, fragten sich, was Mickey Ballater vorhatte.

»Können wir ihm vertrauen?«, fragte Menzies.

»Er ist ehrgeizig«, erwiderte Thomson. »Und hält sich für schlau.«

»Hat keiner von euch was mit gestern Nacht zu tun?«, fragte Paterson, bevor er ein weiteres Mal in seinen Macaroon-Riegel biss.

»Ich nicht, das weiß ich.«

»Ich auch nicht. Wie sieht's mit dir aus, Panda?«

Paterson kaute und schluckte, bevor er antwortete. »Mickey würde ich's zutrauen. Er umgibt sich gerne mit Jüngeren, gibt vor ihnen an. Ich kenne ein oder zwei, die springen, wenn er pfeift. Sollte er ihnen ohne uns Fragen stellen wollen, dann könnte das ein Zeichen dafür sein, dass er uns von ihnen fernhält, weil er denkt, dass ihnen was rausrutscht.«

Zustimmendes Nicken auf den vorderen Sitzen.

»Ich kann's euch ja verraten«, setzte Thomson hinzu, »ich hatte heute Morgen Besuch von John Rhodes. Er sagt, er will mein Freund werden.«

Dod Menzies schnaubte, knetete das Lenkrad. Die Handschuhe, die er trug, waren ein Geschenk seiner Frau, feinstes, weiches Leder, mit einem Knopf am Handgelenk, damit sie schön eng saßen. Er hatte sie immer beim Fahren an und auch wenn er anderen Aufgaben nachging.

»Cam weiß, dass du nicht zum Verräter taugst«, versicherte Paterson Thomson und stopfte sich das leere Einwickelpapier in die Manteltasche.

»Auch wenn du blöd genug wärst, Bobby zu ermorden und das Messer praktisch direkt vor deiner Tür ins Gebüsch zu werfen.« Menzies lachte in sich hinein.

»Mach keine Witze«, sagte Thomson mit finsterem Blick. »Ich hab das Gefühl, dass mich jemand reinlegen will, und bis jetzt sieht's ganz danach aus, als würde es ihm gelingen.« Er rieb sich die Brust, spürte das beruhigende Gewicht des versteckten Schraubenschlüssels.

»Als ob du ein Messer benutzen würdest«, sagte Paterson, packte die Rückenlehne des Beifahrersitzes und zog sich daran nach vorne. »Wir wissen alle, dass Mickey der ist, der ein gutes Messer zu schätzen weiß.«

»Aber eigentlich eher ein Rasiermesser«, entgegnete Menzies. »Außerdem ist Mickey nicht auf die Witwe scharf.«

»Da wäre ich nicht so sicher«, sagte Thomson leise.

»Wie meinst du das, Spanner?«

Thomson zuckte nur mit den Schultern, dann sahen alle drei Ballater aus dem Gebäude treten, den Kragen hochstellen, die Stufen fast schon herabtänzeln und auf sie zukommen. Er wirkte entspannt, als wäre die kurze Unterredung mit Cam Colvin ein Bewerbungsgespräch gewesen und außerordentlich gut gelaufen. Er wirkte nicht mal besonders pikiert darüber, dass er auf den Rücksitz musste, sondern stieg ein und zog die Tür zu.

»Alles in Ordnung?«, erkundigte sich Menzies und schaute in den Rückspiegel.

»Absolut«, erwiderte Ballater, klatschte in die Hände und rieb sie aneinander. »Also machen wir jetzt ein paar Hausbesuche, oder was?«

»Wie der Chef gesagt hat.«

»Ihr wisst schon, das dauert den ganzen Tag, wenn wir uns nicht aufteilen«, meinte Ballater. »Ich kann mit meinen Leuten sprechen, ihr mit euren.«

»Dann machen wir das doch am besten so«, sagte Menzies, löste die Handbremse und warf Spanner Thomson einen vielsagenden Blick zu.

24

ES GAB TORPFOSTEN, aber kein Netz und der Rasen war von unzähligen Stollenschuhen aufgewühlt. Abgelegte Jacken dienten als Eckfahnen und Linien existierten nur in der Vorstellung der Anwesenden. Matschiges Laub bedeckte das Gras im Park dort, wo Laidlaw hinter den Bäumen hervorkam. Der Himmel war fast genauso deprimierend wie die klägliche Zahl an Zuschauern. Rote Adidas-Schultertaschen standen in einer Reihe am Spielfeldrand. Daneben drei Männer in Trainingsanzügen, die den Teenagern, deren Traum dies angeblich sein sollte, Anweisungen und Verwünschungen zubrüllten.

Laidlaw erkannte Archie Love, der ein paar Jahrzehnte älter war als die Assistenten neben ihm, auf Anhieb. Die anderen Zuschauer waren Eltern oder gelangweilte Geschwister. Ein paar trainierten ihr Dribbling.

»Verfluchte Scheiße, Kenny, den Zweikampf hätte sogar Stevie Wonder gewonnen!« Love schrie die Worte mit wahrer Leidenschaft, streckte die Arme aus und schlug sich vor Wut auf die Schenkel.

»Der Junge ist müde«, meinte einer der Assistenten entschuldigend.

»Wahrscheinlich hat er zu viele Pornohefte in seinem Zimmer versteckt«, pflichtete der andere ihm bei. »Sein rechter Arm kriegt mehr Bewegung als der ganze Rest zusammen.«

»Du musst es ja wissen, Jimmy«, meckerte Love, »die meisten Hefte kommen doch von dir.«

»Von irgendwas muss ich ja leben, Archie.«

»Mr. Love?«

Alle drei drehten sich um, als sie Laidlaws Stimme hörten.

»Verzeihen Sie, dass ich Sie aus einer so fesselnden Unterhaltung reiße, aber hätten Sie wohl eine Minute für mich?«

Love schaute auf seine Armbanduhr. »Sind sowieso gleich fünfundvierzig Minuten um.« Er hatte eine Trillerpfeife um den Hals hängen, setzte sie an die Lippen und pfiff. Die Spieler stöhnten erleichtert und gingen vom Feld.

»Kümmert euch um sie«, befahl Love, bevor er auf die Bäume und den Weg dahinter zuging. Er war ungefähr fünfzehn Zentimeter kleiner als Laidlaw und hatte seit seiner Zeit als aktiver Spieler ungefähr zehn Kilo zugelegt. Das dichte Haar war silbergrau und seine gebräunte Haut verriet, dass er sich noch immer Auslandsurlaub gönnte.

»Worum geht's?«, fragte er, wickelte einen Streifen Kaugummi aus und wollte ihn sich in den Mund stecken. Als Laidlaw ein Päckchen Zigaretten hervorzog, überlegte er es sich aber doch anders. »Ach, geben Sie mir lieber eine.« Laidlaw tat ihm den Gefallen und der ungekaute Kaugummi flog ins Gras. Einen Augenblick lang rauchten beide Männer schweigend.

»Ich bin Detective, Mr. Love.«

»Hab Sie nicht für den Talentscout von Inter Mailand gehalten, junger Mann.«

»Als ich jünger war, hab ich schon ein bisschen gespielt. Gab Leute, die meinten, ich hätte das Zeug, um dranzubleiben.«

»Was ist dann passiert?«

»Hab beschlossen, mein Leben lieber nicht mit Spielereien zu verplempern. Apropos Talentsuche, hab gehört, das machen Sie auch.«

»Begabte junge Spieler sind seltener als hochgeklappte Klobrillen im Nonnenkloster. Manchmal bringe ich einen bis zu einem Vertrag, der ihm richtig weiterhelfen könnte, und schaue dann zu, wie er's verkackt. Talent *und* Köpfchen ist die allerseltenste Kombination.« Nachdem er an beiläufigem Small Talk absolviert hatte, wozu er bereit war, musterte Love Laidlaw über die Zigarette in seinem Mundwinkel hinweg.

»Kennen Sie einen gewissen Matt Mason, Mr. Love?«

»Dem Namen nach.«

»Haben Sie nie für ihn gearbeitet?«

»Das ist eine ziemlich wüste Unterstellung. Wie wär's, wenn Sie mir Ihren Namen verraten, damit ich mich über Sie beschweren kann?«

»Detective Constable Laidlaw. Sie finden mich bei der Central Division, da ermittle ich im Mordfall Bobby Carter. Ich nehme nicht an, dass Sie ihn kannten?«

»Bobby Carter?« Love schüttelte den Kopf und schaute auf die Uhr. Einige der Spieler lagen ausgestreckt am Spielfeldrand, als könnten sie gar nicht schnell genug in ein weiches Bett fallen. Love pfiff, gab seinen Assistenten Zeichen, sie wieder hochzuscheuchen.

»Ich hab hier kein großes Glück, oder?«, sagte Laidlaw. »Wir versuchen es noch mit einem letzten Namen – Chick McAllister.«

»Ist ein Freund meiner Tochter.«

»*Der* Freund Ihrer Tochter – gewesen.«

Love zuckte mit den Schultern.

»War Ihnen bekannt, dass er für John Rhodes arbeitet?«

»Der Junge kam mir in Ordnung vor, sehr respektvoll.«

»Aber nicht unbedingt einer, den man sich als Schwiegersohn wünscht?«

»Dafür ist meine Jennifer noch zu jung.«

»Aber da liegt das Problem, nicht wahr? Sie wird nicht mehr lange Ihre Jennifer sein. Sie führt ihr eigenes Leben und trifft Entscheidungen, bei denen Sie und ihre Mutter nicht mitzureden haben.« Laidlaw hielt inne, als die Miene des Mannes sich verspannte. »Ich bin selbst Vater.«

»Was genau wollen Sie hier?«

»Wie geht's Ihnen eigentlich damit, dass Jennifer als Tänzerin arbeitet?«

»Wie würde es Ihnen denn damit gehen?«

»Ich stelle mir vor, ich hätte wohl ein bisschen Angst. Meine sind noch ein gutes Stück jünger, ein paar Jahre können wir sie noch in Watte packen.«

»Wissen Sie, sie macht nicht mehr als tanzen. Sie hütet sich davor, was mit dem Abschaum anzufangen, der da steht und sie anglotzt.«

»Dann haben Sie ihr also zugesehen?«

Ein kurzer Anflug von Unbehagen machte sich auf Loves Miene bemerkbar, als wäre er bei etwas ertappt worden. »Welcher Vater würde sich nicht den Laden ansehen, in dem seine Tochter arbeitet?«

»Die meisten, würde ich sagen.«

»Vielleicht finden Sie's heraus, wenn Ihre eigenen größer sind.«

»Sie klingen alles andere als glücklich über den Beruf Ihrer

Tochter, Mr. Love. Und falls Sie denken, dass sie sich nicht mit den Gästen abgibt ...«

»Was?«

Bis zu diesem Zeitpunkt hatte Laidlaw nicht gewusst, dass er es sagen würde. Später fragte er sich, warum er's getan hatte, wo er doch wusste, was für einen Ärger es im Hause Love verursachen würde. Wahrscheinlich lag es daran, dass er den Mann instinktiv und gleich auf Anhieb nicht leiden konnte. Es hatte mit seiner Einstellung zu tun und damit, dass sich in seinem Wohnzimmer alles nur um ihn drehte – sein Sessel, seine Pokale. Ohne Zweifel hatte er seine Frau über die Jahre, die sie unter seiner Knute gelebt hatte, zermürbt. Laidlaw hatte inzwischen aber ein Messer und konnte sich nicht verkneifen, es noch einmal in der Wunde herumzudrehen.

»Jenni hatte was mit Bobby Carter, Mr. Love«, sagte er. »Nachdem sie sich von McAllister getrennt hatte. Carter hat für Cam Colvin gearbeitet, McAllister gehört zu John Rhodes, und ich hab gehört, Matt Mason hat Sie in der Tasche wie so einen kleinen Spielzeughäuptling, den man auf dem Barras kaufen kann.« Laidlaw beobachtete die Wirkung seiner Worte und schloss daraus, dass Jennis Vater die Sache mit Carter neu war, und zwar so neu, dass er in seinem Kopf keinen Platz mehr dafür fand, die Verbindung zu Mason abzustreiten.

»Das hätte ich gewusst«, sagte er leise.

»Wirklich? Ist das die Art von Beziehung, die Sie zu Ihrer Tochter pflegen, Mr. Love? Oder ist es nicht eher wahrscheinlich, dass Ihre Familie Ihnen manches verheimlicht, damit Sie nicht wie eine Rakete hochgehen?«

Von der Seitenlinie her wurde gerufen, einer der Assistenten tippte auf sein Handgelenk.

»Sie haben Glück, dass ich los muss«, knurrte Love.

»Sie schwören, dass Sie nichts von Jenni und Bobby Carter wussten? Wenn Sie's gewusst hätten, was hätten Sie getan?«

»Kommt ganz drauf an.«

»Sie hätten mindestens ein ernstes Wort mit ihm gesprochen? Vielleicht bei einem Treffen im Parlour?«

»Das Parlour ist ein Pub von John Rhodes.«

»Und als einer von Matt Masons Leuten hätten Sie sich dort unwohl gefühlt?«

»Ich bin mein eigener Herr und gehöre niemandem.« Love bleckte beim Sprechen die Zähne. Laidlaw schüttelte langsam den Kopf.

»Sie lassen sich kaufen«, korrigierte er ihn. »Meiner Meinung nach verleiht Ihnen das die Glaubwürdigkeit einer Straßenhure nach der Sperrstunde.«

Laidlaw sah, wie Love sich aufplusterte und die Fäuste ballte.

Ein taxierender Blick auf seinen Gegner genügte ihm jedoch und Love überlegte es sich anders. Er trottete zurück zu seiner anderen Familie. Laidlaw fragte sich, ob er überhaupt eine von beiden verdient hatte, aber die Welt, in der beide Männer lebten, war sowieso selten gerecht.

25

»**UND?**«, fragte Bob Lilley. »Wie fandest du's?«

Margaret schaltete hoch. Sie war mit Fahren dran und hatte deswegen nur ein Glas zu warmen Weißwein getrunken. Bob hatte sich sehr viel mehr genehmigt, außerdem einen großen Antiquary zur Verdauung.

»Nette Kinder«, erwiderte Margaret. »Schade, dass sie auf einem Schlachtfeld leben.«

»Das ist ein bisschen übertrieben.«

»Kann sein. Das sind nette Leute, aber in dem Haus gibt's so viele Spannungen. Sag nicht, das hast du nicht gespürt.«

»Ich merke so was immer weniger.«

Margaret liebte es, nachts zu fahren, wenn die Stadt schlief und ihr niemand mehr in die Quere kam, außer hin und wieder eine rote Ampel oder ein angeheiterter Fußgänger. Das hatte sie Bob aber nie gesagt. Es hätte ihm nur einen Vorwand geliefert, sich zu drücken, wenn er mit Fahren dran war – und so gerne wie sie Auto fuhr, so gerne trank sie auch ein Glas Wein.

»Egal«, sagte er, »sprich weiter.«

Ihm war bewusst, dass sie häusliche Situationen besser einschätzen konnte als er, auch wenn ihm dies keineswegs immer behagte. Mehr als einmal hatte er gesagt, sie hätte ein guter Detective werden können.

»In jeder Ehe gibt es schlechte Tage«, folgte sie seiner Aufforderung. »Sogar in unserer. Aber wir begraben die Leichen und machen weiter. Heute Abend hatte ich das Gefühl, es saßen ein paar mit uns am Tisch. Als wir darüber gesprochen haben, wie viele Arbeitsstunden ihr beiden abreißt, und ich erzählt habe, dass du, wenn du nach Mitternacht nach Hause kommst, auf der Couch schlafen musst, damit du mich nicht weckst …«

»Hat Ena gesagt, dass Laidlaw lieber gleich woanders übernachtet.«

»Ich meine das, was sie danach gesagt hat, als wäre er ein Soldat, der immer nur nach Hause kommt, wenn er Fronturlaub hat.«

Margaret hielt inne. »Ich vermute, irgendetwas ist passiert, und deshalb wollte sie uns einladen. Sie will Zeugen haben. Geht Jack fremd?«

»Ich kenne ihn noch nicht lange«, gab Lilley zu bedenken, dann stieß er einen Seufzer aus, um die Stille zu füllen. »Manchmal übernachtet er in einem Hotel in der Stadt; er sagt, damit er in der Nähe der Ermittlungen bleibt.«

»Er sieht gut aus.«

»Findest du? Ich hoffe, du interessierst dich nicht für ihn.«

Sie lachte und legte ihre freie Hand auf seinen Oberschenkel. »Ich bin vergeben. Außerdem ist er zu gefährlich.«

»Und ich nicht?«

»Vielleicht ist er auf eine andere Art gefährlich – es gab Momente, da hab ich ihn ticken hören wie eine Bombe. Außerdem war's, als hätte Ena *gewollt*, dass er explodiert, damit wir sehen, womit sie's zu tun hat. Hast du das nicht gespürt, Bob?«

»Vielleicht ist sie noch gar nicht dahintergekommen, wen sie da geheiratet hat.«

»Ist er überhaupt selbst schon dahintergekommen?«

»Sagen wir mal, er ist noch dabei, und danken wir unseren Glückssternen, dass wir all das hinter uns haben.«

»Hab ich's dir noch gar nicht gesagt? Ich verlasse dich nächste Woche.«

»Nimm die Hypothek mit.« Lilley lächelte, dachte nach. »In einer Hinsicht hast du recht – es war schon komisch, ihn bei sich zu Hause zu sehen, als würde er sich dort nicht wohlfühlen. Vielleicht ist er ein Mann der Straße, so wie Davy Crockett einer der Wildnis war. Davy konnte sämtliche Spuren lesen, so lange hatte er dort gelebt. Fürs Häusliche war er wahrscheinlich weniger zu gebrauchen. Ich glaube, Jack ist so in Glasgow: Er bringt die Stadt mit nach Hause, und das ist selbst für das geräumigste Wohnzimmer zu viel.«

Margaret schien über seine Worte nachzudenken, fuhr langsamer, da die Ampel vor ihnen auf Rot umschaltete. »Bisschen romantisch verklärt, so wie du ihn betrachtest, oder?«

»Ich glaube, er *ist* ein Romantiker, auf eigenartige Weise. Er glaubt wirklich, auf der Straße gibt es eine Wahrheit, die man sonst nirgends findet.«

Sie sahen zwei Männer Schlangenlinien über den Gehweg ziehen, ihre erhitzte Diskussion führten sie ausschließlich mit Schimpfwörtern und Flüchen.

»Willst du hier eingreifen?«, fragte Margaret.

»Bin nicht im Dienst. Außerdem ist das keine Schlägerei, nur ein Dezibel-Wettstreit. Schau dir die Bäuche der beiden an – die sind wie Lambeg Drums, groß und laut, aber innen drin ist nur Luft.«

»Du redest schon wie er«, sagte Margaret mit nachsichtigem Lächeln.

Die Ampel sprang auf Grün und sie fuhren weiter.

»Jack ist außerdem ein Grübler«, setzte Lilley fort. »Das hab ich in dem Haus nicht gespürt – alles dort schien eher Ena zu sein als er. Auf seinem Schreibtisch im Büro hat er ausländische Bücher. Spanische, französische, vielleicht sogar dänische. Philosophen. Aber im Wohnzimmer hab ich nur Catherine Cookson gesehen.«

»Er ist abgetaucht, willst du das damit sagen?«

»Ich kenne ihn nicht annähernd lange genug, um mir eine Meinung zu bilden.«

Lilley zögerte. »Wir werden uns revanchieren müssen, oder? Die beiden zu uns einladen?«

»Wäre das denn so schlimm? Vielleicht finden sie ja ohne die Kinder heraus, was sie aneinander mögen.«

Margaret unterbrach sich, schaltete wieder hoch. »Andererseits haben sie vielleicht perfekt gelernt, in der Öffentlichkeit die glückliche Familie zu spielen. Könnte sein, dass das Essen deshalb auf ihrem Territorium stattfinden musste, ohne Masken.«

»Denkst du wirklich, sie will uns auf ihrer Seite haben, nicht auf seiner?«

»Ich glaube, in dieser Ehe ist kein Platz für Unparteiische.«

»Und hast du schon entschieden, wessen Fahne du hochhalten wirst?«

»Ihre natürlich.«

»Obwohl er ein gut aussehender Mann ist, noch dazu ein Romantiker?«

»Wette niemals gegen die Frau, Bob. Das solltest du inzwischen wissen. Apropos, wenn wir nach Hause kommen, gehe ich ins Bett, du holst mir einen Tee und vielleicht auch noch einen klitzekleinen Brandy.«

»Sehr wohl, Ma'am«, sagte Lilley, verneigte sich leicht und Margaret drückte noch mal seinen Oberschenkel.

»Sind wir die Einzigen, die diesen Film nicht gesehen haben?«, fragte Ena, als sie sich an dem Geschirr zu schaffen machte.

»Du willst doch keine Filme sehen, die nur für Zuschauer ab achtzehn freigegeben sind, schon vergessen? Nicht mal ein Musical wie *Cabaret.*«

»Al Pacino soll aber sehr gut sein.« Sie schaute Laidlaw an, der die Weingläser abtrocknete.

»Sie scheinen sehr nett zu sein, oder?«

»Gute, ehrliche Menschen.«

»Du hast mal zu mir gesagt, das sind die Schlimmsten.«

»Na ja, stimmt auch.« Laidlaw zog eine Schranktür auf.

»Die Gläser kommen eins weiter«, erklärte ihm Ena.

»Ist schon eine Weile her«, sagte er. Dann: »Wieso hast du die beiden eingeladen?«

»Gibt's einen Grund, warum ich's nicht hätte tun sollen?«

»Ist nur ungewöhnlich, mehr nicht.«

»Leute zum Essen einladen?«

»Dass *wir* Leute zum Essen einladen. Ist ein bisschen …«

»Gutbürgerlich? Hab ich übersehen, wie du dir vor dem Essen den Kohlenstaub unter Fingernägeln herausgekratzt hast?«

»Ich steh nicht so auf Small Talk, das weißt du.«

»Das erklärt, warum du fast nichts gesagt hast.«

»Aber ich hab gelächelt, oder nicht? Und ich hab über die Kinder geredet.«

»Du kriegst keine Eins mit Sternchen, nur weil du tust, was

jeder andere Vater auch tun würde, ohne überhaupt darüber nachzudenken.«

»Vielleicht weil die meisten Menschen nicht nachdenken, bevor sie reden. Mit dem Ergebnis, dass sie den Müll, den sie von sich geben, für ein Gespräch halten. Ich wühle mich durch den Müll, daher hab ich meine schmutzigen Fingernägel.«

Er bemerkte den Blick, den sie ihm zuwarf. »Anwesende natürlich ausgenommen. Deine Unterhaltungskünste sind selbstverständlich legendär.« Er nahm ihr die Teller mit dem Geschirrhandtuch ab.

»Wenn du mit denen fertig bist, kannst du mir bitte die Dessertschalen bringen?«

Er nickte und tat es. Es gab kein separates Esszimmer, aber das Wohnzimmer war groß genug für einen langen Ausziehtisch und vier Stühle. Laidlaw stapelte die Dessertschalen aufeinander, konnte sich aber kaum noch erinnern, was es als Vorspeise gegeben hatte. Er hielt inne und sah sich um. Zwei Sessel und ein dazu passendes geblümtes Sofa; im Regal gerahmte Fotos der drei Kinder, Porzellanfiguren, die Enas Mutter gehört hatten – bislang war nur eine zu Bruch gegangen, wegen der Kinder. Ganz oben stand eine Rauchglasschale, auf dem Rand saß ein Keramikkätzchen, die Augen auf eine kleinere Keramikmaus darin gerichtet. In Laidlaws Glas befand sich noch ein winziger Schluck Antiquary, den er jetzt nahm und im Mund kreisen ließ. Früher hatte er immer die Bedeutung der Schale und der Szene, die sich dort abspielte, zu deuten versucht. War er die Katze oder die Maus? Bildete die Schale Enas Vorstellung von ihrer Ehe ab? Oder hielt sie diese für eine charmante und witzige Raumdekoration?

Er war sich völlig darüber im Klaren, dass er während des

Essens weder charmant noch witzig gewesen war. Aber er war gelassen geblieben, das konnte sie nicht abstreiten. Gelassen *und* höflich.

Auch wenn, wie sie bereits angedeutet hatte, er weder für das eine noch für das andere eine Eins mit Sternchen verdient hatte.

»Bleibst du heute Nacht?«, fragte Ena. Sie stand an der Tür, Spülschaum an den Händen.

»Ich muss wieder früh raus.«

»Wir haben einen Wecker, Jack.«

Schließlich nickte er zustimmend, so wie die Situation es zu erfordern schien.

»Schön«, sagte seine Frau und wandte sich wieder von ihm ab.

»Ich geh nur kurz hoch und seh nach den Kindern«, sagte er, wobei ihm bewusst war, dass sie nicht mehr zuhörte. Auf der Treppe fühlten sich seine Beine mit jedem Schritt, den er nach oben stieg, gleichzeitig schwerer und leichter an.

Vier Uhr morgens. So hieß es doch in dem Song von Faron Young, oder? *Four in the morning and...* irgendwas mit Morgengrauen. Der Morgen in Glasgow graute noch nicht, als der Beifahrer aus dem Wagen stieg. Der Fahrer blieb sitzen, bereit, den anderen zu warnen, der Wagen tuckerte leise im Leerlauf. Der Zaun war hoch, das Tor mit einer schweren Kette und einem Vorhängeschloss gesichert. Er hob den Bolzenschneider, erstarrte aber, als ein Mann in einem fleckigen halblangen Mantel um die Ecke bog und erschrak. Entweder kam er von einer der Nutten hier aus der Gegend, oder er war nach zu viel Alkohol eingepennt und hatte auf dem Gehweg geschlafen, bis ihn die Kälte geweckt hatte. Der Passant sah den Bolzenschneider, dann hob er den Blick zu der Gestalt, die ihn hielt. Diese griff nun in die Tasche und zog ein spitzes Kampfmesser mit gezackter Klinge heraus.

»Verschwinde, dann darfst du weiteratmen. Wenn du den Mund aufmachst, wirst du ihn nicht mehr zubekommen, nachdem ich mit dir fertig bin – hast du das kapiert oder hilft dir ein kleiner Vorgeschmack beim Abspeichern?«

Das musste dem Fußgänger nicht gesagt werden, sein Blick fixierte das Messer.

»Geht mich gar nichts an, ehrlich.« Der Mann stolperte davon. Der Fahrer beobachtete seinen Kollegen hochkonzentriert. Während das Messer wieder in der Tasche verschwand, bedeutete ihm dieser mit einem Kopfschütteln, dass keine weiteren Schritte notwendig waren. Dieses Mal nicht. Er bückte sich und nahm erneut den Bolzenschneider.

Vier Uhr morgens: Wie ging das Lied noch mal? Vielleicht würde er's sich im Whiskies wünschen. War ein bisschen traurig, aber wer wollte es ihm verbieten? Und wenn jemand wusste, wie man dazu tanzt, dann war das die scharfe kleine Jenni …

FÜNFTER TAG

26

»**DAS ERKLÄRT,** warum ich kein Taxi bekommen hab«, sagte Laidlaw zu Lilley.

Sie standen auf dem Gehweg neben einem hohen Maschendrahtzaun mit Stacheldraht. Das Vorhängeschloss am Tor lag aufgeschnitten auf dem Boden. Auf dem Gelände dahinter parkten ein Dutzend schwarze Taxis, die Reifen waren aufgeschlitzt und die Windschutzscheiben zerschlagen. Laidlaw betrachtete die Gebäude in der Umgebung – leer stehende Lagerhäuser und einstöckige Fabrikhallen.

»Nachts um die Uhrzeit haben höchstens ein paar Nutten und ihre Freier was gesehen«, meinte Lilley, »zumindest den ganzen Präsern im Rinnstein nach.«

»Sind ja verlockende Aussichten, Bob.«

Die Kollegen von der Spurensicherung puderten auf der Suche nach Fingerabdrücken Oberflächen ab und verknipsten einen Film nach dem anderen. Laidlaw zog sich eine Speckfaser aus den Zähnen und schnippte sie zu Boden.

»Warst du gestern wieder im Hotel?«, erkundigte sich Lilley. Laidlaw schüttelte den Kopf. »Danke jedenfalls für das Essen.«

»Fühl dich bloß nicht genötigt, uns in allzu naher Zukunft zurück einzuladen.«

»Verstanden.«

»Ich hoffe, Cam Colvin hat seine Versicherungsbeiträge bezahlt. Wer führt ihm den Laden hier?«

»Betty Fraser.« Lilley sah, wie Laidlaw ein kleines bisschen die Augenbrauen hob. »Ich weiß, ist eher ungewöhnlich, aber sie fährt seit zwanzig Jahren Taxi, kennt sich aus, und ihre Fahrer sind ihr gegenüber loyal.«

»Das heißt, sie zwacken nicht zu viel vom Tarif für sich ab? War sie hier immer schon die Chefin?«

Lilley nickte. »Colvin ist vor drei oder vier Jahren als stiller Teilhaber eingestiegen. Anscheinend hat er ihr ein Angebot gemacht, das sie ...«

»Kann's mir schon vorstellen, Bob.« Die beiden Detectives machten einen Bogen um die Fahrzeuge herum, um nicht im Weg zu sein.

»Wie du mir, so ich dir?«, meinte Lilley.

»Wenn die Versicherung dafür aufkommt, hat zum Schluss nur Colvins Stolz Schaden genommen.«

»Meinst du, John Rhodes ist dafür verantwortlich?«

»Vielleicht.«

»Nur vielleicht?«

»Nur vielleicht«, wiederholte Laidlaw.

»Und was macht Colvin jetzt?«

»Entweder nichts oder er lässt es eskalieren.«

»Würde es was bringen, die beiden zu einem Treffen zu zwingen?«

»Nur wenn du ein Bestattungsinstitut hast.« Laidlaw zündete sich eine Zigarette an. Es waren nur noch zwei im Päckchen und er brauchte neue Feuersteine für sein Feuerzeug. »Kannst du mich mitnehmen?«

Lilley schaute auf die Armbanduhr. »Wir könnten noch

irgendwo einen Tee trinken – sind noch vierzig Minuten bis zur Besprechung.«

»Ich geh da nicht hin, Bob.«

»Wie weit, denkst du, kannst du's mit Milligan treiben, bis er explodiert?«

»Das Experiment ist noch nicht abgeschlossen.«

»Und wohin soll ich dich mitnehmen?«

»Erster Halt beim Tabakhändler, der zweite in Bearsden.«

»Willst du die Witwe besuchen?«

Laidlaw schüttelte den Kopf. »Ich dachte, ich schau mal bei einem gerade genesenen Freund vorbei.«

Nach ein paar Sekunden kam Lilley drauf. »Matt Mason ist raus aus dem Krankenhaus?«

»Genau der«, sagte Laidlaw.

»Bin ich auch eingeladen?«

»Eigentlich nicht.«

»Na, danke auch.«

»Ist zu deinem eigenen Besten. Wenn Milligan erfährt, dass ich auf eigene Kappe arbeite, ist es das Beste, wenn du jegliches Wissen darüber abstreiten kannst.«

»Nur dass ich dich babysitten soll – und zwar auf Anordnung des Commanders, nicht von Ernie Milligan.«

»Meinst du wirklich, dass ich einen Babysitter brauche, Bob?«

»*Du*, Jack, brauchst einen verfluchten Schutzengel, *mindestens* einen.«

Matt Mason lebte in einem bescheidenen Bungalow in einer ruhigen Straße mit gepflegten Blumenbeeten und Gardinen vor den Fenstern. Trotz aller Bescheidenheit dürfte er in diesem Teil der Stadt über zehntausend Pfund wert sein. Ein Ford Escort RS1600 parkte auf der Straße davor, die Auffahrt selbst war frei. Der Wagen war auffällig und sollte es auch sein. Laidlaw tippte auf der Fahrerseite ans Fenster und wartete, bis die finster dreinblickende Gestalt, die darin saß, endlich die Scheibe herunterließ.

»Ich bin Detective Constable Laidlaw. Will ein paar Worte mit deinem Chef wechseln, kein Grund sich aufzuregen.«

»Ich warte hier nur auf einen Freund.«

»Natürlich, und die Beule da unter deinem Arm auch. Hoffentlich feuert sie nichts Gefährlicheres als Platzpatronen ab, sonst muss ich dich da rausholen und in einen Gefängniswagen stecken.« Während er darauf wartete, dass seine Worte ankamen, schaute er die leere Straße in beide Richtungen hinunter. »Gibt's einen Grund, warum Matt es für nötig hält, mehr Schlagkraft als sonst bereitzuhalten? Das Ding, in dem du da sitzt, ist so unauffällig wie eine dreifarbige Flagge im Ibrox-Stadion.« Der Fahrer machte keine Anstalten zu antworten, also drehte sich Laidlaw um, ging durch das schmiedeeiserne Tor und drückte auf die Klingel.

Die Frau, die öffnete, trug eine geblümte Schürze und wischte sich die Hände an einem Geschirrhandtuch ab.

»Mrs. Mason? Ich würde gerne Matt sprechen.«

»Erwartet er sie?«

»Ich hatte auf einen gewissen Überraschungseffekt gehofft.« Laidlaw hielt seine Dienstmarke hoch und sie hörte auf, die vorstädtische Hausfrau zu spielen, ihr Gesicht versteinerte, ihr Blick wurde so kalt wie der eines Straßenräubers.

»Er ist grad erst raus aus dem Krankenhaus.«

»Deshalb bin ich ja hier und nicht dort.«

»Haben Sie einen Durchsuchungsbefehl?«

»Ich will nur mit ihm reden, es sei denn, Sie sind der Ansicht, ich sollte genauer nachforschen?«

Sie drehte sich halb um, als wollte sie sich vergewissern, dass nichts Belastendes in Sichtweite war.

»Matt wird nicht gerade erfreut sein«, behauptete sie. »Er trennt Familie und Geschäft.«

»Das ist schön. Hier durch, oder?« Laidlaw schob sich an ihr vorbei. Ein kalkuliertes Risiko. Ein Fingerzeig von ihr und der Gorilla im Wagen würde durch den Vorgarten rasen. Im Flur machten seine Schritte kein vernehmbares Geräusch, als er über den gut anderthalb Zentimeter dicken, hellen Teppichboden ging und die Tür leise hinter sich ins Schloss fallen hörte. Im Vorbeigehen schaute er ins Wohnzimmer. Die klobige Garnitur sah neu aus. Vielleicht hatte man einen Ausflug zu Carrick Furniture gemacht.

»Er ist im Garten«, rief sie. »Durch den Esszimmeranbau.«

Matt Mason war dem Wetter entsprechend in eine Wolljacke gekleidet, deren Reißverschluss er bis zum Hals hochgezogen hatte, auf dem Kopf trug er eine Kappe. Sein Haar darunter wurde bereits schütter. Er war kaum größer als einen Meter sechzig, dabei untersetzt. Er saß an einem runden Metalltisch, ein Gehstock lehnte daran. Seine Morgenzeitung war auf der Sportseite aufgeschlagen, daneben stand ein leerer Becher.

»Ich sehe, Colin Stein verlässt die Rangers«, sagte Laidlaw.

»Wer zum Teufel sind Sie?«, fragte Mason, sah, wie Laidlaw sich den Stuhl gegenüber heranzog und darauf Platz nahm.

»Ich bin vom CID. Laidlaw ist mein Name.«

»Den hab ich schon mal gehört.«

»Wollte mich nur vergewissern, dass es keine guten Neuigkeiten gibt. Und tatsächlich, es stimmt: Sie sind wieder auf den Beinen.«

»Sie haben eine ganz schön große Klappe, Laidlaw. Passen Sie auf, wem gegenüber Sie die aufreißen, sonst fahren Sie schlecht damit.«

»So wie Cam Colvins Taxis, hm? Ein Werkstattbetreiber wird Champagnerkorken knallen lassen und eine Woche Urlaub in der Sonne buchen.«

»Das heißt, es wurde ein Anschlag verübt?«

»Tun Sie nicht so, als wäre Ihnen das neu.«

»Ist es aber.«

Laidlaw schüttelte langsam den Kopf. »Das ist nicht der Stil von John Rhodes, und Colvin ist gar nicht gerissen genug, um einen Anschlag auf sein eigenes Unternehmen vorzutäuschen, nur um ihn der gegnerischen Seite in die Schuhe zu schieben. Sie allerdings …« Er stocherte mit einem Finger in Masons Richtung. »Sie profitieren am meisten davon, wenn Colvin und Rhodes im Clinch miteinander liegen.«

»Ist das so?«

»Korrigieren Sie mich ruhig, wenn ich mich irre.«

Mason dachte kurz darüber nach. »Nein, wahrscheinlich haben Sie recht. Trotzdem hab ich Colvins Taxis nichts getan. Die gehören doch Betty Fraser und ich mag Betty. Hab früher schon ihren Vater gekannt. Sie wird Geld verlieren, bis die Taxis repariert sind, und Colvin wird am Ende des Monats trotzdem seinen Anteil verlangen.«

Laidlaw machte ein neues Päckchen Zigaretten auf. Er hielt inne. »Was dagegen?«, fragte er. Es war ein kleines Zugeständnis, aber immerhin ein Zugeständnis. Mason nahm dies mit einem Blick zur Kenntnis.

»Nur zu«, sagte er.

Laidlaw verwendete sein Feuerzeug. Der Tabakhändler hatte den Zündstein gewechselt und Gas nachgefüllt.

»Hübsch«, sagte Mason und bewunderte es.

»Geschenk von meinem Bruder. Er hat's nicht gern gesehen, dass ich fitter war als er. Wollte mich bremsen, indem er mich in meinen schlechten Angewohnheiten unterstützt.«

Mason lächelte müde. »Was wollen Sie wirklich hier?«

»Nur ein Gefühl dafür bekommen, wie's aussieht.« Laidlaw betrachtete seine Umgebung. »Ist das alles Ihr Werk?«

»Wir haben einen Gärtner.«

»Bearsden ist ganz schön angesagt, hm? Bei Leuten, die's zu was gebracht haben in der Welt, meine ich. Cam Colvin wohnt nicht weit, und Bobby Carter war ja auch kürzlich erst in die Gegend gezogen. Ich weiß, dass Sie in Gallowgate aufgewachsen sind; kann keine einfache Kindheit gewesen sein. Und trotzdem sind Sie jetzt hier, das unterscheidet Sie und Colvin von einem wie John Rhodes.«

»Weil Rhodes noch in Calton wohnt? Sie meinen, deshalb ist er – ja was denn? – authentischer?« Mason grinste verächtlich. »Meiner Meinung nach heißt das, er ist faul. Seine Welt schrumpft um ihn herum und er merkt es nicht mal.«

»Wohingegen Sie und Colvin immer mehr wollen – mehr Macht, mehr Geld, größere Gebiete?«

»Das nennt man Kapitalismus, Laidlaw.«

»Nicht so, wie Sie das machen. Sie führen ein totalitäres Regime, in dem die Prügelstrafe gilt und Leute verschwinden, das ist Ihr Stil. Aber die Geschichte ist nicht auf Ihrer Seite.«

»Wenn das so ist, dann sage ich: Scheiß auf die Geschichte.«

»Das würde sich ausgezeichnet auf Ihrem Grabstein machen. Haben Sie Archie Love in letzter Zeit häufiger gesehen?«

»Wen?«

»Welche Drogen haben die Ihnen denn im Krankenhaus gegeben, Matt? Ihr Gehirn scheint gelitten zu haben. Love ist der Typ, der Fußballer dazu bringt, Spiele in den Sand zu setzen, damit Sie ein paar Pfund verdienen, die Sie eigentlich nicht brauchen, während die Spieler ein Leben lang unter Schuldgefühlen und Selbstverachtung leiden. Außerdem ist er der Vater von Jenni Love, die vorübergehend was mit Bobby Carter hatte. Klingelt es jetzt? Vielleicht haben Sie gedacht, Sie tun Love einen Gefallen, wenn Sie Carter aus dem Weg räumen. Vielleicht wussten Sie nicht, dass Jenni sich von ihm getrennt hatte. Vielleicht dachten Sie, Sie könnten ihre Tentakel noch ein bisschen fester um den Vater schlingen, damit er nicht plötzlich kalte Füße bekommt. Und wäre es nicht großartig, würde John Rhodes oder einer von Cam Colvins Leuten den Mord angehängt bekommen?«

Laidlaw unterbrach sich, musterte Masons Gesichtsausdruck wie ein Chirurg seinen Patienten kurz vor der Operation. »Ich frage mich nur, ob Sie schlau genug sind, sich das alles überlegt zu haben. Jetzt wo ich Sie in Fleisch und Blut erlebt habe, hege ich schwere Zweifel. Sehr schwere. Außerdem verrät mir der bewaffnete Wächter da draußen, dass Sie sich bedroht fühlen. Fragt sich von wem? Ich glaube kaum, dass Sie's mir sagen werden. Tatsächlich vermute ich, Sie wissen es gar nicht so genau. Wüssten Sie's, hätten Sie sich genötigt gefühlt, irgendwas Aufsehenerregendes in der Öffentlichkeit zu unternehmen. Also bitte, da haben Sie's, deshalb bin ich hergekommen – wie

gesagt, um ein Gefühl für die Lage der Dinge zu bekommen.«
Er erhob sich.

»Wie lange sind Sie schon bei der Polizei?«, fragte Mason.

»Lange genug.«

»Was hat Sie an dem Job interessiert?«

»Das Privileg, die menschliche Natur aus nächster Nähe zu studieren. Das und die Rentenbezüge.«

Mason rang sich ein weiteres müdes Lächeln ab. »Sehen Sie, die meisten Polizisten, denen ich begegne, haben nicht viel in der Birne. Ihr Chef Ernie Milligan ist das beste Beispiel, aber Sie scheinen mir anders zu sein.«

»Schmeicheleien bringen Ihnen gar nichts, Mr. Mason.«

»Ich schmeichle Ihnen nicht, mein Lieber, aber das wissen Sie. Sie halten sowieso viel von sich. Sie kennen Ihre Stärken, aber Sie sollten auch auf Ihre Schwächen achten.«

»Und welche wären das?«

»Ich glaube, Sie sind vielleicht ein bisschen idealistischer, als man Ihnen anmerkt. Sie glauben an solche Sachen wie Gerechtigkeit und *Fair Play*.«

»Und das haben Sie alles aus unserem Gespräch hier geschlossen? Sie sollten eine psychologische Praxis aufmachen.«

»Eins noch. Denken Sie dran, dass auch Sie Fehler gemacht haben könnten – vielleicht haben Sie sich zu sehr den Kopf zerbrochen.«

»Sie sind nicht der Erste, der mir das vorwirft; und ich wage zu behaupten, auch nicht der Letzte.« Laidlaws Blick wanderte zu Masons Gehstock. »Ich tanze ab.«

»Tun Sie das – und lassen Sie sich nicht einfallen, jemals wiederzukommen.«

Auf halbem Wege zum Haus hielt Laidlaw inne und drehte

sich noch einmal zu Mason um. »Arbeitet der Typ, der Leuten Stücke aus dem Gesicht beißt, immer noch für Sie?«

»Der Snapper? Er hat Parodontose. Die mussten ihm alle Zähne ziehen.«

»Damit ist sein Geschäftsmodell wohl ruiniert. Ich vermute, das ist der Haken, wenn man nur eine einzige Begabung hat. Ein bisschen so, als würde man Spanner Thomson seinen Schraubenschlüssel wegnehmen. Ohne ihn ist er nur ein Typ namens Thomson mit leeren Taschen. Vielleicht betrachten Sie ja Cam Colvin ohne Bobby Carter in einem ähnlichen Licht. Muss schön sein, hier geschützt im eigenen Garten zu sitzen und zu entspannen, während Colvin und Rhodes sich gegenseitig die Häuser niederbrennen.«

»Ich müsste lügen, wollte ich behaupten, dass mir bei der Vorstellung nicht wunderbar warm ums Herz wird.« Mason nahm seine Zeitung wieder auf und überflog die Rennsport-Nachrichten. Laidlaw war nicht sicher, ob er wirklich auf Pferde setzte. Vielleicht sah er sich einfach nur gerne die Nachrichten an.

Im Haus keine Spur von Masons Frau. Auf seinem einsamen Weg durch den Flur rauchte Laidlaw, schnippte die Zigarettenasche auf den Teppichboden.

27

BIS ZUR STRASSE, in der Bobby Carter gewohnt hatte, waren es zehn Minuten zu Fuß. Laidlaw blieb vor dem Haus gegenüber stehen, und da er keine Klingel fand, klopfte er mit der Faust an die Tür. Als niemand öffnete, spähte er zuerst durch den Briefschlitz, dann durch das Wohnzimmerfenster. Offensichtlich war niemand zu Hause. Er stellte den Kragen auf, machte sich bereit, zur nächsten Bushaltestelle zu gehen, doch dann trat jemand bei Carters aus der Tür. Ernie Milligan. Milligan musste zweimal hingucken, dann wurde die entspannte Miene, die er zuvor an den Tag gelegt hatte, von einem finsteren Blick verdrängt. Milligan schob seine Hände tief in die Manteltaschen, als er die Straße überquerte und Laidlaw zur Rede stellte.

»Was zum Teufel machst du hier?«, knurrte er.

»Hab gerade dasselbe gedacht – willst die Witwe wohl alleine für dich, hm?«

»Hab sie nur auf den aktuellen Stand gebracht.«

»Auch was Jennifer Love angeht?«

»Monica hat schon genug durchgemacht.«

»Ihr seid schon per Du, Ernie? Wie läuft's denn an der Heimatfront – ist Lucille wohlauf?«

Milligans Augen verengten sich. »Ausgerechnet du musst mich das fragen. Hab gehört, du verbringst mehr Zeit in Hotelbetten als in deinem eigenen.«

Laidlaw schaute über Milligans Schulter zum Haus der Carters. »Ist eine gut aussehende Frau und demnächst auch noch betucht. Kann's dir nicht verdenken, dass du's mal versuchst, auch wenn ich nicht glaube, dass du auch nur die geringste Chance hast, jedenfalls nicht, wenn Cam Colvin mit ins Rennen geht.«

Blut stieg Milligans Hals hinauf. »Ich möchte nicht, dass du die Familie belästigst.«

»Gott behüte.«

»Und was machst du dann hier?«

»Ich will nur die Befragung der Anwohner fortsetzen, mich noch mal vergewissern, ob die Nachbarn nicht doch Licht in die Sache bringen können.«

»Kann mich nicht entsinnen, dich darum gebeten zu haben.«

»Ich arbeite auf eigene Initiative, DI Milligan.«

»Du warst heute Morgen bei der Taxi-Zentrale, oder? Sieht so aus, als würde John Rhodes zum Krieg rüsten. Bob Lilley findet, ich sollte versuchen, Frieden zu stiften.«

»Ach was?«

»Du meinst, dem bin ich nicht gewachsen?«

»Ich bin nicht mal davon überzeugt, dass Gandhi dem gewachsen wäre, aber wenn Bob meint, es ist einen Versuch wert ...« Laidlaw zuckte mit den Schultern.

Milligan schaute an ihm vorbei zu einem nicht als Polizeifahrzeug gekennzeichneten Ford Cortina, der in die Straße einbog und von einem bei der Central Division bekannten Gesicht gelenkt wurde. »Mein Wagen ist da«, erklärte er.

»Ist hinten noch ein Platz frei?«, erkundigte sich Laidlaw.

Milligan wartete, bis der Wagen gehalten hatte, dann schüttelte er sichtlich zufrieden den Kopf. Er zog die Beifahrertür hinter sich zu und der Wagen setzte sich wieder in Bewegung, der Fahrer warf Laidlaw einen entschuldigenden Blick zu.

»Du mich auch«, murmelte Laidlaw.

Laidlaw hatte das Ende der Straße noch nicht ganz erreicht, als er hinter sich laut eine Tür zuschlagen hörte. Er blieb stehen, als wollte er sich eine Zigarette anzünden, und sah eine junge Frau näher kommen, das Kinn in einem karierten Schal vergraben. Sie war noch keine zwanzig und hatte glattes dunkles Haar, der Pony reichte ihr bis knapp über die Augen. Er kramte in seinem Gedächtnis nach ihrem Namen: Stella, das war's.

»Stella Carter?«, sagte er, als sie gerade in weitem Bogen an ihm vorbeiwollte.

»Von welcher Zeitung kommen Sie?«

»Ich bin von der Polizei. Mein Kollege DI Milligan war gerade bei Ihnen.«

»Beweisen Sie's.«

Laidlaw reichte ihr seinen Dienstausweis. Sie ließ sich Zeit, bevor sie ihn zurückgab.

»Mich hat er nicht besucht«, vertraute sie ihm schließlich an.

»Dann eben Ihre Mutter. Darf ich sagen, wie leid mir das mit Ihrem Vater tut?«

»Stiefvater«, korrigierte sie ihn und ging weiter. Laidlaw schloss zu ihr auf.

»Wo wollen Sie hin?«, fragte er.

»Einkaufen.« Nach einem weiteren Dutzend Schritte blieb sie stehen, drehte sich halb um und starrte ihn aus dunklen, müde wirkenden Augen an. »Was wollen Sie?«

»Ein Päckchen Embassy, wenn Sie mich so fragen.«

Sie schenkte ihm ein flüchtiges Lächeln. Als sie ihren Weg fortsetzte, blieb er an ihrer Seite.

»Ich wusste nicht, dass Ihre Mutter schon mal verheiratet war.«

»Hat nicht lange gehalten.«

»Lange genug, um Sie in die Welt zu setzen.«

»Ich war der Grund für die Hochzeit.«

»Also hat sie was Gutes gehabt.«

»Dürfen Sie mich eigentlich so anbaggern?«

»Glauben Sie mir, das ist was anderes. Gehen Sie aufs College oder so?«

»Beurlaubt wegen Trauerfall.«

Laidlaw nickte verständnisvoll. »Was studieren Sie?«

»Rechnungswesen.«

»War das Ihre Entscheidung oder die Ihres Stiefvaters?« Als sie ihn ansah, lächelte er mitfühlend. »Ich hab mehr oder weniger dasselbe hinter mir – mit Literatur hätte ich, laut meinen Eltern, meinen Lebensunterhalt nicht bestreiten können. Sie wollten einen Arzt, Zahnarzt oder Anwalt aus mir machen, als stünde Angehörigen der Arbeiterklasse der höhere Bildungsweg nur zur Verfügung, wenn sie einen handwerklichen Beruf ergreifen wollen.«

»Aber Sie haben das dann trotzdem studiert? Englisch, meine ich.«

»Hab's nach einem Jahr abgebrochen.«

»Ich wollte eigentlich Schauspiel studieren«, gestand sie, klang dabei fast wehmütig, bis ihr wieder einfiel, wer vor ihr stand und welche Umstände sie hier zusammengeführt hatten.

»Worüber hat DI Milligan mit Ihrer Mutter gesprochen?«, fragte Laidlaw in die Stille hinein.

»Dass er arbeitet wie ein Pferd und keine Sekunde lockerlässt.«

»Überzeugt klingen Sie nicht.«

»Er hat angeboten, die Schrankwand wieder zurückzuschieben, jetzt wo die Maler fertig sind. Gehört das bei euch sonst auch zum Service?«

»Nein«, räumte Laidlaw ein.

»Natürlich nicht«, pflichtete sie ihm bei. »Er steht auf meine Mutter – was ja nichts Neues ist.«

»Cam Colvin aber auch, würde ich sagen.«

Stella starrte ihn an, als wäre sie plötzlich zur Vernunft gekommen. »Bobby hat uns immer eingebläut: Redet nicht mit der Polizei. Das sind nicht eure Freunde.«

»Trotzdem tun Sie's.« Laidlaw sah den Laden. Er befand sich an der nächsten Straßenecke, eine aufgestellte Tafel vor der Tür lockte Kunden mit Billigangeboten für Bier und Wodka. Seine Zeit, das wusste er, war begrenzt. Eine Frau Mitte siebzig kam heraus, hatte kaum mehr als eine Schachtel losen Tee und eine Flasche Gin in ihrem Einkaufsnetz.

»Tag, Stella«, sagte sie im Vorbeigehen.

»Mrs. Jamieson«, grüßte Stella bestenfalls halbherzig.

»Cam Colvin kümmert sich noch um Ihre Mum, oder?«, fragte Laidlaw, als sie an der Frau vorbei waren.

»Meistens ruft er an. Er organisiert die Beerdigung, will ein Riesenspektakel draus machen.« Sie hielt inne. »Aber er fand's nicht gerade prickelnd, als Roy zur selben Zeit aufgetaucht ist wie er.«

»Roy?«

»Mein Vater.«

»Dann hat Ihre Mutter immer noch engen Kontakt zu ihm?«

»Sie stellen ganz schön viele Fragen.«

»Weil ich neugierig bin.«

»Einmal alle zwei Wochen unternimmt er was mit mir, wir fahren nach Rothesay, gehen ins Kino oder einfach bloß shoppen.«

»Womit verdient er sein Geld?«

»Er ist Maler und Dekorateur – wollen Sie ihm einen Job anbieten?«

»Keine schlechte Idee. Meine Frau liegt mir seit Monaten in den Ohren.«

Er wartete auf ein weiteres Lächeln, bekam aber keins.

»Meinen Sie, die beiden kommen vielleicht wieder zusammen?«, machte er weiter. »Ihre Mutter und Ihr Vater?«

Stella schnaubte. »Glaub kaum.«

»Sind schon eigenartigere Dinge passiert.« Sie waren inzwischen am Ladeneingang angekommen, sie schob sich durch die Tür, ließ Laidlaw draußen stehen. Er spähte durch die Scheibe und sah, wie sie ein Einkaufsnetz aus ihrer Tasche zog, außerdem eine Einkaufsliste. Er wog seine Möglichkeiten ab, machte kehrt und ging denselben Weg zurück, den sie gekommen waren, und holte wenig später Mrs. Jamieson ein, was ihm unschwer gelang, da sie unterwegs in jedes Haus spähte, an dem sie vorbeikam.

»Darf ich Ihnen den Einkauf abnehmen?«, bot er an.

»Nein, danke.« Ihr Blick war bohrend. »Sind Sie von der Polizei? Ich hab Sie neulich hier gesehen.«

Laidlaw nickte. »Ihnen entgeht nichts«, sagte er. »Muss ein

Schock für die ganze Straße gewesen sein, was Mr. Carter zugestoßen ist.«

»Glaube kaum, dass jemand, der die Augen und Ohren offen hat, geschockt war«, entgegnete sie schnippisch. »Der Mann war ein Gangster. War doch klar, dass es mal so endet. Wissen Sie, dass sein Chef hier war? Angeblich, um bei der Planung für die Beerdigung zu helfen, aber ich denke, er bohrt nach.«

»Wonach bohrt er denn?«

»Bobby Carter war Anwalt, er war eingeweiht in die Geheimnisse seiner Klienten.«

»Wir hatten nicht das Glück, Beweise dafür zu finden.«

Mrs. Jamieson zuckte mit den knochigen Schultern. Laidlaw kratzte sich am Kinn. »Hatte er viel mit Stellas richtigem Vater zu tun?«

»Den hat er nicht über die Schwelle gelassen. Wahrscheinlich war das der Grund für das ganze Geschrei.« Jetzt lag ein Funkeln im Blick der Alten und Laidlaw merkte, dass sie's kaum erwarten konnte, es jemandem zu erzählen. Er kam sich vor wie ein Priester, der einem übereifrigen Gemeindemitglied die Beichte abnimmt.

»Geschrei?«, hakte er nach. »Zwischen den Eheleuten?«

»Höchstwahrscheinlich. Ich wohne auf der anderen Straßenseite, wissen Sie.«

»Aber Sie haben zwei Stimmen gehört?«

»Seine war lauter als ihre.«

»Nur um sicherzugehen, Sie meinen Bobby und Monica Carter?«

»Vor Gericht könnt ich's nicht schwören.«

Vielleicht nicht, dachte Laidlaw, trotzdem will sie sehen, wie's bei mir ankommt.

»Haben die über Monicas Ex-Mann gestritten?«

»Manche Ehen sind ein bisschen explosiver als andere. Die brauchen hin und wieder Reibereien.«

»Sie sprechen wohl aus Erfahrung.«

»Hab meinen schon vor fünfunddreißig Jahren rausgeworfen.« Sie waren an ihrem Tor angelangt. Laidlaw schob den Riegel zurück und stieß es für sie auf.

»Ich werd nicht fragen, was der Grund für die Zwistigkeiten war.«

»Er hat mich einfach gelangweilt, mehr nicht. Zu Tode gelangweilt. Alleinesein war ein Segen.« Sie schaute über die Straße. »Wenn Monica weiß, was gut für sie ist, macht sie erst mal Pause, bevor sie sich in was Neues stürzt.«

»Aber Sie sind nicht überzeugt, dass sie das tun wird, oder?«

»Zwischen ihrem Ex und diesem Colvin …« Sie schüttelte langsam den Kopf. »Von Ihrem Kollegen mal ganz zu schweigen. Anscheinend fällt's Männern nicht schwer, sich in Monica Carter zu vergucken, betrachten Sie's ruhig als Warnung.« Sie machte zwei Schritte in den Vorgarten, dann blieb sie stehen. »Ich würde Sie ja auf einen Tee einladen, aber mir ist gerade nicht nach Gesellschaft.«

»Dann vielleicht ein anderes Mal.« Laidlaw neigte ansatzweise den Kopf. Er wusste, dass sie bereits eine Verabredung mit der Flasche Gin in ihrem Einkaufsnetz hatte. Während der Unterhaltung hatte in ihrem Atem noch die Erinnerung an die davor gelegen.

28

»**WAS MACHST DU** denn hier?«, fragte Bob Lilley und machte ein Gesicht, als könnte er's kaum glauben.

»Ich dachte, ich arbeite hier«, erwiderte Laidlaw.

»Hab allmählich dran gezweifelt.« Lilley hängte sein Jackett über die Stuhllehne und ging zu Laidlaw an den Schreibtisch. »Hast du das gesehen?« Er hielt ihm die Titelseite des *Herald* hin. Da war ein Foto von einem DCI, den sie beide kannten. Er hockte vor dem Verbrennungsofen im Heizungskeller des Präsidiums und vernichtete große Mengen sichergestelltes Cannabis.

»Da lösen sich jemandes Hoffnungen und Träume in Rauch auf«, meinte Laidlaw. Er hatte den Stuhl nach hinten gekippt, die Füße auf den Tisch gelegt. Auf dem Schoß hatte er einen Stapel Papier, der Boden unter ihm war von weggeworfenen Blättern übersät. Lilley hob eins auf und las.

»Die Herkunft des Opfers?«

»Herkunft und Privatleben, Bob.« Laidlaw nahm den Kuli, der zwischen seinen Zähnen klemmte, und unterstrich ein paar getippte Sätze. »Wieso haben wir nur einen so kurzen Blick drauf geworfen?«

»Wir nicht, du.«

Laidlaw ignorierte den Seitenhieb. »Monica war schon einmal verheiratet, mit einem gewissen Roy Chambers. Er ist Maler. Stella ist seine Tochter.«

»Ich weiß.«

»Kaum ein Jahr nach der Trennung von Chambers war sie mit Bobby Carter zusammen. Stella muss ungefähr drei gewesen sein. Dann bekam sie noch zwei Halbbrüder, Peter und Christopher.«

»Worauf willst du hinaus?«

»Roy hat Kontakt gehalten, aber für Bobby Carter war er *persona non grata.*« Laidlaw hatte ein Foto von Monica in der Hand. »Sie sieht gut aus, schön ist sie eher nicht, jedenfalls ist das meine Meinung. Aber sie versteht es, was aus sich zu machen. Sie ist vier Jahre älter als Bobby – wusstest du das?«

»Der Reiz der älteren Frau.« Lilley hockte auf Laidlaws Schreibtischkante.

»Wo warst du überhaupt?«

»Bei verschiedenen Leuten.«

»Bist du weitergekommen?«

»Was glaubst du wohl? Also woher das plötzliche Interesse an der Familie? Meinst du, wir sollten mit diesem Roy sprechen?«

»Bobby und Monica haben sich gestritten – eine Nachbarin hat es gehört. Wobei es natürlich auch Bobby und Stella gewesen sein können oder einer der Brüder und Stella ...«

»Oder einer der Brüder mit der Mutter«, setzte Lilley hinzu. »Ich hab mich auch einige Male mit meinen Kindern gezofft, als sie Teenager waren.«

»Worum ging's?«

»Das Übliche – immer, wenn sie getrunken hatten oder später als verabredet nach Hause gekommen sind. Dich erwarten in Zukunft sicher ähnliche Freuden.«

»Meine Kinder werden nie größer, jedenfalls nicht, wenn's nach mir geht.«

»Tut es aber nicht.«

»Wir werden sehen. Dieser Roy Chambers scheint nicht vorbestraft zu sein. Und ein Foto hab ich auch noch nicht von ihm.«

Ein weiteres Blatt segelte aus Laidlaws Hand zu Boden. Lilley fiel auf, dass auf dem Schreibtisch etwas fehlte.

»Was ist aus deinen Büchern geworden?«

Laidlaw griff in eine Schublade und zog eins heraus. Der Umschlag war verunstaltet, jemand hatte einen Penis mit Hodensack draufgemalt.

»Nett«, meinte Lilley.

»Ich habe schon eine Liste mit Verdächtigen erstellt.« Laidlaws finsterer Blick galt dem gesamten Raum.

»Steh ich auch drauf?« Laidlaw schüttelte den Kopf, verstaute das Buch wieder in der Schublade und machte sie zu. »Ich wollte dich fragen, was du aus Matt Mason herausbekommen hast?«

»Die verbale Entsprechung zu einem verunstalteten Buchumschlag.«

»Wenn du weiter jedem Löwen, dem du begegnest, deinen Kopf in den Rachen steckst, wird das noch mal böse enden.«

»Wahrscheinlich hast du recht. Gewinner und Verlierer, Bob – wer hat was von Carters Ableben? Langfristig ebenso wie kurzfristig.«

Lilley spitzte nachdenklich die Lippen. »Könnte dieser Chambers seiner Ex-Frau wieder an die Wäsche wollen?«

»Vermutlich ist sie aus Seide, schwarz und mit Spitzenbesatz. Milligan schnüffelt auch dran herum.«

»Warst du beim Haus?«

»Kam zufällig nach meinem Gespräch mit Mason dort vorbei.«

»Um noch mal auf deine Frage zurückzukommen – Mason profitiert definitiv von einer Fehde zwischen Cam Colvin und John Rhodes.«

Laidlaw nickte. »Was nicht unbedingt heißt, dass er unser Mann ist. Vor seiner Haustür steht ein bezahlter Schläger, ganz offensichtlich mit einer Schusswaffe in der Innentasche seines Jacketts. Was sagt dir das?«

»Dass Mason befürchtet, entweder Rhodes oder Colvin könnten zwei und zwei zusammenzählen und es auf ihn abgesehen haben?«

»Oder er ist einfach nur nervös, weil er keinen blassen Schimmer hat, wer hinter allem steckt.«

»Wenn ich zwischen den Zeilen lese, klingt das für mich, als wärst du nah dran.«

»Bin ich auch. Das Problem ist, für meinen Geschmack fast zu nah.«

»Was soll das heißen?«

Laidlaw schüttelte den Kopf. »Ich muss mich noch mal dransetzen«, sagte er und zeigte auf die Unterlagen.

»Gehen wir nachher noch was trinken?«

»Ein bisschen Flüssignahrung fürs Gehirn, klingt verlockend.«

»Und bei der Gelegenheit gewährst du mir Einblick in das stille Örtchen in deinem Kopf?«

»Ich dachte, ein stilles Örtchen ist ein Scheißhaus.«

Lilley blickte auf die herumliegenden Blätter auf dem Boden.

»Musst dich nicht wundern, wenn Ernie Milligan behauptet, dein Arbeitsplatz sähe aus wie eins.«

Er wartete auf eine Entgegnung, aber Laidlaw hatte seine Aufmerksamkeit längst wieder den Unterlagen auf seinem Schoß gewidmet, also ließ er ihn in Ruhe.

29

ARCHIE LOVE GING als Letzter vom Platz. Ein flacher Fertigbau diente den Spielern als Umkleide. Eine Dusche gab's nicht, nur eine einzige Toilette, Bänke an zwei Wänden und Spinde an einer dritten. Wenn alle anderen schon weg waren, trödelte er gerne noch ein bisschen und dachte an seine Anfangsjahre als Spieler. An die Zeit bei den Jugendmannschaften, wo er sich daran gewöhnt hatte, der Star zu sein, den die Gegner ins Visier nahmen und mit einer Blutgrätsche oder einem in die Nieren gerammten Ellbogen aufzuhalten versuchten. Später, als er schon einen Profi-Vertrag hatte, stellte er fest, dass er nicht mehr der Beste war. Man riet ihm, sich ins Zeug zu legen, vielleicht würde er's ja zu was bringen. Um Alkohol machte er einen Bogen, erlaubte sich keine durchzechten Nächte mehr, ging gleich bei Tagesanbruch laufen und schwänzte niemals eine Trainingseinheit oder eine Taktikbesprechung. Er wusste, dass seine Spielerkarriere jeden Augenblick durch eine Verletzung oder einen Krach enden konnte. Selbst wenn er Glück hatte, lagen nur fünf bis zehn gute Jahre vor ihm. Sein Ziel war das Management, aber niemand war je bereit gewesen, ihm eine Chance zu geben. Heutzutage sagte er den besten seiner jungen Spieler, sie sollten langfristig denken, Geld für schlechte Zeiten zurücklegen und auf keinen Fall, komme was wolle, ein Pub aufmachen. Gab immer nur zwei Möglichkeiten, wie so was endete: in Armut oder Alkoholismus.

Eigentlich hatte er kein besonders schlechtes Gewissen denen gegenüber, die er überredet hatte, ein Ergebnis zu beeinflussen. Er hatte immer seine Hausaufgaben gemacht. Apropos, der Mistkerl war schon zehn Minuten zu spät. Dann knarzte aber die Tür und Love richtete sich auf. Ein relativ wohlhabend und durchtrainiert wirkender Mann kam herein. Sein Mantel war neu und an einem seiner Handgelenke hing ein klobiges, goldenes Namenskettchen. Er verbreitete eine gewisse Aura, die allen verriet, dass er hoch angesehen war. Archie Love aber wusste, dass Geoff Inglis seine persönliche Glanzzeit bereits hinter sich hatte; inzwischen befand er sich weit in seinen Dreißigern. Er schlug zwar weiter Wellen, aber das Wasser um ihn herum wurde immer seichter.

»Mr. Love«, grüßte Inglis.

»Das hat mir immer schon an dir gefallen, Geoff«, erwiderte Love gutmütig lächelnd. »Du zeigst Respekt.«

Inglis zuckte mit den Schultern und sah sich in der Umkleide um. Er war nicht groß, aber zu seiner Zeit hatte ihm im Mittelfeld kämpferisch so schnell keiner das Wasser gereicht. »Sie haben mir früher viel beigebracht.«

»Hier hat alles angefangen, stimmt's, Geoff? Nicht direkt *hier*, aber an einem ähnlichen Ort, auf einem matschigen Spielfeld mit improvisierten Torpfosten. Aber du hast dich angestrengt und es weit gebracht. Ich war immer stolz auf dich.« Love schaute in den Spiegel gegenüber, vergewisserte sich, dass er aufrichtig wirkte.

»Hab's nicht bis in die Nationalmannschaft geschafft.«

»Aber nicht, weil du's nicht versucht hättest.«

»Also, was kann ich für Sie tun, Mr. Love?«

Love seufzte gedehnt. »Ich find's furchtbar, wie die dich behandeln, Geoff. Die konzentrieren sich nur auf die Jüngeren, die mit den jüngeren Beinen. Wir wissen beide, dass du auf der Transferliste stehst. Im Sommer dann möglicherweise schon ohne Ablöse.«

Geoff Inglis straffte die Schultern. »Muss nicht so weit kommen.«

»Stell dich nicht blöder, als du bist, Geoff. *Genau* so wird's kommen. Loyalität ist heutzutage nicht mehr. Du hast für den Fußball alles gegeben, er war dein Leben, und am Ende wirst du übergangen und um deinen gerechten Lohn gebracht. Furchtbar, so was mitanzusehen, zumal es einen so anständigen Kerl trifft wie dich. Wir wissen beide, dass dir ein langsamer Abstieg bevorsteht – in die Regionalliga, vielleicht sogar in die Amateurmannschaften, und dann sitzt du auf dem Trockenen.« Love unterbrach sich, schaute Inglis direkt in die Augen. Er hatte seine volle Aufmerksamkeit. Zeit, die Taktik zu ändern. Jetzt machte er ein trauriges Gesicht. »Ich hatte mal einen Sohn, wusstest du das?«

»Glaube nicht.«

»Er ist jung gestorben, viel zu jung. Er hatte Talent, hätte es schaffen können. Ihr Jungs, allen, denen ich bei ihrem Aufstieg geholfen habe … na ja, ist mir fast peinlich, es laut zu sagen …«

»Was?«

Loves Augen wurden wässrig. »Ihr seid für mich alle wie meine eigenen Söhne.« Er holte tief Luft, stieß sie wieder aus. »Deshalb versuche ich zu helfen, wo ich kann.«

»Wie denn helfen?«

»Indem ich dir ein Kissen unter den Hintern schiebe, wenn's für dich bergab geht.«

Inglis hatte die Stirn jetzt in Falten gelegt. »Ich weiß nicht, ob ich folgen kann.«

Dann siehst du schlauer aus, als du bist ...

Love wedelte mit einer Hand vor ihm, als wollte er die Vorstellung vertreiben. »Schau, manchmal kann ich was machen. Aber ich müsste sicher sein, dass du's auch wirklich willst. Würdest du mir einen großen Gefallen tun? Geh nach Hause und lass dir das mal durch den Kopf gehen. Denk an deine Zukunft und wie du sie gerne hättest. Ich hab Beziehungen, und vielleicht kann dir jemand helfen, deine Träume zu verwirklichen.«

»Ich weiß nicht genau, worum Sie mich bitten.«

Das merkte Love auch, aber deutlicher wollte er sich nicht ausdrücken. Inglis musste schon selbst eins und eins zusammenzählen. Je weniger Love sagte, umso weniger Belastbares gab es gegen ihn. Wenn Geoff Inglis draufkam, würde er wieder antanzen und fragen, dann würde Archie Love antworten: Vielleicht. Inglis würde fragen: Über wie viel reden wir? Aber Love würde wieder hinter dem Berg halten, gleichzeitig aber noch einmal behaupten, seine Freunde könnten Geoff in Zukunft unter die Arme greifen. Sie würden in seiner Schuld stehen und es nicht vergessen. Loyalität war für diese Leute schließlich noch eine Frage des Prinzips.

Wobei Matt Mason niemandem je unter die Arme gegriffen oder sonst wie geholfen hatte.

Aber falls Inglis immer noch unsicher war, würde Love ergänzen, dass ein kleiner Aussetzer in einem Spiel wohl kaum einen Schatten auf eine lange und hervorragende Karriere werfen konnte. Andere Mannschaften würden nach wie vor Interesse bekunden. Auch ein Wechsel ins Management war jederzeit möglich.

Jetzt hatte er allerdings erst mal die Saat gelegt und streckte dem jüngeren Mann, der noch immer verwirrt guckte, auch wenn ihm allmählich etwas zu dämmern schien, die Hand hin.

»Du hast einen langen Weg hinter dir, mein Sohn«, sagte Love abschließend. »Du hast viel mehr verdient, als die bereit sind, dir zu geben. Glaub es einem, der sich auskennt. Geld in der Tasche ist besser als ein verstaubter Länderspiel-Pokal im Schrank.«

Er legte Inglis eine Hand auf die Schulter und lenkte ihn zur Tür.

Als das erledigt war, wandte er sich erneut dem leeren Raum zu. Auf dem linoleumgefliesten Boden lagen Dreckklumpen mit ein paar Grashalmen darin. Morgen würde sich eine Putzfrau darum kümmern. Aus irgendeinem Grund hatte er an diesem Abend große Lust gehabt, mitzuspielen, fast wäre er aufs Feld gelaufen. Angst und Vernunft hatten zum Schluss überwogen. Vergangene Verdienste begründeten seine Macht. In den Augen der jungen Männer war er eine einzige Erfolgsgeschichte. Wenn er aufs Feld lief und sich den Ball abnehmen ließ, schlechte Pässe spielte oder einen Fehler machte, der zu einem Tor führte, würde er seine Macht unwiderruflich verlieren. Also hatte er die Fäuste tiefer in den Taschen seines Trainingsanzugs vergraben und umso lauter seine Anweisungen gebrüllt.

Jetzt ließ er sich auf einer der Bänke nieder, die Ellbogen auf den Knien, den Kopf in die Hände gestützt. Inglis würde entweder anbeißen oder nicht. Wenn nicht, kamen noch genug andere infrage. Love wusste, dass er's vor sich herschob, nach Hause zu gehen, wo seine Frau und seine Tochter sich gegen ihn verbündet hatten. Chick McAllister *und* Bobby Carter? Entsetzt hatte er die Hände gerungen, aber Jennifer hatte einfach nur wie ein schmollender Teenager mit verschränkten Armen und gesenktem Kopf auf dem Sofa gesessen.

»Es ist ihr Leben«, hatte seine Frau eingewandt und sich schützend neben das Sofa und ihre Tochter gestellt, als gelte es, körperliche Angriffe abzuwehren.

»Ich bin ihr Vater! *Du* hättest mir das sagen müssen, nicht die verfluchte Polizei!«

»Was geschehen ist, ist geschehen, Archie. Jennifer hat ihre Lektion gelernt.«

Aber hatte sie das? Als er ihr die Frage gestellt hatte, war sie aus dem Zimmer gestürmt und wenige Sekunden später zurückgekommen.

»Dabei hab ich nicht mal mit ihm gefickt!«, hatte sie geschrien und war erneut hinausgetobt. Er hatte seine Frau wütend angestarrt.

»Aber mit McAllister war sie im Bett, oder wie? Und du hast das alles gewusst?«

Konnte man ihm da vorwerfen, dass er noch ein paar Minuten länger hier im Umkleideraum bleiben wollte? Er spürte das Vorhängeschloss in seiner Tasche, außerdem die Trillerpfeife und die Stoppuhr. Wenn er erst mal abgeschlossen hatte, konnte er nur noch nach Hause fahren und schweigend zu Abend essen, ein paar großzügig eingeschenkte Whiskys kippen und wortlos ins Bett gehen.

Als die Tür erneut knarzend aufging, dachte er zuerst,

Geoff Inglis hätte seine grauen Zellen schon eingeschaltet und sei zu einer raschen Entscheidung gelangt. Aber die beiden Männer, die eintraten, waren ihm fremd und sahen absolut nicht freundlich aus.

»Archie Love?«, fragte einer der beiden.

»Wer will das wissen?«

Der gefragt hatte, überragte Love, starrte auf ihn herab.

»Du bist Archie Love«, sagte er mit einem schiefen Grinsen. »Hab dein Foto in der Zeitung gesehen, als du für die Rangers gespielt hast.«

»Dein Gedächtnis ist besser als dein Benehmen, junger Mann.« Love wollte aufstehen, aber der Kerl drückte ihn an der Schulter herunter, bedeutete ihm, er solle sitzen bleiben.

Love sah, dass der andere, der stämmiger war und eine Hand unter seinen Mantel geschoben hatte, ein paar leere Spinde mit dem Fuß aufstieß.

»Hier gibt's nichts zu klauen«, klärte Love ihn auf.

»Wir haben ein paar Fragen zu deiner Tochter«, sagte der Erste. »Die als Stripperin arbeitet.«

»Sie tanzt, mehr nicht,« fuhr Love ihn an.

»In einem so kurzen Rock, dass allen Zuschauern der Schritt schwillt.«

Love sprang auf, schlug die Hand weg, die ihn heruntergedrückt hatte. Doch dann stieß dieselbe Hand in seine Magengrube, er bekam kurz keine Luft mehr und die Knie sackten ihm beinahe weg.

»Du bist nicht besonders schlau«, sagte der Mann. »Matt Mason kann dumme Schleimscheißer nicht leiden. Meistens versetzt er sie mit sofortiger Wirkung in den Ruhestand, ohne Rentenbezüge.«

»Ich arbeite nicht für Matt Mason«, sagte Love und krümmte sich vor Schmerz.

»Doch, tust du. Das war das Erste, was man uns erzählt hat, als wir uns nach dir erkundigt haben. Wenn du's für ein wohlgehütetes Geheimnis hältst, hast du dich geschnitten.«

Love sah, dass dem anderen die Überprüfung der Spinde langweilig geworden und er näher an die Bänke herangetreten war. Seine Hand steckte jetzt nicht mehr unter dem Mantel. Stattdessen hielt er einen großen Schraubenschlüssel in der Hand. Love wusste, was das bedeutete und dass der, den sie Spanner Thomson nannten, für Cam Colvin arbeitete.

»Was Bobby Carter passiert ist, damit hatte ich nichts zu tun«, entfuhr es ihm.

»Deine Tochter hat sich mit einem verheirateten Mann getroffen, Archie. Das kann dir doch unmöglich gefallen haben.«

»Deshalb hat sie's ja auch vor mir geheim gehalten – sie und ihre Mutter.

»Und was ist mit Chick McAllister? Siehst du den noch?«

»Nein.«

»Bist du sicher?«

Love hatte den Mund geöffnet, um etwas zu sagen, als ihn der Schraubenschlüssel an der Stirn traf. Dieses Mal sackte er wirklich auf die Knie und hob einen Arm schützend über den Kopf, um weitere Schläge abzuwehren. Der Mann, der nicht Thomson war, beugte sich herunter und bohrte ihm einen gekrümmten Finger von unten ins Kinn, schob Loves Gesicht nach oben.

»Hat Matt Mason was auf dem Gebiet von unserem Chef vor?«

»Woher zum Teufel soll ich das wissen?«

»Soweit ich gehört habe, schauen manche immer noch zu dir auf – weiß der Henker warum, aber so ist es. Und vielleicht erzählen sie dir Sachen, um dich zu beeindrucken.«

»Ich hab absolut keine Ahnung von Matt Masons Geschäften.«

»Und was hast du der Polizei erzählt, als du mit denen gesprochen hast?«

Love biss sich fest auf die Unterlippe. Jemand hatte ihn verpfiffen – musste einer seiner beiden Assistenten gewesen sein. Die erkannten Cops, wenn sie welche vor sich hatten. Wahrscheinlich wussten sie auch von Jennifer und Carter. Aber sie hatten es für sich behalten, sich hinter seinem Rücken über ihn lustig gemacht, dreckig gegrinst und gelacht.

»Ich wusste das mit meiner Tochter und Carter nicht, bis er's mir erzählt hat.«

»Wer er …?«

»Laidlaw heißt er, hat er gesagt. Großer Typ, Raucher, die ganze Zeit am Grübeln.«

»Wir kennen Laidlaw. Wieso hat er mit dir geredet?«

Der kalte Stahl des Schraubenschlüssels lag jetzt an Loves linker Wange, heischte um seine Aufmerksamkeit.

»Wegen Jennifer. Für Chick McAllister schien er sich auch zu interessieren.«

»Dass McAllister für John Rhodes arbeitet, weißt du aber.« Der Mann sah Archie Love nicken. »Als die beiden miteinander rumgemacht haben, hast du das da auch schon gewusst?« Wieder nickte er. »Was hat Matt Mason dazu gesagt?«

»Familie ist Familie, hat er gesagt, Hauptsache, die Geschäfte leiden nicht darunter.«

»Also Bobby Carter war *unser* Geschäftspartner, aber praktisch war er auch Familie. Wir nehmen seinen Tod daher ein bisschen persönlich, wenn du verstehst, was ich meine. Wenn wir uns mit deiner Tochter unterhalten, was wird die uns sagen?«

»Das ist nicht nötig.«

»Was wird sie uns sagen?«, beharrte der Mann.

»Da gibt es nichts zu sagen. Bobby Carter hat sie gerne gemocht, aber mehr als Freundschaft hat er nicht bekommen und damit war er nicht zufrieden. Sie haben sich ohne Streit getrennt. Am Abend drauf war er schon wieder am Aufreißen, als hätte sie ihm gar nichts bedeutet.«

»Das hat dir Jenni erzählt?«

»Ihre Mutter hat's mir gesagt.«

»An dem Abend, an dem sie ihn beim Aufreißen gesehen hat, hatte er da jemand Bestimmtes im Blick?«

»Ich kann sie fragen.«

»Aber frag sie richtig, damit wir's nicht machen müssen.«

Loves Nicken war dieses Mal entschlossener.

»Was denkst du, Spanner? Meinst du, Mr. Love weiß, dass wir sehr ungehalten wiederkommen, sollten wir mit den Ergebnissen unzufrieden sein?«

Statt einer Antwort fuhr der Schraubenschlüssel fest auf Loves Schulterblatt herunter. Er schnappte vor Schmerz nach Luft. Der Finger hatte sein Kinn verlassen und er fiel auf alle viere.

»Wir haben dich gewarnt«, hörte er den ersten Mann sagen.

Als er die Tränen zurückgedrängt hatte, sah er zwei Paar gut beschuhte Füße zur Tür gehen. Laut knallte sie hinter den beiden zu. Love zog sich auf die Bank hinauf, keuchte laut, sein ganzer Körper glühte vor Schmerz. Zwischen seinen Fingern hingen Reste von Dreck und Gras. Vor nicht mal einer Stunde hatte er noch geglaubt, das Sagen zu haben, derjenige zu sein, der Befehle und Ratschläge erteilt. Er war sich wie ein König vorgekommen.

Jetzt sah das ganz anders aus. Zum ersten Mal seit dem schmachvollen Ende seiner Fußballerkarriere gestattete Archie Love sich zu weinen.

30

SPÄTER AM ABEND fielen Spanner Thomson und Mickey Ballater in ein paar Pubs ein. Zuerst waren Panda und Dod dabei und zu viert taten sie so, als wollten sie Leute ausquetschen. Sie nahmen ein paar Bekannte beiseite und stellten ihnen Fragen. Was wurde über Bobby Carters Ableben denn so geredet? Hatten sie was über John Rhodes oder Matt Mason gehört? Schließlich seilten sich Panda und Dod ab, ließen Spanner und Mickey in irgendeiner Spelunke sitzen, an einem Tisch in der Ecke – der eigens für sie freigeräumt worden war –, umgeben von Stammgästen, die sich davor hüteten, sie zu belästigen. Spanner Thomson trank Flaschenbier – traute dem Zeug aus dem Zapfhahn nicht über den Weg und erklärte Mickey, Flaschen seien so viel hygienischer, besonders wenn man sich kein Glas dazugeben ließ. Ballater selbst trank Wodka, verdünnt mit süßem Orangensaft.

»Kommt, wir verziehen uns«, sagte Ballater schließlich. »Hier ist es todlangweilig.«

»Ins Casino?«

»Hab eher ans Whiskies gedacht. Paar Mädchen ins Auge fassen.«

»Etwa auch Jenni Love?«

»Kennst mich gut, Spanner.« Ein Grinsen zog sich über Mickey Ballaters Gesicht.

Es war mild genug, um zu Fuß zu gehen. Kaum standen sie auf dem Gehweg draußen, torkelte ihnen ein Betrunkener vor die Füße. Thomson schubste den Mann so fest, dass er hinfiel. Ein paar Passanten schienen bereit, dazwischenzugehen, bis sie sahen, mit wem sie es zu tun hatten. Thomson und Ballater hatten das Gefühl, die Straße würde ihnen gehören. Hartgesottene Männer, die in Grüppchen zusammenstanden, teilten sich wie das Rote Meer, nur damit die beiden nicht von ihrem geraden Kurs abweichen mussten. Eigentlich schade. Seit er gesehen hatte, wie der Schraubenschlüssel Loves Stirn traf, war auch Mickey Ballater nach ein bisschen Gewalt.

»Eins steht fest«, meinte Spanner im Weitergehen. Wird dem Chef nicht gefallen, wenn das so weitergeht.«

»Wir können ihm jemanden wie Archie Love auch als Geschenk verpacken. Ihn tief vergraben und behaupten, er hätte gestanden.«

»Cam will es von ihm selbst hören, schon vergessen?«

Ballater brummte. Er hatte einen herannahenden Teenager im Blick, von Kopf bis Fuß in Jeans gekleidet, mit einem Rangers-Schal um den Hals. Der Junge war so schlau, die Straßenseite zu wechseln, auch wenn er dabei riskierte, von einem vorüberfahrenden Taxi erwischt zu werden. Das Taxi hupte und der Teenager zeigte ihm einen Mittelfinger.

»Ich liebe diese Stadt«, sagte Ballater.

»Matt Mason liegt allmählich vorne«, fuhr Thomson fort, der sich von seinem Gedankengang nicht abbringen lassen wollte. »Zettel Krieg an, dann lehn dich zurück und schau zu.«

»Hast du nicht gesagt, Mason ist ganz zufrieden damit, so wie's ist?«

»Das war Panda.«

»Ich dachte, du wärst seiner Meinung gewesen.«

»Vielleicht hab ich's mir ja anders überlegt.«

»Seit deiner kleinen Unterhaltung mit John Rhodes?«

Thomson fixierte seinen Begleiter mit einem Blick. »Das hab ich schon erklärt.«

»Was ist dann mit der Theorie vom Chef – dass Bobby Detektiv gespielt hat und herausfinden wollte, ob Mason einen von uns auf seiner Gehaltsliste hat?«

Thomson schüttelte den Kopf. »Das wäre ein schöner Vorwand, damit Bobby sich mit ein paar Leuten treffen kann.«

»Meinst du, er wollte von Bord gehen? Das hätte Cam niemals zugelassen.«

»Eben.«

Jetzt starrte Ballater Thomson an. »Das hätte Cam niemals getan. Das wäre viel zu vertrackt.«

»Aber er hätte durchsickern lassen können, dass er nichts dagegen hätte, wenn es so käme.«

»Aber warum hat er's uns dann nicht gesagt?«

Sie gingen an ein paar dicht zusammenstehenden älteren Männern vorbei, sie hatten die Schiebermützen tief ins Gesicht gezogen und die Kragen hochgestellt. Man grüßte, die Namen »Mickey« und »Spanner« fielen. Fast hatte es was von einem Gottesdienst, die Männer wollten ihren Segen, bekamen aber höchstens ein Nicken, als Anerkennung ihrer Existenz.

Kaum waren sie an ihnen vorbei, sprach Thomson leise weiter. »John Rhodes hat behauptet, Bobby Carter hätte überlegt, eine eigene Firma aufzumachen.«

»Das ist nur Gerede von Rhodes.«

»Wirklich?«

»Hast du das Cam gesagt?«

Thomson nickte. »Im Prinzip hat er mir geraten, es gut sein zu lassen.«

»Meinst du, er hat's schon gewusst? Wenn ja, dann wäre das Urteil aber schnell gefallen.«

»Kann sein.«

»Er hat immer gedacht, dass du eifersüchtig bist auf Bobby.«

Nachdenklich zog Ballater einen Rotzklumpen hoch und spuckte ihn auf die Straße. Eine Frau mit Hornbrille und Kopftuch warf ihm einen strengen Blick zu und bekam ein anzügliches Grinsen zurück. »Seit Bobbys Tod ist er auf hundertachtzig«, sagte er zu Thomson. »Willst du sagen, das ist nur Show?«

»Shows hinlegen können wir alle ganz gut, Mickey.«

Thomson sah seinen Begleiter erneut an.

»Ich versteh nicht, was du meinst, Spanner«, sagte Ballater düster.

»Bobbys Sommer-Party. Du und Monica neben dem Haus, an der Garage.«

Mickey Ballater blieb wie angewurzelt stehen. »Das hast du gesehen?«

»Allerdings.« Die beiden Männer standen sich jetzt gegenüber. Thomson hatte eine Hand tief in eine seiner Manteltaschen geschoben, in der eine offene Flasche McEwans steckte. Mehr als ein Rest Bier war nicht drin, aber Spanner Thomson ließ nichts verkommen.

Ballater grinste gequält. »Und du hast es für dich behalten?«

»Bis jetzt schon.«

»Vielleicht hast du sie ja gesucht, hm? Hast dir selbst Chancen ausgerechnet.« Ballater gab seinem Begleiter Gelegenheit zu sprechen, aber Spanner schwieg, woraufhin er mit den

Schultern zuckte. »Das war gar nichts.« Er setzte sich wieder in Bewegung, Thomson tat es ihm gleich.

»Sah aber nach was aus.«

»Ich gebe zu, ich hab's mal probiert, aber sie wollte nichts davon wissen.«

»Könnte sich ja jetzt geändert haben, wo Bobby weg ist vom Fenster.«

Ballater schüttelte langsam den Kopf. Sein Gesicht hätte auf jeden Beobachter vollkommen ruhig gewirkt, in seiner Stimme aber prallten Feuer und Eis aufeinander. »Das ist total daneben, Spanner. Cam macht sich Gedanken wegen *dir*, nicht wegen mir.«

»Cam weiß, dass er mir vertrauen kann.«

»Ach ja, wirklich?«

»Hat er dir was anderes gesagt? Als du noch mal zu ihm rein bist?« Thomson hatte Ballater am Ärmel seines Jacketts gepackt, die beiden Männer blieben erneut stehen, die Luft um sie herum knisterte.

»Das war ein vertrauliches Gespräch, Spanner. Am besten fragst du Cam, wenn du's wissen willst.«

»Vielleicht mach ich das, und dieses Mal werde ich nicht vergessen, ihm von dir und Bobby Carters Frau zu erzählen. Das wird er wissen wollen, wo er doch solche Gefühle für sie hat.«

Sie starrten einander an wie Boxer, bevor die Glocke ertönt und der Kampf beginnt. Ein Nachtschwärmer auf der anderen Straßenseite grölte eine rohe, aber leidenschaftliche Version von »My Way«. Ballaters Blick richtete sich erst auf den Mann, dann wieder auf Spanner Thomson. Das Lächeln auf seinem Gesicht hätte man fast als kokett bezeichnen können.

»Du hast recht wegen Cam. Er weiß nicht, wem er gerade

vertrauen kann, und dass Rhodes bei dir im Wagen saß, hat bei ihm alle Alarmsirenen schrillen lassen. Er hat mich gebeten, dich im Auge zu behalten. Ich kann ihm gerne sagen, dass er sich keine Sorgen machen muss.«

»Dann würde mir das auf der Party im Sommer auch einfach wieder entfallen.«

»Aber mal angenommen, die Lage eskaliert – dann dauert's nicht lang, bis Rhodes' Leute gegen einen von uns vorgehen. Und wenn es dazu kommt, müssen wir entschlossen zurückschlagen. Bevor es besser wird, wird's erst mal schlimmer.«

»Wir sind hier in Glasgow, Mickey. Hier ist seit dem Ende des Sklavenhandels immer alles schlimmer geworden.«

»Ich will nur sagen, wir sollten Vorkehrungen treffen. Wenn Cam stürzt … Gott bewahre, aber dann brauchen wir einen Notfallplan.«

»Mit ›wir‹ meinst du ›du und ich‹, oder sind Panda und Dod mit eingerechnet?«

Ballater zuckte mit den Schultern. »Was ist dir lieber? Im Moment unterhalten nur wir zwei uns.« Er schaute nach links und rechts. Die belebte Geschäftsstraße ließ ihnen mehr als genug Raum. Sämtliche Passanten machten einen riesigen Bogen um sie herum.

»Du würdest Cam doch nicht hintergehen?«, fragte Thomson.

»Unter gar keinen Umständen, aber das heißt ja nicht, dass er nicht irgendwann rausgedrängt wird, und möglicherweise sind Gesundheit und Wohlergehen von uns dann nicht mehr gesichert. Du hast John Rhodes an der Angel, Spanner, aber wen hab ich?«

»Rhodes will mich nur haben, weil er denkt, dass ich ihn direkt zu Cam führe. Deshalb hat er auf mich gewartet. Aber das hätte er nicht gemacht, wenn nicht jemand das Messer in der Nähe von meinem Zuhause deponiert hätte. Ich gehör zur vorsichtigen Sorte, Mickey, ich hab nicht mal ein Telefon im Haus. Nicht viele Leute wissen überhaupt, wo ich wohne. Ich glaub kaum, dass John Rhodes es wusste, bevor die Cops bei mir aufgetaucht sind.«

»Was willst du damit sagen?«

»Ich will sagen, ich trau keinem von euch – dir nicht, Panda und Dod auch nicht.«

»Aber deinem alten Freund Cam vertraust du, obwohl er von mir verlangt, dass ich ihm über alles berichte, was du so treibst?«

Spanner Thomsons Gesicht verzerrte sich. Als würden sämtliche Kindheitserinnerungen auf einmal auf ihn einstürzen, wie ein Dach, dessen Stützbalken so lange ausgehöhlt wurden, bis sie ihre Last nicht mehr trugen.

»Cam sichert sich nur gegen alle Eventualitäten ab, mehr nicht«, brummte er schließlich.

»Genau davon rede ich ja, Spanner.« Ballater beugte sich zu ihm. »Wir wollen alle nur überleben. Wenn wir ein paar Stolperfallen umgehen können, umso besser.«

»Aber bis es so weit ist, siehst du dich auf dem freien Stuhl neben Cam?«

Ballater schüttelte nachdrücklich den Kopf. »Du bist sein ältester Freund, Spanner. Der Posten steht dir zu. Ich kann nicht fassen, dass Cam dich nicht längst drauf installiert hat. Stehen wir jetzt die ganze Nacht hier oder was? Wenn ja, würde ich vielleicht jemanden losschicken, der uns was zu trinken holt.«

Thomson zog seine Flasche aus der Tasche und schüttelte sie. »Hab noch was hier.« Er hob sie an die Lippen und trank sie aus. Ballater wusste, dass dies der Moment war. Er hätte Thomson die Flasche mit dem Handballen an seinen splitternden Zähnen vorbei tief in den Rachen rammen können. Stattdessen gab er ein überzeugendes Lachen von sich.

»Du bist mir vielleicht einer, Spanner. Im Whiskies gehen die Getränke auf mich.«

»Kann passieren, dass ich dich beim Wort nehme, so viel wie die da verlangen.«

Die beiden Männer setzten sich erneut in Bewegung, ihr Ziel war jetzt nicht mehr weit. Thomson warf die leere Flasche über die Schulter. Sie zersprang beim Aufprall aufs Pflaster. Keiner von beiden drehte sich auch nur danach um.

Augen geradeaus.

Kein Blick zurück.

Sie schwiegen den ganzen Weg bis zum Club, beide tief in die jeweils eigenen Gedanken und Ränkespiele versunken.

31

SPANNER LIESS SICH mit dem Taxi draußen vor dem Springburn Park absetzen. Die Wege waren gut genug beleuchtet und die dort abhängenden Teenager wussten, dass man sich mit ihm besser nicht anlegte. Er stand neben dem abgesperrten Bereich, wo das Messer gelegen hatte. Kein Weg und keine Straße in unmittelbarer Nähe. Um dorthin zu kommen, musste man mitten durch den Park. Er fragte sich, ob derjenige, der das Messer dort deponiert hatte, den Park durchquert hatte, um es näher bei Spanners Haus abzulegen. Aber das wäre vielleicht zu offensichtlich gewesen. Ein bisschen weiter weg war besser; weiter weg wies auf einen Mörder hin, der nach der Tat wieder zur Besinnung kommt und panisch reagiert. Also wirft er die Waffe weg, will sie unbedingt sofort loswerden.

Und lenkt den Verdacht auf Spanner Thomson.

Er hatte Ballater gegenüber behauptet, John Rhodes habe seine Adresse bestimmt nicht gekannt, bevor die Polizei dort erschienen war. Aber Mickey Ballater selbst kannte sie, ebenso wie Panda Paterson und Dod Menzies. Mehrfach hatte er sie auf ein paar Drinks im Garten zu sich eingeladen, Mary hatte Sandwiches mit Streichwurst gereicht, sogar die Rinde vom Brot abgeschnitten. Cam war natürlich auch da gewesen, hatte ihn beiseitegenommen und überreden wollen, sich was Größeres in einer schöneren Gegend zu kaufen.

»Sonst denken die Leute noch, ich kümmere mich nicht um dich – und wir wissen beide, dass das nicht stimmt.«

Aber Spanner war auf den Straßen von Balornock groß geworden. Hier fühlte er sich sicher. Und da seine vierzehnjährige Ehe kinderlos geblieben war, wozu brauchte er da was Größeres? Mary bekam das Geld, das er nach Hause brachte, und sie steckte alles, was sie nicht brauchten, in einen Bausparvertrag.

Natürlich gab's auch noch ein bisschen Bargeld, von dem sie nichts wusste, Spanner hatte es beiseitegelegt, falls er mal schnell verschwinden musste. Nach seinem Besuch bei der Central Division hatte er es sich überlegt. Zwei Dinge hatten ihn davon abgehalten. Erstens wäre er dann in aller Augen erst recht der Schuldige, auch in Cams. Und zweitens kochte er innerlich, musste herausfinden, wer ihn reinlegen wollte.

Jemand, der wusste, dass der freie Stuhl von Rechts wegen ihm gehörte.

Jemand, der seine Adresse kannte.

Jemand wie Mickey Ballater.

Er blieb an der Pforte vor seinem Haus stehen, dann ging er weiter bis zur nächsten Telefonzelle. Darin stank es nach Pisse, aber als er sich aus Angst vor Bakterien den Ärmel über die Hand zog und den Hörer abhob, ertönte immerhin ein Freizeichen. Er wählte die Nummer, und als Cam Colvin sich meldete, drückte er die Münze in den Schlitz.

»Ich bin's, Cam.«

»Ich weiß, Spanner – sonst ruft mich niemand aus einer Telefonzelle an. Was hast du zu dieser nachtschlafenen Zeit auf dem Herzen?«

Thomson hörte leise Musik im Hintergrund, entweder eine Schallplatte oder das Radio.

»Tut mir leid, dich am Abend zu stören.«

»Ich nehme an, es gibt Neuigkeiten, die nicht warten können.«

Er atmete geräuschvoll aus. »Vielleicht ist es gar nichts, aber ich hab mit Mickey geredet.«

»Ach ja?«

»Ich bin nicht sicher, ob du ihm vertrauen kannst. Ich meine, vielleicht denkst du, mir kannst du auch nicht vertrauen – er hat mir gesagt, dass du ihm befohlen hast, mich im Auge zu behalten …«

»Hat er das?«

»Aber ich schwöre bei Gott, ich bin nicht derjenige, auf den du aufpassen musst«, brach es aus Thomson heraus. »Er könnte ohne Weiteres die Seiten wechseln – wenn er an deinen Job nicht rankommt. Ich glaube nämlich, auf den hat er's abgesehen; nicht auf Bobbys Platz, sondern auf deinen, und ich glaube, wie er das bewerkstelligt, ist ihm egal.« Er hielt inne. »Und da ist noch was – ich hab ihn mit Monica gesehen, auf Bobbys Party im Sommer. Die haben geknutscht.«

Das Schweigen in der Leitung zog sich in die Länge.

»Bist du sicher, Spanner?«, fragte Colvin schließlich und klang dabei, als könnte er seine Emotionen nur mühsam unter Kontrolle halten.

Du rechnest dir wirklich Chancen aus, Cam, jetzt wo Bobby weg ist vom Fenster? Könnte das der wahre Grund sein, warum er verschwinden musste?

»Ich weiß, was ich gesehen habe«, hörte Thomson sich sagen. Es war, als würde er unter dem Dach der Telefonzelle und über seinem eigenen Kopf schweben, auf einen anderen in seinem Körper herunterschauen. »Mickey sagt, er hat's mal versucht, aber sie wollte nichts davon wissen. So hat's für mich aber nicht ausgesehen.«

»Meinst du, die haben sich hinter Bobbys Rücken getroffen?«

»Meine ehrliche Antwort lautet, ich weiß es nicht. Vielleicht solltest du ihn das fragen.«

»Muss ich vielleicht sogar, Spanner.«

Thomson machte den Mund auf, um noch etwas zu sagen, aber die Leitung war schon tot.

Auf der kurzen Strecke zurück zu seinem Haus, seinem Bett und seiner wartenden Frau spürte er, wie ihn Traurigkeit umschloss. Bis zu Bobby Carters Tod war seine Welt übersichtlich und beständig gewesen. Jetzt war sie das Gegenteil davon. Sein Unbehagen war gleichzeitig ungewohnt und unerwünscht. Er musste etwas dagegen unternehmen.

Und er *würde* etwas dagegen unternehmen.

SECHSTER TAG

32

ROY CHAMBERS' MALERFIRMA hatte ihren Sitz in Partick. Die Luft war kalt an diesem Vormittag, Laidlaws Atem bildete kleine Dunstschwaden, als er über den Gehweg ging. Ein Doppeldecker keuchte mit beschlagenen Fenstern an ihm vorbei. Keiner der Passagiere hatte sich die Mühe gemacht, sie freizuwischen, draußen gab es nichts, das ihre Aufmerksamkeit verdient hätte. RC Interiors hatte zwar einen noblen Namen, bestand aber aus einem einzigen Schaufenster mit darin ausgestellten Tapetenmusterbüchern und zwei Rollen Raufaser, daneben eine Tür, deren verglaste obere Hälfte mit Werbeaufklebern für Farbenhersteller gepflastert war. Außerdem war da ein Schild. Darauf stand GESCHLOSSEN. Laidlaw versuchte trotzdem, die Tür zu öffnen. Abgeschlossen. Er schlug einmal dagegen und trat nach. Schließlich tauchte eine junge Frau aus dem hinteren Teil des Ladens auf. Sie schaute ihn an, ließ aber die Kette vorgelegt, während sie die Tür entriegelte. Er hielt seinen Dienstausweis vor den Spalt.

»Ich möchte mit Roy sprechen«, sagte er.

Sie schloss die Tür, um die Kette abzunehmen, dann zog sie sie wieder auf.

»Man kann gar nicht vorsichtig genug sein«, sagte sie.

»Besonders, wenn man solche Schätze hütet«, pflichtete Laidlaw ihr bei.

»Roy ist auf Arbeit. Ich kümmere mich für ihn ums Büro.«

Laidlaw nickte verständnisvoll. Sie war noch keine zwanzig, stämmig, aber selbstbewusst und mit sich zufrieden. Hatte sich schwer in Schale geworfen, als würde sie jederzeit damit rechnen, RC Interiors der breiten Öffentlichkeit präsentieren zu müssen. Offensichtlich hatte man ihr beigebracht, sich anständig zu kleiden, einen guten Eindruck zu machen und sich keinen Mist gefallen zu lassen.

»Sind Sie mit ihm verwandt?«

»Ich bin die Nichte. Hat er was ausgefressen?«

»Dachte schon, Sie fragen nie.«

»Ich hab nicht gefragt, weil ich mir nicht vorstellen kann, dass er jemals etwas macht, weshalb solche wie Sie angerannt kommen.«

»Und trotzdem steht jetzt so einer wie ich hier, es sei denn, Sie bitten mich rein.«

»Wozu? Hab Ihnen doch schon gesagt, dass er nicht da ist.«

»Dann geben Sie mir die Adresse, wo ich ihn antreffe, und schon bin ich weg.«

»Hat es was mit Bobby Carter zu tun?«

»Wie kommen Sie darauf?«

Sie grinste in sich hinein. »Stimmt aber, oder? Weil Roy mit Monica verheiratet war. Ich hab gleich gesagt, die Polizei würde sich noch mal für ihn interessieren.«

»Schlaues Mädchen. Aber wegen der Adresse …«

»Er könnte keiner Fliege was zuleide tun.«

»Ich nehm Sie beim Wort.«

»Machen Sie doch bestimmt nicht, oder? Sie wollen trotzdem mit ihm reden?«

»Leider funktioniert das nur so.«

»Ich hab mich bei der Polizei beworben.«

»Soll ich ein gutes Wort für Sie einlegen?«

»So läuft das nicht. Ich bin ja nicht blöd.«

»Das ist mir durchaus klar geworden, schon nach diesem kurzen Gespräch.«

Für einen Moment standen sie schweigend da, während sie auf ihrer Unterlippe kaute. Dann wirbelte sie herum und ging in ihr Büro, wich dabei mehreren Farbeimern und Terpentinflaschen aus. Laidlaw folgte ihr.

Im Laden roch es gut. Er fragte sich, ob der Geruch von den Tapetenmustern herrührte, die sich auf dem einzigen Tisch im Raum stapelten. Radio 1 lief, das Transistorradio stand auf einem Regal über dem Bürotisch. Das Hinterzimmer war eng, durch eine offene Tür sah man eine Kloschüssel und ein Waschbecken. Wer durch das schmale und vergitterte Hinterfenster einsteigen wollte, müsste sich an einer Reihe von Leitern vorbeimanövrieren. Das Mädchen blätterte in einer altmodischen Kladde. Als sie die Adresse gefunden hatte, schnappte sie sich einen Bleistift und schrieb sie auf einen Notizblock, riss das oberste Blatt ab und reichte es ihm mit schwungvoller Geste.

»Ich habe Sie gar nicht nach Ihrem Namen gefragt«, sagte er.

»Janine.«

»Haben Sie noch andere berufliche Pläne außer bei der Polizei, Janine?«

»Vielleicht gehe ich aufs Kunst-College. Ich hab mal ein bisschen Modell gestanden und das sah interessant aus.«

»Hab den Eindruck, egal, was Sie mit Ihrem Leben anstellen, Sie werden was draus machen. Ist Roy eine Einmannfirma?«

»Das ist ein großer Auftrag da.« Sie nickte in Richtung des Zettels. »Er hat Gordy dabei.« Sie wickelte einen Streifen Kaugummi aus und schob ihn sich zwischen die Lippen. »Ist Detective sein so aufregend, wie's im Fernsehen aussieht?«

»Keinen Augenblick langweilig.«

»Das war jetzt ironisch, oder?«

»Ich würde lieber Künstlern Modell stehen. Danke für die Adresse, Janine.«

Kelvingrove war in Meilen, Yards oder Fuß gemessen nicht weit von Partick entfernt. Andererseits war es eine vollkommen andere Welt mit prächtigen Sandsteingebäuden aus dem neunzehnten Jahrhundert, dazu der elegante Park und das gut besuchte Museum. Das letzte Mal war Laidlaw mit seinen Kindern dort gewesen und hatte sich gewundert, warum sie sich nicht halb so viel aus dem Christus von Dalí machten wie er. An der Fassade des Hauses, vor dem Roy Chambers' Transporter parkte, war offensichtlich schon einiges gemacht worden. Laidlaw sah, wo neues Mauerwerk altes ersetzt hatte. Die Haustür stand sperrangelweit offen, aber bevor er hineinging, blieb er am Transporter stehen, dessen hintere Tür geöffnet war, ein junger Mann saß dort neben einer Thermoskanne Tee.

»Sie müssen Gordy sein«, sagte er. Der junge Mann blickte mit leicht zusammengekniffenen Augen zu ihm auf. Er trug einen mit weißer Farbe verspritzten Overall und ein hellblaues T-Shirt darunter, er schien die Kälte gar nicht zu spüren. »Ist Roy drin?«

Gordy zuckte nur mit den Schultern und drehte sich eine Zigarette.

»Wie lange haben Sie gesessen?«, fragte Laidlaw.

»Hab gleich gewusst, dass Sie von der Polizei sind.«

»So wie ich gleich gesehen habe, dass Sie in Barlinnie waren. Eine so dünne Selbstgedrehte wie die da, bloß nicht zu viel kostbaren Tabak verwenden, das ist ein Klassiker. Und die Tätowierungen.«

Gordy betrachtete seine Arme.

»Irgendwas zwischen selbst gestochen und professionell«, fuhr Laidlaw fort. »Davon hab ich mit der Zeit einige gesehen.«

»Ich war ein dummer Junge«, meinte Gordy. »Mehr nicht.«

»Aber Sie haben im Knast ein Handwerk gelernt. Das will was heißen. Wie lange kennen Sie Roy schon?«

»Fragen Sie ihn.« Gordy kippte seinen Becher aus, sodass Teereste auf Laidlaws Schuhe spritzten.

»Das habe ich vor. Wie lange sind Sie jetzt draußen?«

»Hab genug geredet.« Der junge Mann stand auf, schlug die Türen des Transporters zu, schloss ab und stieg die Stufen zu einer beeindruckenden Haustür hinauf. Sie war mehrfach mit schwarzer Hochglanzfarbe gestrichen, und auch die sie flankierenden Säulen im griechischen Stil waren kürzlich erneuert worden. Dahinter befanden sich ein schwarz-weiß gekachelter Fußboden und eine ausladende Treppe, mehrere Türen waren ausgehängt. Mitten im Raum stand ein Gerüst, darunter lagen Filzdecken. Die Treppe war ähnlich geschützt.

»Wir haben Besuch!«, brüllte Gordy, seine Stimme hallte in dem leeren Raum. Ein Kopf tauchte aus einem der Räume im oberen Stockwerk auf, er spähte über das Treppengeländer.

»Ich bin Detective Constable Laidlaw«, erklärte Laidlaw. »Können wir uns kurz unterhalten?«

»Hat Janine Ihnen die Adresse gegeben?« Der Mann kam bereits die Treppe herunter. Er trug den gleichen Overall wie sein Juniorpartner, nur das T-Shirt darunter war schwarz und farbverschmiert. Auch die Sommersprossen im Gesicht von Roy Chambers entpuppten sich bei näherer Betrachtung als Farbspritzer. Er hatte nur Socken an, keine Schuhe, und Laidlaw fiel auf, dass Gordy jetzt im Haus auch seine Doc Martens ausgezogen hatte.

»Das hat sie.«

»Sie überlegt, ob sie sich bei der Polizei bewerben soll.«

»Hat sie erwähnt«, sagte Laidlaw, während Gordy hinter ihm verächtlich schnaubte.

Chambers hatte einen Lappen aus der Tasche gezogen und wischte sich die Hände ab. Seine kurzen Haare waren rostbraun und er war groß und drahtig. Laidlaw hielt ihn für ein paar Jahre jünger als seine Ex-Frau; eher so alt wie Bobby Carter.

»Ich habe mit Ihrer Tochter gesprochen«, fuhr Laidlaw fort, »sie hat erzählt, Sie wären bei ihr zu Hause gewesen. Ich meine, seit Mr. Carter ermordet wurde.«

Chambers nickte nachdenklich. »Cam Colvin war da, deshalb bin ich gar nicht über die Schwelle gekommen, wie in alten Zeiten.«

»Stella hat mir gesagt, Carter hatte nicht viel für Sie übrig.«

»Nachvollziehbar, denke ich. Ist es das? Glauben Sie, ich hab ihn umgebracht?«

»Haben Sie?«

»Nein.«

»Mal dran gedacht?«

Chambers zuckte mit den Schultern und stopfte sich den Lappen wieder in die Tasche. »Monica und ich haben uns trotz allem gut verstanden. Außerdem mussten wir an Stella denken.

Ich wollte an ihrem Leben teilnehmen. Gab eine Zeit, da hat sie sogar überlegt, zu mir in die Wohnung zu ziehen.«

»Aber dazu kam es nicht.«

»Ich glaube, Carter hat ein Machtwort gesprochen. Und kaum war Monica ihn los, kam schon dieser verfluchte Cam Colvin.«

»Colvin und Carter waren eng befreundet; da ist es nur natürlich, dass er sich um die Familie kümmert.«

»Nur geht's ihm nicht um die Familie, oder? Dem geht's um Monica.«

»Jetzt wo Carter nicht mehr im Weg steht, meinen Sie, Stella möchte zu Ihnen ziehen?«

»Das gehört zu den Dingen, über die ich mit ihr und ihrer Mutter sprechen wollte.«

»Aber Colvin hatte andere Vorstellungen?«

»Mit Cam Colvin sollte man sich's lieber nicht verderben«, meinte Gordy. Laidlaw hatte das Gefühl, dass er seinen Arbeitgeber bereits mehr als einmal gewarnt hatte.

Laidlaw musterte demonstrativ die tadellose Umgebung.

»Der Eigentümer hier hat wohl ein bisschen was auf der hohen Kante.«

»Irgendein Uni-Professor«, sagte Chambers, »trotzdem jammern Lehrer immer über ihre Bezahlung. Bis Freitag müssen wir fertig sein.« Er sah Gordy an. »Liegen noch ein paar Spätschichten vor uns.«

»Wenn Sie fertig sind, vielleicht könnten Sie ja die Malerarbeiten im Haus ihrer Ex-Frau übernehmen«, sagte Laidlaw und machte Anstalten zu gehen. »Jetzt wo Bobby Carter es nicht mehr verbieten kann.«

Chambers hob die Augenbrauen fast bis zum Haaransatz.

»Sie lässt schon wieder streichen? Das wurde doch erst vor ein paar Monaten gemacht.« Er schüttelte traurig den Kopf. »Andererseits hab ich ihr gleich gesagt, dass sie die falschen Farben genommen haben, und die Firma, die Carter angeheuert hat, das waren absolute Vollidioten …«

33

IN LAIDLAWS KOPF drehte sich alles, als er aus Kelvingrove fortging. Er kam zu einer Bushaltestelle, als gerade ein Doppeldecker hielt, um einen Passagier abzusetzen, stieg ein und ging nach oben. Die vorderen Plätze waren besetzt, aber das war ihm egal. Er interessierte sich nicht für die Aussicht, er musste nachdenken. Als der Schaffner kam, kramte er ein paar Münzen aus der Tasche, nahm die ihm hingehaltene Fahrkarte, zündete sich gleichzeitig eine Zigarette an und zog den Rauch tief ein. Bevor er sichs versah, war nur noch ein Stummel übrig. Er trat ihn mit dem Absatz aus und zündete sich noch eine an. Draußen sah er eine Gruppe junger Männer mit Fußballschals. War heute Samstag? Wer spielte? Er hatte keine Ahnung. Die Zeit hatte ihre Bedeutung verloren. Er hatte gehört, wie Mörder erzählten, die Zeit sei genau in dem Augenblick stehen geblieben, in dem ihr Opfer zu atmen aufhörte. Sie hätten das Gefühl gehabt, der oder die Ermordete hätten ihren Körper verlassen, würden über sich und ihnen schweben und auf die erstarrte Szene hinunterschauen. Aus Sekunden wurden Stunden oder Stunden verdichteten sich zu kurzen Augenblicken. An den Moment kurz vor der Tat konnten sie sich nicht erinnern, auch nicht, ob sie die Notrufnummer gewählt oder sich das Blut von den Händen gewaschen hatten. Aber war heute denn wirklich Samstag? Er hoffte inständig, dass kein Stadtderby zwischen Celtic und den Rangers anstand. Das waren die Schlimmsten, die Fans der Verlierermannschaft zogen geladen vor Wut nach Hause und ihre Familien hielten aus Angst vor Vergeltungsschlägen kollektiv die Luft an.

Häusliche Gewalt: Der Begriff fiel inzwischen immer öfter. Gewalt gegen Menschen an dem einen Ort, der eigentlich ihre Zuflucht sein sollte, ihr Reich, ihr Nest. Frauen gingen am Montagmorgen stark geschminkt einkaufen oder zur Arbeit, vertuschten es. Sie wirkten gequält und gebrochen, wichen Blickkontakten aus, legten sich Antworten auf die Fragen zurecht, die Nachbarn, Freunde und die Kollegen im Büro oder in der Fabrik stellen könnten.

Ein Wunder, dass nicht mehr Frauen etwas dagegen unternahmen.

Manche schon. Doch, manche schon.

Als Laidlaw merkte, welche Strecke der Bus fuhr, begriff er, dass er sich dem Orbit der Central Division näherte. Er stieg an der nächsten Haltestelle aus, blieb an dem mit Graffiti besprühten Unterstand stehen und rauchte seine Zigarette zu Ende – entweder die zweite oder die dritte. Er ging beim Rauchen auf und ab. *Sie lässt schon wieder streichen ... das waren absolute Vollidioten.*

»Dumm, Jack, dumm, dumm«, brummte er vor sich hin, scherte sich nicht darum, ob ihn die anderen wunderlich fanden. Er war ja auch wunderlich – wunderlich und dumm, und manchmal lag er einfach daneben. Aber dieses Mal nicht. Weil es einleuchtete. Zum ersten Mal seit Bobby Carters Tod war etwas voll und ganz einleuchtend.

Er ging den Rest der kurzen Strecke bis zum Präsidium zu Fuß, war blind für alles außer der Einfachheit dessen, was sich ergeben hatte. Er ging direkt zum Büro des Crime Squad und sah sich um, suchte die einzige Person, die er jetzt brauchte, und ignorierte Bob Lilley dabei. Lilley ließ sich allerdings nicht so leicht abwimmeln. Er kam mit beinahe reumütigem Blick auf Laidlaw zu.

»Ich habe die Anweisung erhalten, einen Termin für eine Gegeneinladung zum Essen zu vereinbaren.« Er verstummte, als er Laidlaws Aufruhr bemerkte. »Was ist los?«

»Alles und nichts.«

»Weitere Weisheiten von deinen Philosophen?« Lilley nickte in Richtung Laidlaws Schreibtischschublade. Laidlaw starrte ihn an.

»Weißt du, warum die da sind, Bob, die Bücher?« Die Worte sprudelten aus seinem Mund. »Weil sie in einem Raum voller Detectives als Hinweise auf meinen Charakter betrachtet werden, und während alle damit beschäftigt sind, deren Rolle und Bedeutung zu entschlüsseln, kann ich ungehindert meiner Arbeit nachgehen.« Er starrte seinen Kollegen fieberhaft an. »Ich glaube, wir sind einem MacGuffin hinterhergejagt, der immer komplizierter wurde, je weiter sich der Fall entwickelt hat.«

»Wer zum Teufel ist MacGuffin?«

»Kein wer, sondern ein was. Alfred Hitchcock verwendet den Begriff die ganze Zeit. Er bedeutet Ablenkung, eine falsche Fährte. Man ist so sicher, dass etwas von Bedeutung ist, dass man alles andere drum herum übersieht.«

»Willst du sagen, du bist draufgekommen?«

»Ich denke, ich bin vielleicht kurz davor, aber ich muss Milligan finden, um sicher zu sein.«

»Der vernimmt Archie Love.«

»Wieso?«

»Weißt du noch vor drei Tagen, Jack? Love stand auf unserer Liste, weil es ihm kaum gefallen haben kann, dass seine Tochter was mit Carter hatte.«

»Die Geschichte hat sich weiterentwickelt.« Laidlaw wollte an Lilley vorbei zur Tür, aber Lilley packte ihn am Arm, knapp über dem Ellbogen. Laidlaw hatte mit so einem festen Griff nicht gerechnet. Bob Lilley hatte Muskeln und viel Kraft. In seiner Zeit als Constable, als er noch Streife gelaufen war, dürfte ihm das zugutegekommen sein.

»Wenn ich mit Milligan gesprochen habe, gehen wir was trinken«, sagte Laidlaw. »Dann erzähle ich dir von meiner Theorie. Abgemacht?«

»Und wir verabreden ein Abendessen bei uns?«

»Bist ein harter Verhandlungsgegner, Bob.« Laidlaw sah auf die Stelle, wo er ihn am Arm hielt, und wartete, bis Lilley seinen Griff löste und seinen Kollegen gehen ließ. »Punkt zwölf Uhr mittags im Top Spot.«

Lilley starrte Laidlaw hinterher, überlegte halb, ob er ihm folgen sollte. Aber mit einer Naturgewalt legte man sich nicht an, wenn man wusste, was gut für einen war.

34

DIESES MAL HATTEN sie sich nicht im Konferenzraum des Coronach Hotel versammelt, sondern in der Bar, wo Laidlaw sie Karten spielend angetroffen hatte. Heute aber gab es keine Karten, nur einen Tisch mit einem einzigen Stuhl, auf dem Cam Colvin saß. Alle anderen Stühle waren aufgestapelt, ein deutlicher Hinweis darauf, dass die Männer stehen bleiben sollten. Der Barmann, der ihnen die Tür aufgeschlossen und sie hereingelassen hatte, war schleunigst durch dieselbe Tür verschwunden. Spanner Thomson sah Panda Paterson an, während Mickey Ballater und Dod Menzies mit den Schultern zuckten und sich fragend ansahen. Colvin hatte einen Becher Kaffee vor sich stehen. Schlürfend nahm er einen Schluck und stellte ihn danach auf den Tisch, als wollte er einen kostbaren Gegenstand in die Vitrine zurückstellen.

»Würde ich behaupten, ich sei enttäuscht, wäre das die Untertreibung des Jahres«, begann er, wog jedes einzelne Wort genau ab.

»Einer unserer besten Freunde und engsten Kollegen wurde tot hinter einer schäbigen Kneipe gefunden, und wir sind eine Woche später noch kein Stück weitergekommen. Wir müssen uns fragen, ob es daran liegt, dass wir nicht hundertprozentig bei der Sache sind, und das wiederum wirft bei mir die Frage auf, warum ist das so?«

Mickey Ballaters Aufmerksamkeit galt Spanner Thomson. Er wirkte überrascht, als er merkte, dass alle anderen nicht Spanner ansahen, sondern ihn. Sie ahmten ihren Chef nach. Ballater sah Colvin in die Augen.

»Was wird hier gespielt?«, fragte er, legte die Stirn in Falten.

»Das sollte ich dich fragen, Mickey. Hast du ein Auge auf die Witwe geworfen? Rechnest du dir Chancen aus, jetzt wo Bobby nicht mehr da ist?«

Ballater machte einen Schritt auf Spanner Thomson zu, beide Hände ballten sich zu Fäusten.

»Ganz ruhig, Mickey«, befahl Colvin.

»Verfluchte Scheiße, Cam. Du stehst doch selbst auf sie – als mir das gedämmert ist, hab ich einen Rückzieher gemacht. Spanner will nur den Spieß umdrehen, weil du mich gebeten hast, ihn im Auge zu behalten!«

»Und wie hat er das rausbekommen, Mickey? Ich sag's dir: Durch dich und deine verdammt große Klappe!« Colvin erhob sich langsam und trat hinter dem Tisch hervor. Sowohl sein Mantel wie auch sein Jackett hingen an Haken neben dem Tresen. Er öffnete seine Manschettenknöpfe und krempelte die Hemdsärmel hoch, ging dabei auf die Gruppe zu. »Ich brauche Leute um mich herum, denen ich vertrauen kann. Von euch entspricht keiner so richtig diesen Anforderungen.«

Ballaters Blick galt erneut Thomson, seine Lippen waren so schmal und fest wie der Schlussstrich ganz hinten im Kassenbuch. Er schien sich etwas zu überlegen, warf sich dann nach vorne. Er hatte zu lange gezögert. Thomson trat bereits ein paar Schritte zurück, schob die Hand in den Mantel. Als der Schraubenschlüssel zum Vorschein kam, von seiner Faust umklammert, griff auch Ballater in die Tasche, zog ein Rasiermesser heraus, das er mit einer kurzen Bewegung aus dem Handgelenk aufschnappen ließ. Colvin packte Ballater am rechten Arm, drehte ihn ihm auf den Rücken, bis seine Knie einknickten und seiner Kehle ein leiser Schrei entwich. Das Rasiermesser fiel klappernd zu Boden. Der Zeigefinger von Colvins freier Hand zeigte auf Thomson.

»In die Tasche damit, Spanner«, befahl er.

»Der wird doch von John Rhodes bezahlt!«, schrie Ballater.

Spanner Thomson ignorierte es, seine Aufmerksamkeit galt jetzt dem Mann, den er länger als sonst jemanden in der Stadt kannte, länger als seine eigene Frau.

»Du musst mir hier den Rücken stärken, Cam«, sagte er. »Ich muss hören, wie du's vor allen anderen sagst.«

»Was muss ich sagen, Spanner?«

»Dass du mir vertraust.«

»Scheint mir im Moment nicht klug, irgendwem zu vertrauen.« Colvin schaute hinter sich. Paterson und Menzies hatten sich hinter die Bar geschoben und mit Flaschen bewaffnet, bereit, sie zu zerschlagen und sich mit den schartigen Hälsen durchzusetzen. »Ganz langsam, Jungs«, warnte er und hob das Rasiermesser auf.

»Keiner fasst mein Messer an!«, brüllte Ballater. »Das hat meinem Dad gehört!«

»Mach ihn fertig, solange du kannst, Cam«, fauchte Thomson. »Frag dich mal, wer Bobby auf dem Gewissen hat. Wer ist scharf auf den Platz direkt neben dir? Und glaub mir, nicht mal damit wird er lange zufrieden sein.«

»Ihr beiden haltet jetzt die Fresse, verdammt!« Colvin gab Ballater einen Schubs, trat aus dessen direkter Reichweite heraus, in der Hand noch immer den verschrammten Elfenbeingriff des Rasiermessers.

Panda Paterson war an Ballaters Seite, half ihm auf die Beine. »Ruhig, Mickey, ganz ruhig.«

»Ich bin nicht der Bewaffnete von uns beiden, Panda.«

Dod Menzies hatte sich zwischen Thomson und die anderen gestellt. Er hielt beide Hände hoch, als wollte er kapitulieren, auch wenn er in der einen immer noch einen leeren Cocktailshaker hielt.

»Das macht's nicht besser«, sagte er.

»Wenn du dem Dreckschwein die Kehle durchschneidest, schon«, fauchte Thomson. Menzies näherte sich mit seiner freien Hand ganz langsam dem erhobenen Schraubenschlüssel. Das Werkzeug traf ihn hart an den Fingerknöcheln, er keuchte laut, ließ den Shaker fallen, der auf dem steinernen Fußboden zersprang, und krümmte sich, hielt sich die verletzte Hand, presste Flüche durch die aufeinandergebissenen Zähne.

»Du tickst nicht richtig, Spanner«, sagte Colvin, die Stimme heiser wegen des plötzlichen Adrenalinrauschs.

»So wie ich das sehe, Cam, bin ich der Einzige hier, der noch richtig tickt. Und wenn das so ist, bleibt mir wohl nichts anderes übrig: Ihr könnt mich alle mal. Nach heute will ich von keinem von euch noch mal was hören oder sehen, und wenn ihr mich suchen kommt, bringt besser schwere Geschütze mit.«

»Spanner …«

Thomson sah Cam Colvin an. »Wir haben eine lange Geschichte, Cam. Und du hast einfach draufgepisst. Ich bin raus.« Er drehte sich um und ging zur Tür.

»Verzieh dich endlich«, rief Ballater ihm hinterher, bewegte die Schulter, um den Schaden zu bemessen.

»Spanner«, wiederholte Colvin ohne viel Nachdruck, den Blick auf die ins Schloss fallende Tür gerichtet. Ballater hatte sich hinter die Bar verzogen, schenkte sich einen Whisky ein. Menzies bewegte die Finger und sein Handgelenk, zuckte aber vor Schmerz zusammen.

»Ich muss das untersuchen lassen«, sagte er.

»Die Praxis hat geöffnet«, teilte Ballater ihm mit, stellte ein frisches Glas neben den neu aufgefüllten Eiskübel. Menzies vergrub seine Hand darin. Paterson schob sich neben ihn, Cam Colvin stand nun alleine da und starrte die Tür an, als könnte er seinen alten Freund durch reine Willenskraft zurückholen.

»Ohne den bist du besser dran«, sagte Ballater. Er hatte die Fassung bereits einigermaßen wiedererlangt, als hätte ihm Thomsons Abgang Auftrieb gegeben.

»Er braucht nur ein bisschen Zeit zum Nachdenken«, vermutete Paterson.

»Wär ja ganz was Neues«, erwiderte Ballater.

»Du redest manchmal echt einen Haufen Scheiße, Mickey, und durchschaubar bist du außerdem.« Colvin ging zum Tresen.

»Verzeihung, Chef.« Ballater schenkte sich noch einen ein, dann streckte er die flache Hand aus. Colvin zögerte, bevor er ihm das Rasiermesser wiedergab, die Klinge war jetzt eingeklappt. Er bedachte Ballater mit seinem durchdringendsten Blick, ließ nicht nach, bis das Messer wieder tief in Ballaters Tasche steckte. Dann drehte er sich zu Menzies und dessen Hand um.

»Alles klar?«

Menzies zog die Faust aus dem Eiskübel. Die Knöchel waren geschwollen und begannen bereits, sich zu verfärben. »Ich glaube, da ist was gebrochen.« Er gab Ballater zu verstehen, er möge den Kübel auffüllen.

»Wenn du damit fertig bist, Mickey«, sagte Colvin, »hab ich einen Auftrag für dich.«

Ballater unterdrückte ein müdes Grinsen, als er sich mit Menzies' Glas in der Hand wieder von den hinter der Bar hängenden Flaschen abwandte und zu den anderen umdrehte. »Alles, was du sagst, Chef.«

»Das ist gut, weil ich nämlich London sage.«

Ballater verzog fragend das Gesicht. »London?«

»Hab ein paar Geschäftspartner da unten. Da wird ein Deal gemacht, und ich brauche jemanden, der das für mich überwacht.«

Ballater nahm sich einen Augenblick, um die Information zu verarbeiten. Volltreffer oder Platzverweis, was sollte das sein? Seinem Gesichtsausdruck nach kannte er die Antwort nicht.

»Nicht für lange«, versicherte ihm Colvin.

»Jetzt wo Spanner weg ist, fehlen dir dann aber zwei Männer.«

»Hab noch genug Schlagkraft in Reserve, Mickey, mach dir keine Sorgen.«

Colvin schaute auf seine Uhr. »Gegen Mittag geht ein Zug – wenn du sofort loslegst, hast du noch Zeit, nach Hause zu fahren und zu packen.«

»Chef, ich muss wissen …«

»Nein, musst du nicht. Ich lass dich von jemandem am Zug abholen. Die bringen dich in ein Hotel, und dort rufe ich dich an.« Colvin hielt inne. »Natürlich immer vorausgesetzt, dass das okay für dich ist?«

Paterson und Menzies zuckten zusammen, keiner von beiden kam dahinter, ob es bedeutete, dass der freie Platz nun besetzt war.

»Bevor du dichs versiehst, bist du wieder da«, sagte Colvin. »Aber jetzt musst du los.«

»Wenn du das willst, Cam.«

»Das will ich, Mickey.«

Ballater überlegte noch einen Augenblick, dann trank er aus. »Wir sehen uns, Jungs«, sagte er zu Paterson und Menzies, winkte ihnen auf dem Weg zur Tür kurz zu.

»Hüte dich vor Spanner«, rief ihm Menzies nach. »Der vergisst nichts.«

»Ich auch nicht, Dod. Hab's noch nicht erlebt, dass ein Rasiermesser einen Kampf verloren hat ...«

Nachdem er weg war, herrschte Stille in der Bar, als wäre ein belastender Gegenstand fortgeschafft worden. Colvin ging zu den Flaschen und füllte die Gläser von allen auf.

»Bist du sicher, Cam?«, fragte Panda Paterson.

»Zeit, sich neu zu formieren, Lads. Ich möchte junges Blut. Nennt mir die besten Namen, dann setzen wir uns mit denen an einen Tisch. Ich will schlaue Leute, keine Trottel, sie sollen anderen einen Schrecken einjagen können, aber keine Neandertaler. Ich weiß, ist viel verlangt, aber ...«

»Könnte sein, dass mir ein oder zwei einfallen würden«, lenkte Paterson ein.

»Mir auch«, ergänzte Menzies.

»Also dann, bis heute Abend, bevor die Buschtrommeln verkünden, wer uns alles abhandengekommen ist.«

»Was machen wir wegen Bobby?«

»Bohrt weiter, hört euch weiter um. Irgendwer da draußen weiß was.«

»Und John Rhodes? Nach dem, was er mit Bettys Taxis gemacht hat? Irgendwie müssen wir ihm das doch heimzahlen, oder?«

»Ich höre, ihr sprecht über mich?«

Alle schauten zur Tür. Ein Mann mit einem Gesicht voller Narben hielt sie auf, während sich John Rhodes' Silhouette vor dem Tageslicht dahinter abzeichnete. Beide Männer kamen herein und die Tür fiel klappernd hinter ihnen ins Schloss.

»Du kommst unerwartet, John«, sagte Colvin.

Rhodes betrachtete Menzies' Hand, als dieser sie aus dem Eiskübel zog. »Welcher von beiden hat dir den Schlag denn verpasst, Spanner oder Mickey?« Er grinste Cam Colvin ins Gesicht. »Ich hab draußen im Wagen gesessen, die Möglichkeiten abgewogen. Eine davon war, dass Gerry hier die Tür zuhält, während ich den Laden niederbrenne.«

»Mit dem Gay Laddie hatte ich nichts zu tun«, behauptete Colvin.

»Das glaube ich dir.« Rhodes nickte. »Deshalb hab ich auch entschieden, dass es wohl besser ist, erst mal ein paar Worte zu wechseln, als gleich Krieg zu führen. Also, mit wem muss ich knutschen, damit ich hier was zu trinken bekomme?« Er ging bereits über die Scherben auf dem Boden in Richtung Tresen.

Colvin begutachtete die aufgereihten Flaschen. Es gab nur zwei Malts. Er nahm die vollere Flasche, zog den Korken heraus, schenkte zwei Fingerbreit in ein Glas und schob es Rhodes zu.

»Trink auch einen«, sagte Rhodes. Dann drehte er sich zu Paterson und Menzies um: »Aber ihr beide nicht. Ihr könnt euch nach draußen verziehen. Gerry leistet euch Gesellschaft. Könnt ja eure Schwanzlängen vergleichen, wenn euch langweilig wird. Ich muss euch aber warnen, Gerrys Vater war wohl ein Pferd.«

Die beiden schauten Colvin an, warteten auf Anweisungen. Als er nickte, gingen sie raus, der mit dem Narbengesicht folgte ihnen. Colvin schenkte sich nach. Rhodes und er hoben gleichzeitig ihre Drinks.

»Auf die Geschäfte«, sagte Rhodes, den Blick fest auf Colvin gerichtet. Er ließ sich Zeit, roch erst an seinem Malt, dann nahm er einen kleinen Schluck und kostete ihn aus. »Mit den Taxis hatte ich nichts zu tun«, sagte er schließlich.

»Wer dann?«

»Ich hab einen Verdacht.«

»Matt Mason?«

Rhodes schenkte ihm einen Blick, der alles Mögliche bedeuten konnte. »Ich hoffe, dass ich's am Ende des Tages sicher weiß. Ich halte dich auf dem Laufenden.«

»Und ich soll dir trauen?«

»Liegt ganz bei dir. Aber so wie dir die Männer davonlaufen, wäre jeder Kampf zwischen uns eher einseitig.«

»Verlass dich nicht drauf.«

Rhodes erlaubte sich ein Grinsen. »Du hast nichts gegen ein paar Raufereien, aber du bist nicht mehr der Kämpfer, der du mal warst – wenn du überhaupt je einer warst.«

»Wie meinst du das?«

»Das Messer zwischen deinen Schultern ist das Einzige, was man über dich weiß. Komisch, dass sich in keiner Praxis jemand dran erinnern kann. Wobei das keine Rolle spielt – man muss es ja nur schwarz auf weiß geschrieben sehen, schon glauben es die Leute. Aber Gerüchte halten sich nicht ewig.«

»Und du bist unsterblich, oder wie?«

»Überhaupt nicht. Das ist der Unterschied zwischen uns, Colvin – ich weiß, ich bin nur so gut wie der Tag, den ich erlebe.« Rhodes tippte mit einem fleischigen Finger auf den Tresen. »Das heißt, so gut wie dieser Tag heute.« Er sah, dass Colvin Mühe hatte, ihm zu folgen.

»Ist dir ein bisschen zu philosophisch? Na gut, gehen wir's anders an – was ist da los mit Thomson und Ballater? Die haben beide nicht begeistert ausgesehen, als sie rausmarschiert sind.«

»Ich weiß, dass du mit Spanner gesprochen hast.«

Rhodes zuckte mit den Schultern. »Ich bin gerne im Bilde darüber, was vor sich geht. Der CID hatte ihn auf dem Schirm. Und ich musste wissen, wie ernst es ist. Und ob er bereit wäre, die Seiten zu wechseln.«

Colvin behielt die Tür im Blick. Er wünschte, er hätte Ballater das Rasiermesser nicht zurückgegeben; eine zerschlagene Flasche würde gegen Rhodes nicht genügen. Der Mann saß mit einer Arschbacke auf einem Hocker, während Colvin hinter der Bar stand, die geballten Fäuste auf eine Abtropfschale gestützt.

»Wahrscheinlich denkst du, ich hätte früher zu dir kommen sollen«, sagte Rhodes, »dir meine Aufwartung machen und dich davon überzeugen, dass ich nichts mit Bobby Carters Tod zu tun hatte?«

»Eigentlich nicht«, erwiderte Colvin. »Dass du dich ferngehalten hast, hat selbstbewusst gewirkt, als könntest du's dir leisten, einfach drüberzustehen.«

»Ich hab immer gewusst, dass du was im Kopf hast«, entgegnete Rhodes gedehnt. »Weshalb ich mich aber fragen muss, wieso du dich mit solchen Leuten wie deinen umgibst.«

»Ist wie bei dir und Scarface. Keiner von uns beiden hat gern Konkurrenz.«

»Das mag ein Faktor sein«, räumte Rhodes ein, bevor er seinen Drink leerte. »Also, was machen wir jetzt, wir beide? Bisschen nackt auf dem Boden wälzen? Oder schießen wir im Morgengrauen im Bellahouston Park mit Pistolen aufeinander?«

»Ich muss wissen, wer Bobby umgebracht hat.«

»Bin nicht sicher, ob ich dir dabei helfen kann.«

»Wirklich?«

»Ich kann rausbekommen, wer hinter all dem steckt, was danach passiert ist, aber nicht, wer Bobby Carter auf dem Gewissen hat. Wenn ich mich darum kümmere, vereinbaren wir dann Waffenruhe?«

»Mir ist noch nicht ganz klar, ob ich dir das mit Bobby abnehme.«

Rhodes spähte in seinen Drink und stieß einen Seufzer aus, der allen Anforderungen des Theatre Royal genügt hätte. »Du weißt, dass er dran gedacht hat, sich selbstständig zu machen? Bobby, meine ich. Er wollte mit mir darüber sprechen.«

»Wieso mit dir, nicht mit mir?«

»Leuchtet doch ein – wenn er Leute wie mich und Matt Mason auf seiner Seite gehabt hätte, wär's viel leichter gewesen, mit dir zu reden.«

Colvin schüttelte den Kopf. »Ich sag dir, was Bobby gemacht hat – er hat seine Fühler ausgestreckt, weil er gemerkt hat, dass jemand für beide Seiten spielt.«

»Bist du sicher? Wenn du mich fragst, hat er ein paar Mafiafilme zu viel geguckt und gedacht, die Scheiße funktioniert auch hier in unserem schönen Glasgow.« Rhodes starrte Colvin über den Tresen an. »Allmählich frage ich mich, ob du den Mann überhaupt gekannt hast. Vielleicht hast du ihn nur gerne um dich gehabt, weil du dann seine Frau anstieren konntest.«

Colvins Blick verdüsterte sich und er straffte die Schultern. Rhodes entwaffnete ihn mit einem Lächeln, so kalt wie ein begehbarer Tiefkühlschrank. »Du wurdest bei ihr zu Hause gesehen, Cam, mehr sage ich nicht. Wenn du das nächste Mal da bist, dann lass dir Bobbys Glasgower Stadtplan zeigen. Mir hat er ihn nicht gezeigt, weil ich ihn versetzt habe. Aber Matt Mason hat ihn gesehen. Anscheinend war er sehr stolz drauf, dass er Mason und mir nur winzige Gebietsteile abnehmen wollte. Bei dir war er nicht ganz so großzügig. Deshalb musste er Mason und mich an Bord holen, bevor er damit zu dir gehen konnte. Du wärst nicht glücklich drüber gewesen, ganz und gar nicht glücklich. Das ist der Typ, für den du bereit warst, die Stadt dem Erdboden gleichzumachen. Aber vergiss es nicht, ja? Egal, was Bobby Carter war, er war bestimmt nicht Robert Duvall.«

»Geh jetzt, bevor ich was mache, das mir später nicht leidtut.«

Rhodes schob sich vom Hocker, richtete sich zu seiner vollen Größe auf. »Wenn du mir oder meinen Leuten was tust, wirst du's bereuen, das kannst du mir glauben.« Sein Blick fiel auf die verstreuten Scherben. »Hast was aufzuräumen, Colvin. Lass dich von mir nicht abhalten, geh und hol die Kehrschaufel.«

»Wenn du mir noch mal über den Weg läufst, bist du tot.«

»Aber ein Toter, der sich wenigstens keine Lügenmärchen über ein Messer im Rücken ausgedacht hat.«

Rhodes winkte ihm beim Hinausgehen mit einer Hand im Lederhandschuh zu. Colvin blieb kurz schweigend stehen, dann schenkte er sich nach. Seine Hand zitterte ein bisschen, aber nicht stark. Er kippte den Drink hinunter, atmete tief aus und schleuderte das leere Glas an die Wand.

35

LAIDLAW KLOPFTE EINMAL kurz an die Tür, bevor er eintrat, und ertappte Ernie Milligan dabei, wie er die Stadionzeitung wieder an sich nahm, die er sich gerade von Archie Love hatte signieren lassen. Er rollte sie zusammen, steckte sie in die Tasche und tat, als wäre nichts gewesen.

»Was willst du, Laidlaw?«, blaffte er ihn an.

»Mit dir reden – wenn du mit den Devotionalien fertig bist.« Laidlaw sah die Beule auf Loves Stirn. »Wenn Sie jemanden brauchen, der Ihnen bestätigt, dass DI Milligan Sie verletzt hat, bin ich der Richtige.«

»DC Laidlaw verwechselt Polizeiarbeit manchmal mit *Jokers Wild*«, erklärte Milligan Love.

»Aber mal im Ernst …« Laidlaw betrachtete demonstrativ die geschwollene Stelle. »Sieht aus, als hätten Sie einen Hammer abbekommen – oder einen Schraubenschlüssel. Hab ich recht?«

»Bin in der Umkleide gestürzt«, behauptete Love.

»Na klar.« Laidlaw richtete sich auf und folgte Milligan nach draußen. Als er die Tür schloss, schaute Milligan ihn böse an. Er wollte etwas sagen, aber Laidlaw kam ihm zuvor.

»Beschreib mir Bobby Carters Haus.«

»Hab ich dich nicht gestern erst dort gesehen?«

»Du hast mir aber verboten reinzugehen, also sei so gut.«

»Diele, Wohnzimmer und Küche, Gästetoilette, oben noch drei Zimmer und ein Bad.«

»Nur drei Zimmer?«

Die Jungs teilen sich eins, können es aber kaum erwarten, bis ihre Schwester auszieht, damit jeder ein eigenes bekommt.«

»Sonst noch was?«

Milligan verschränkte die Arme beim Nachdenken. »Möbel von bester Qualität, die Teppiche sind für meinen Geschmack ein bisschen zu schrill. Gibt einen großen Garten, außerdem eine Garage neben dem Haus.«

»Auto?«

»Einen Vauxhall Victor Kombi, praktisch für eine große Familie.«

»Auch praktisch für den Transport sperriger Dinge«, ergänzte Laidlaw nachdenklich.

»Was zum Teufel soll das alles?« Milligan klang aufrichtig neugierig.

»Du hast die Malerarbeiten nicht erwähnt.«

»Okay.«

»Im ganzen Haus oder nur in bestimmten Räumen?«

»Im Wohnzimmer. Die Schrankwand wurde unten in den Flur geschoben. War ehrlich gesagt ganz schön eng.«

»Die Teppiche aufgerollt?«

»Teilweise, ja.«

»Leitern und Farbeimer?«

»Farbe ja, Leitern nein. Zufrieden?«

»So weit würde ich nicht gehen. Du weißt, dass der Ex der Witwe Maler und Dekorateur ist?«

»Ist in den Akten aufgetaucht.«

Laidlaw nickte, dann zeigte er zur Tür. »Meinst du, du hast deinen Mann?«

»Nein.«

»Du wolltest also bloß ein Autogramm, oder wie?«

»Zu seiner Zeit war das ein toller Spieler. Meinst du, Spanner Thomson hat ihm das Ding verpasst?«

»Colvins Männer sind zu dämlich, um was anderes als das Naheliegendste zu tun, genau wie wir bei diesen Ermittlungen.«

Milligans Nackenhaare sträubten sich sichtlich, aber es war zu spät, um noch etwas dagegen zu tun. Laidlaw hatte ihm bereits den Rücken gekehrt und ging davon. Milligan hinterher.

»Du musst mir sagen, was du machst. Das ist ein Befehl, DC Laidlaw.«

»Leck mich an meinem haarigen Arsch, DI Milligan.«

»Was hat das Haus damit zu tun?«

»Du bist doch Detective. Hättest du mehrere Leben, würdest du bestimmt draufkommen.«

Jeweils ein Whisky und ein Bier, Bob Lilley hatte kein Mitspracherecht bei der Bestellung. Wieder derselbe Tisch in der Ecke, an dem sie schon mit Eck Adamson gesessen hatten. Außer ihnen waren noch zwei Frauen da, umgeben von Einkaufstüten aus einem Kaufhaus, und ein paar Geschäftsleute im Anzug, die aussahen, als würde die Zukunft der Welt auf ihren Schultern ruhen. Eine der Frauen wollte am übernächsten Wochenende mit ihrem Partner nach Paris fahren, während die andere einen neuen Kühlschrank bestellt hatte.

»Wir haben die ganze Zeit an den falschen Orten gesucht«, erklärte Laidlaw, als Lilley sich neben ihm niederließ. Als wäre er mit den Gedanken halb dort im Raum und halb woanders, wie ein Medium, das Kontakt zur Geisterwelt aufnimmt. »Man könnte es als klassischen Fall von Irreführung bezeichnen, wobei der Mord an sich das Werk von Amateuren war. Überleg dir das mal. Die Leiche wurde transportiert und dann gefunden. Warum? Ein Profianschlag wäre sauberer gewesen und die Leiche unter einer Autobahn verschwunden.«

»Der Killer wollte, dass sie gefunden wird.«

»Nach ein, zwei Tagen, ja. Aber was war in diesen Tagen los?«

»Worauf willst du hinaus, Jack?«

»Wer hat gleich am Anfang gesagt: *Cherchez la femme?* Die meisten Morde passieren innerhalb der Familie, Bob.« Laidlaw begegnete zum ersten Mal Lilleys Blick und hielt ihn. »Bobby hat sich gerne mit anderen Frauen abgegeben und zu Hause mit eiserner Faust regiert. Die Nachbarin gegenüber hat regelmäßig lautstarke Auseinandersetzungen gehört. Monicas Ex kam ihm nicht über die Schwelle. Das war kein Familienleben, das war Geiselhaft. Nichts davon haben wir beachtet; wir hatten viel zu viel damit zu tun, die Fakten unseren Vorannahmen anzupassen. Gangster werden von anderen Gangstern ermordet, Schluss Ende Aus. Und der Fairness halber muss gesagt sein, dass es ja auch mehr als genügend Verdächtige gab, die uns auf Trab gehalten und den Blick auf das verstellt haben, was sich direkt vor unseren Augen abgespielt hat.« Er hielt inne. »Daran hat Milligan zu hundert Prozent Schuld. Hätte er's zugelassen, dass ein richtiger Detective das Haus betritt, dann wäre man vielleicht schneller draufgekommen, aber das Vergnügen wollte er für sich alleine. Dumm von uns, ihm das durchgehen zu lassen.«

»Worauf wäre man gekommen?«

»Das ganze Haus wurde erst vor wenigen Monaten renoviert, Bob.«

»Ich weiß nicht, worauf du hinauswillst.«

»Der Mord war schmutzig, spontan und persönlich. Es hat eine Weile gedauert, bis entschieden war, was als Nächstes passieren sollte. Die Leiche in John Rhodes' Teil der Stadt verfrachten und dort deponieren; das Messer loswerden, in der Nähe des Hauses von einem aus Cam Colvins Team ins Gebüsch werfen. Geplant von jemandem, der sich ein kleines bisschen in beiden Lagern auskennt. Spanners Adresse war allen an der Spitze von Colvins Crew bekannt. Bobby Carter wollte sich mit John Rhodes im Parlour treffen, aber Rhodes hat gekniffen. Carter muss stinksauer gewesen sein, vielleicht hat er jemandem aus seinem näheren Umfeld davon erzählt.«

Lilley schüttelte den Kopf, als wollte er die Einladung ablehnen, die Laidlaw ausgesprochen hatte. »Allmählich hat mir die Arbeit mit dir Spaß gemacht, Jack – wenn man das, was wir so getrieben haben, überhaupt als Arbeit bezeichnen will. Aber jetzt bin ich mir nicht mehr so sicher.«

»Mir gefällt es auch nicht, Bob, aber die Wahrheit hat nichts mit Gefallen oder Missfallen zu tun, die ist so, wie sie ist. Und wenn ich dich anlügen oder den Weg des geringsten Widerstands gehen soll, damit du mich magst, dann vergiss es.«

»Du hast die Familie gesehen – die Fotos in der Zeitung, die Fernsehbilder. Die waren doch am Boden zerstört.«

»Natürlich waren sie das.« Laidlaw legte eine Pause ein. »Sie hatten gerade das Familienoberhaupt ermordet.«

Lilley schnaubte ungläubig. »Du behauptest, sie haben es

alle zusammen getan, nur weil dir jemand erzählt hat, dass kürzlich schon mal in dem Haus renoviert wurde?«

»Gute Menschen tun die ganze Zeit Schlechtes, Bob. Ganz besonders, wenn sie denken, es gibt keinen Ausweg, oder wenn sie angelogen und immer wieder enttäuscht wurden. Unsere Aufgabe, deine und meine, besteht darin, das Gesetz aufrecht-zuerhalten, weil wegschauen zur Folge hätte, dass andere zu Schaden kommen. Wir hatten hier einen klassischen Fall von Riesenfingern.«

»Jetzt kann ich dir schon wieder nicht mehr folgen.«

»Das hat John Updike mal gesagt – Details sind wie die Finger eines Riesen. Egal wie groß oder komplex etwas ist, auf die Details kommt es an.« Laidlaw sah in das ratlose Gesicht seines Partners. »Na gut, wie sieht es aus mit W. H. Auden? Sein Gedicht ›Musée des Beaux Arts‹ – ein Schulfreund von mir, Tom Docherty, war ein großer Fan. ›Über das Elend haben sie sich nie getäuscht, die Alten Meister.‹ Auden betrachtet Bruegels Gemälde *Landschaft mit dem Sturz des Ikarus*. Es kommt zur Katastrophe – Ikarus stürzt in den Tod –, aber niemand auf dem Gemälde schenkt ihm Beachtung, alle sind mit Alltäglichem beschäftigt.«

»Aha.«

»Du bist ein echter Kulturbanause.«

»Ich ernähre mich eher von schlichten Worten und trocken Brot, falls du das meinst.«

»Also, was sagst du dazu?«

»Wozu?«

»Dass du mitkommst.«

»Du meinst, nach Bearsden?«

»Wohin denn sonst?«

»Denkst du nicht, dass du dir das vielleicht erst mal von Milligan genehmigen lassen solltest?«

»Nein.«

»Oder eine Argumentation aufbauen, die aus mehr besteht als einem Mischmasch aus Spekulation, Vermutung und Gedichten, von denen ich nie was gehört habe?«

Laidlaw zuckte mit den Schultern und sagte nichts.

»Du fährst sowieso hin, oder?« Lilley guckte resigniert.

»Ich fahr sowieso hin«, bestätigte Laidlaw.

36

ALS SIE IN BEARSDEN vor dem Haus parkten, winkte Laidlaw Mrs. Jamieson zu, die sich wie stets auf ihrem Posten befand und durch einen Spalt zwischen den Gardinen spähte. Sie hatten den Weg durch den Vorgarten zum Haus der Carters bereits zur Hälfte zurückgelegt, als die Tür aufging und Cam Colvin, ohne sie zu beachten, an ihnen vorbei zu seinem Wagen stampfte. Die beiden Detectives blieben stehen und sahen ihm nach.

»Hatte er eine Straßenkarte in der Hand?«, fragte Lilley.

»Eigentlich müsste er sich inzwischen in der Stadt auskennen«, pflichtete Laidlaw ihm bei, klopfte an die geöffnete Tür und trat in die Diele. Er roch frische Farbe. Womit die Diele zuvor auch immer vollgestellt gewesen war, jetzt war sie es nicht mehr. Soweit er feststellen konnte, war hier nur eine Wand frisch gestrichen – die auf der Seite der Treppe. Er machte Bob Lilley darauf aufmerksam, bevor sie ins Wohnzimmer traten. Alle drei Kinder – Stella, Peter und Chris – saßen dort mit Büchern und Comics auf dem Schoß. Ihre Mutter stand in der Tür zur Küche. Sie wirkte nervös, zweifellos wegen Cam Colvin.

»Passt es gerade schlecht?«, fragte Laidlaw.

»Wer zum Teufel sind Sie?«

Stella war es, die ihrer Mutter antwortete. »Das ist der Polizist, von dem ich dir erzählt habe.«

Laidlaw war zu der Schrankwand gegangen. Es standen lauter Taschenbücher darin, eine Mischung aus neuen Bestsellern und klobigeren Sachbüchern.

»Ich denke immer, dass ein Bücherregal viel über einen Menschen verrät«, sagte er. »Dieses hier zum Beispiel stand vor wenigen Tagen noch im Flur.«

»Und?«

»Ernie Milligan haben Sie erklärt, weil Sie hier renovieren lassen.« Laidlaw sah sich demonstrativ um. Monica Carter hatte sich auf die Lehne des Sessels gesetzt, in dem ihre Tochter saß. »Aber in dem Raum hier wurde gar nichts gestrichen, Mrs. Carter.«

»Wir haben mit der Diele angefangen.«

Laidlaw schüttelte langsam den Kopf. »Sie haben das ganze Haus erst vor wenigen Monaten renoviert.« Die Teenager taten jetzt nicht mehr, als würden sie lesen, alle sahen sie Laidlaw an. »Hier riecht es auch nicht nach frischer Farbe, nur im Flur. Und trotzdem haben Sie die Schrankwand mit dem Bücherregal verschoben. Das ist ein ziemlich schweres Möbel. Billiger Mist kommt Ihnen nicht ins Haus. Ich vermute, dass man ein paar Leute braucht, um das Ding zu schleppen. Die Frage ist nur: Wozu überhaupt?«

»Sagen Sie's mir.« Monica Carters Blick war herausfordernd, als wollte sie eine Kneipenschlägerei anzetteln.

Bob Lilley war einmal im Raum herumgegangen und sah nun nach, ob in der Küche Überraschungen warteten. Zur Entwarnung schüttelte er den Kopf.

»Wollen Sie das wirklich, Mrs. Carter?«, fragte Laidlaw. »Na schön – entweder hatten Sie erst mal keine Zeit zu streichen, oder Sie haben nur eine Farbschicht geschafft und die hat nicht gereicht. Die Schrankwand sollte die Flecken verdecken, bis Sie's besser machen konnten.« Er hielt inne. »Mit Flecken meine ich natürlich Blutflecken; das Blut Ihres Mannes.«

Plötzlich herrschte heller Aufruhr im Raum, als Monica Carter und ihre Kinder protestierten. Laidlaw ließ es kurz zu, dann hob er die Hand und brüllte: »Ich möchte, dass jetzt alle die verdammte Klappe halten!«

Die Familie erstarrte zu unbeweglichen Statuen.

»Sie sollten sich einen Anwalt nehmen«, fuhr Laidlaw in sachlichem Tonfall fort. »Ich kann Ihnen einen guten vorschlagen, falls Sie keinen kennen.«

»Er hat sie geschlagen«, sagte Stella. »Hat eine Zigarette auf ihrem Arm ausgedrückt.«

»Ein Arschloch war er«, ergänzte ihr Bruder Chris. Er war der Jüngste und sah sowohl seinem Vater wie auch seinem älteren Bruder ähnlich, während Stella nach ihrer Mutter kam. »Ein Arschloch. Zu uns allen war er so.«

Laidlaw nickte langsam und feierlich. Er hatte sich vor dem vierzehnjährigen Peter aufgebaut, der ins Leere starrte, als müsste er eine folgenschwere Entscheidung treffen.

»Was ist mit dir, mein Sohn?«, fragte er.

Als wäre ein Schalter umgelegt worden, sprang Peter auf, zog ein Springmesser aus der Tasche und richtete es auf Laidlaw. Dieser täuschte ein Ausweichmanöver vor und packte den Jungen und drehte ihm die Hand um, bis er das Messer fallen ließ. Dann stieß er Peter aufs Sofa zurück und bückte sich nach der Waffe. Jetzt war es wieder laut im Zimmer, Monica stürzte zu ihrem Sohn, umarmte ihn und zwängte sich neben ihn. Er wehrte sie nicht ab, hielt aber weiter seinen immer noch lodernden Blick auf Laidlaw gerichtet.

»Scheint, als hätten wir den Mörder«, kommentierte Bob Lilley.

»Peter war's nicht, ich war's«, behauptete Stella und sprang auf.

Laidlaw winkte ab, sie solle sich setzen. »Das ist hier nicht Spartakus, Stella. Wobei es nicht die schlechteste Verteidigungsstrategie ist, wenn sich alle selbst beschuldigen. Den Geschworenen könnte es schwerfallen, sich aufgrund der Indizienlage für einen von euch zu entscheiden. Vielleicht würdet ihr ›aus Mangel an Beweisen‹ davonkommen.« Er hielt erneut inne, sah Monica an. »Aber Sie wissen, was das Problem daran wäre, Mrs. Carter.«

»Cam Colvin«, erwiderte sie leise.

»Colvin will Gerechtigkeit. Wenn niemand verurteilt wird, dürfen Sie damit rechnen, dass es eines Abends an der Tür klopft. Mir ist gar nicht so wichtig, wer von Ihnen das Messer geführt hat – vielleicht haben Sie sich ja auch abgewechselt. Als es geschehen war, haben Sie jedenfalls alle an einem Strang gezogen. Kam der Tote erst mal in die Garage? Wenn ja, werden wir dort Blutspuren finden. Dasselbe gilt für die frische Farbe – damit kann man etwas übertünchen, aber nicht auslöschen. Der Rücksitz des Kombi? Auch da.« Laidlaw sah, dass er die Witwe mit seinen Worten erreichte.

»Was wollte Colvin überhaupt?«

»Er hat sich eine Straßenkarte aus dem Regal geholt.« Stella war es, die jetzt gesprochen hatte.

»Keine Ahnung warum«, ergänzte ihre Mutter. Dann war sie zu einer Entscheidung gelangt: »Ich war's, nur ich und ich alleine.« Sie sah jedes einzelne ihrer Kinder nacheinander an. »Ihr müsst mich das machen lassen, habt ihr gehört? Ich habe ihn umgebracht, und keiner von euch wusste etwas davon.« Sie wandte sich wieder Laidlaw zu.

»Ist das glaubhaft?«

»Ich bin's nicht, den Sie überzeugen müssen.«

»Muss ich mich jetzt stellen?«

»Wir können Ihnen eine Stunde Aufschub geben, das reicht, um ein paar Dinge zu regeln. Wenn Sie kurz nach Ablauf nicht bei der Central Division sind, kommen wir mit Blaulicht und Tatütata wieder.«

»Danke«, sagte sie.

Stella war zum Sofa gegangen und hatte sich neben ihre Mutter gesetzt, sodass jetzt alle vier so nah wie möglich beieinandersaßen, wie Tiere, die sich aus Angst vor dem bevorstehenden Winter wärmesuchend zusammenkauern.

»Bryce Mundell ist der Anwalt, den Sie brauchen«, sagte Laidlaw, dann gab er Lilley ein Zeichen und ging hinaus.

In der Diele fragte Lilley leise, ob Laidlaw sicher war, dass die Familie nicht das Weite suchen würde. Laidlaw schüttelte den Kopf.

»Die haben auf uns gewartet«, sagte er. »Geduldig, die ganze Zeit. Sie wussten, dass wir kommen würden.«

Sie hatten den Wagen erreicht, als ein anderer vorfuhr. Ernie Milligan stieg aus, sein Zorn richtete sich gegen Laidlaw.

»Was hab ich dir gesagt?«, fragte er.

»Das ist egal ich sage *dir* Folgendes. Wir machen Meldung beim Commander. In unserem Bericht führen wir genau aus, wer Bobby Carter ermordet hat und was im Anschluss an die Tat geschehen ist. Dabei wird herauskommen, dass der Fall längst hätte erledigt sein können und vielen Leuten eine Menge Kummer erspart geblieben wäre, hätte ein *richtiger* Detective und kein notgeiler Paragrafenhengst das Haus betreten dürfen. Anstatt der Witwe weitere Zärtlichkeiten ins Ohr zu säuseln, schlage ich vor, du folgst uns in deinem Wagen. Glaub mir, das willst du nicht verpassen.«

Laidlaw wartete Milligans Entgegnung nicht ab. Er stieg auf der Beifahrerseite ein, während Lilley schon den Motor anließ. Milligan hörte nun auf, ans Fenster zu klopfen, und zog stattdessen am Türgriff, aber Laidlaw hatte bereits mit der einen Hand verriegelt und bildete nun mit der anderen eine Pistole nach, die er auf die Straße vor sich richtete. Womit er Lilley bedeutete, er möge Gas geben.

Im Davonfahren sahen sie ihn im Rückspiegel zu seinem Wagen zurückgehen.

»Willst du ihn wirklich in die Scheiße reiten?«, fragte Lilley.

»Sobald ich die Chance dazu habe, Bob«, erwiderte Laidlaw, lehnte sich zurück und schloss die Augen.

37

ROBERT FREDERICK SASS an seinem Schreibtisch und starrte die beiden Detectives an. Bob Lilley hatte ihm gegenüber Platz genommen, drehte und wand sich, als würden ihn Zweifel plagen. Ganz anders Jack Laidlaw, er stand breitbeinig da, ließ die Arme lässig baumeln, wie eine imposante, zu Ehren eines selbstbewussten Kriegerfürsten errichtete Statue.

Als er den skeptischen Blick des Commanders sah, fühlte Lilley sich genötigt, das Schweigen zu brechen.

»Sie hat gestanden, Sir.«

»Laut Jack haben das mehr oder weniger alle.«

»Wenn wir ein Team von der Spurensicherung zusammenbekämen, das sich die überstrichene Wand ansieht ...«

»Zuerst muss ich bei der Staatsanwaltschaft anrufen. Die wird man überzeugen müssen.«

»Und Sie auch, so wie das klingt«, bemerkte Laidlaw leise.

Der Commander sah ihn böse an. »Es gibt bestimmte Abläufe, Jack, und auch gute Gründe für deren Einhaltung. Warum haben Sie die Frau denn nicht gleich im Haus festgenommen, wenn Sie so sicher sind, dass Ihre Theorie wasserdicht ist?«

»Bei allem gebührenden Respekt, Sir, meine Theorie würde die *Ark Royal* tragen.«

»Klugscheißer kann niemand leiden.«

»Milligan kann auch keiner leiden, trotzdem wird er immer

wieder befördert, fast als wären ein paar heimliche Handschläge entscheidender als ein funktionsfähiges Gehirn.«

Das Gesicht des Commanders wurde rot.

»Was Jack meint …«

»Bob, Sie sind gut beraten, die Klappe zu halten«, fuhr Frederick ihn an. »Als DS oder DC kann man nicht einfach zu jemandem ins Haus spazieren und ihn des Mordes beschuldigen. Noch dazu, wenn die Kinder dabei sind. Das ist ein gefundenes Fressen für die Strafverteidiger, die werden sich freuen. Verdachtsmomente hätten zuerst Ernie Milligan und anschließend durch ihn der Staatsanwaltschaft vorgelegt werden müssen. Mrs. Carter ist nun vorgewarnt, das heißt, wenn sie bei klarem Verstand ist, wird sie sich einen Anwalt besorgen und sich mit ihren Sprösslingen ins Vernehmen setzen, damit alle dieselbe Version erzählen. Was ist, wenn wir hinfahren und sie alles abstreitet?«

»Dann schauen wir im Wagen und der Garage nach«, erklärte Laidlaw, »und überprüfen, ob in der Küchenschublade ein Messer fehlt.«

»Wenn ich Ratschläge von Ihnen möchte, bitte ich schriftlich darum.«

»Sie sollten mit Ernie Milligan sprechen. Hätte er auch nur das kleinste Fitzelchen Grips in der Birne, hätte er den Fall längst abschließen können.«

»Stattdessen«, ergänzte Bob Lilley, »ließ er die Situation über Tage eskalieren und sah zu, wie sich zwei Banden gegenseitig ans Leder gehen …«

»Ich hab's kapiert, Bob«, unterbrach ihn der Commander. »Aber hat Ihr Freund hier auch verstanden, dass seine Methoden möglicherweise die Strafverfolgung gefährden?«

»Ich habe nur getan, was getan werden musste«, sagte Laidlaw und begegnete dem Blick des Commanders.

Robert Frederick lehnte sich zurück, schüttelte langsam den Kopf, wirkte plötzlich erschöpft. Es klopfte an der Tür. Ohne eine Aufforderung abzuwarten, tauchte ein Kopf auf. Fredericks Sekretärin.

»Verzeihung, Sir«, sagte sie.

»Kann das nicht warten, Sally?«

»Ich glaube nicht, Sir. An der Anmeldung steht eine junge Frau namens Carter. Sie sagt, sie will ein Geständnis ablegen. Aber die Sache ist die, sie verlangt nach DC Laidlaw. Sie will mit niemandem sonst reden, nur mit ihm …«

38

DER COMMANDER GAB ein paar Runden im Top Spot aus. Keine Spur von den Frauen mit ihren Einkaufstüten oder den Wichtigtuern in ihren Anzügen. Eine Partie Darts war geplant, zwei konkurrierende Mannschaften aufgestellt, Laidlaw und Lilley begnügten sich aber damit, am Tresen zu lehnen und zuzusehen. Qualm erfüllte den Raum. Lilley wusste, dass er später zu Hause dafür würde büßen müssen. Margaret würde darauf bestehen, dass er alle seine Klamotten in die Wäsche gab und den Kopf unter die Dusche hielt, wobei die Dusche nur ein zweigeteilter Gummischlauch war, den man auf die beiden Wasserhähne an der Wanne steckte. Nie saß er richtig fest, und immer löste sich die eine oder die andere Seite, sodass man entweder kochend heißes oder eiskaltes Wasser abbekam, und zwar immer genau dann, wenn man den Kopf voller Seifenschaum hatte.

»Können wir für die Verteidigung aussagen, was meinst du?«, fragte Laidlaw und das nicht zum ersten Mal. Sein Blick war schon leicht glasig, da er versuchte, mit dem nicht abreißenden Strom an Getränken vor sich mitzuhalten. »Ich meine, hat es so was schon mal gegeben?«

»Wird Colvin sich mit dem Ausgang zufriedengeben, das frage ich mich.«

»Besser wär's, sonst bekommt er Ärger mit mir. Jetzt, wo

wir die Todesstrafe abgeschafft haben, kann ich ihn fertigmachen und den Konsequenzen gelassen entgegensehen.«

»Würden deine Philosophen so was auch sagen?«

»Ich würde meinen Standpunkt gerne ihnen gegenüber verteidigen.« Laidlaw starrte auf den Grund seines leeren Glases. »Sie büßt ihre Strafe schon zum zweiten Mal ab, Bob. Die erste war ihre Ehe. Sie hat ihre Rolle so gut gespielt, wie sie konnte, bis sie die Vorstellung abbrechen musste. Vielleicht war sie eine Eisläuferin, das Eis ist unter ihr eingebrochen, das Wasser darunter war so schwarz wie die Sünde. Egal, wie gut sie gelaufen ist, wie graziös und selbstsicher sie sich bewegt hat, das Dunkle hat sie immer erwartet. Egal, was auch passiert, das Dunkle bleibt.«

»Zum Glück für uns, sonst müssten wir stempeln gehen.«

Laidlaw zuckte mit dem Mundwinkel, stieß sich vom Tresen ab und ging mit dem steifen Gang eines leicht Berauschten zur Toilette. Der Commander trat auf Lilley zu, klopfte ihm auf die Schulter.

»Ihr Kollege hat's zum Schluss doch noch gut gemacht, fast wider Willen«, sagte er.

»Er hat die brenzlige Lage in der Stadt entschärft, falls Sie das meinen.«

»Wenn er sich nicht in nächster Zukunft noch selbst in die Luft jagt, könnte er bald mit einer Beförderung dran sein.«

»DI Milligan wird höchst erfreut sein.« Lilley sah sich in der Kneipe um. »Wo ist er überhaupt?«

»Leckt sich irgendwo die Wunden. Aber wenn man ihn fragt, wird er sagen, er arbeitet weiter an dem Fall, bereitet sich auf die Vernehmung der einzelnen Familienmitglieder vor.«

»Ich hab gehört, Mrs. Carter hat Bryce Mundell verpflichtet.«

Der Commander nickte. »Wobei er dank ihres Geständnisses nicht mehr tun muss, als nach mildernden Umständen zu suchen.«

»Von denen sich jede Menge finden lassen, denke ich.«

»Also, was halten Sie von Jack Laidlaw, Bob? Ganz ehrlich, meine ich, unter vier Augen.«

Lilley musste nicht darüber nachdenken. »Er ist unser Mann.«

»Soll heißen?«

»Er ist ein Unikat in einer Welt der Massenproduktion. Kein Polizist, der zufällig auch Mensch ist. Er ist ein Mensch, der zufällig auch Polizist ist, und die Bürde schleppt er überall mit sich herum.« Lilley staunte über seine Worte, noch während er sie sprach. Ihm war bis zu diesem Augenblick nicht klar gewesen, wie sehr er hinter ihnen stand. »Wobei«, hielt er für nötig zu präzisieren, »er kann einem auch echt auf den Geist gehen, aber es lohnt sich, den Preis dafür zu zahlen.«

Die Worte kamen an, der Commander nickte langsam. »Ich nehm's zur Kenntnis«, sagte er und tat, als würde er den Dartsspielern zuschauen. »Aber ein Team-Player ist er nicht unbedingt.«

»Darts gehört nicht zu seinen Stärken, würde ich sagen.«

Es wurde gejubelt und Arme wurden triumphierend hochgerissen, als ein Team den Sieg errang. Lilley und sein Chef sahen zu, wie die Ergebnisse sofort mit einem Lappen von der Tafel gewischt wurden. Auf dem Rückweg zum Tresen vergewisserte sich Laidlaw, dass er seinen Reißverschluss zugezogen hatte.

»Gut gemacht, Jack«, sagte der Commander und reichte ihm ein weiteres Glas Antiquary.

»Keine besondere Leistung – schaut nicht jeder noch mal nach seinem Hosenstall, wenn er vom Klo kommt?«

»Das hab ich nicht gemeint.«

»Ich weiß«, sagte Laidlaw, hob sein Glas und stieß mit dem Commander an, dann nahm er noch einen großen Schluck.

39

DAS BLUT IN MALKY CHISHOLMS Gesicht war schon verkrustet. Die Verletzungen waren oberflächlich: nur ein paar Schläge auf die Nase. Sowas konnte allerdings sehr weh tun. Knorpelgewebe wurde zerstört und Tränen traten einem in die Augen. Ein Zahn wackelte. Einerseits wusste er, wo er war, andererseits nicht. Eine Garage. So viel hatte er mitbekommen, seit sie ihm den Jutesack vom Kopf gezogen hatten. Und die Tatsache, dass John Rhodes vor ihm auf und ab ging, bedeutete vermutlich, dass er sich irgendwo in Calton befand. Ein Dutzend Straßen kamen infrage, konnte jede davon sein, anonym und abgelegen. Chisholm hörte keinen Verkehr, keine Gesprächsfetzen von Passanten hinter den Betonsteinmauern. Das hier war einer der Orte, an denen Rhodes seinen Geschäften nachging, ohne Störungen oder Konsequenzen fürchten zu müssen.

»Ich weiß nicht, wieso ich nicht früher draufgekommen bin«, sagte Rhodes. Er trug eine Jacke mit Reißverschluss, eine weite Jeans und billige Leinenschuhe. Chisholm musste nicht gesagt bekommen, was die Aufmachung bedeutete. Alles war verzichtbar und konnte später weggeworfen werden. Der Mann mit dem Narbengesicht stand Wache an der Tür zur Außenwelt. Abgase hingen in der Luft, deuteten darauf hin, dass irgendeine Art von Fahrzeug kurz vor Chisholms unfreiwilliger

Ankunft hier herausgefahren war. Sie hatten ihn auf der Straße gepackt, ihm einen Sack über den Kopf gezogen und ihn hinten in einen Transporter geworfen. Alles sehr professionell. Chisholm bildete sich ein, dass seine eigene Crew in derselben Situation ebenso eingespielt agieren würde, auch wenn er es bezweifelte. John Rhodes, das wurde ihm allmählich bewusst, fackelte nicht lange. Einer, dem man nur auf eigene Gefahr in die Quere kommen durfte, sonst riskierte man sofortige Auslöschung.

»Ich meine«, fuhr Rhodes fort, »das war eine Frage des Ausschlussverfahrens. Hätte es Sinn gemacht, wär's Cam Colvin gewesen? Natürlich. Viel zu viel Sinn, das war das Problem. Aber nach dem Anschlag auf die Taxi-Zentrale wusste ich ja, dass ich den nicht angeordnet hatte, also wer dann? Und bedeutete das, jemand griff uns beide an, weil er wollte, dass der Konflikt eskaliert?« Er blieb stehen und beugte sich ein Stück vor, um mit seinem Gefangenen auf Augenhöhe zu kommen. Chisholm saß auf einem Holzstuhl, wie man sie meist in Schulen findet, die Hände hinter dem Rücken gefesselt, die Fußgelenke mit Schnur an die Stuhlbeine gebunden. Die Knoten waren fest, verursachten heftiges Kribbeln in seinen Füßen. Auf dem Mund klebte Isolierband, weshalb er durch seine blutigen Nasenlöcher atmete.

»Verstehst du, was ich sage?«, fuhr Rhodes fort, »Das heißt, meine nächste Anlaufstation war Matt Mason, und der hat alles abgestritten. Hätte natürlich gelogen sein können. Bei einem Drecksack wie dem weiß man nie. Aber eigentlich klang es ehrlich und er hatte auch andere Sachen im Kopf, mit dem Krankenhaus und so.«

Er unterbrach sich, richtete sich auf und setzte sich wieder in Bewegung, wie ein Raubtier im Käfig. Viel Platz gab es nicht. Vier Schritte und er stand vor der Werkbank voller Werkzeug. Als er kehrtmachte, gelangte er mit wenigen weiteren Schritten an die gegenüberliegende Wand, wo eine Reihe Elektrokabel an verrosteten Nägeln hing.

»Dann«, fuhr er fort, »bist du mir eingefallen. Ich hab lange und intensiv über dich nachgedacht. Ein junger Mensch, der's auf seinen Einzug ins Vorstandszimmer abgesehen hat. Aber wessen Vorstandszimmer? Ich weiß gar nicht, ob das eine Rolle spielt. Bobby Carters Tod war für dich das große Los. Die Knarre war bereits geladen. Du musstest sie nur auf das Band zwischen Cam Colvin und mir richten.«

Genau, hätte Chisholm erwidern können, und Jack Laidlaw hatte ihm an jenem Tag im Vernehmungszimmer den Floh ins Ohr gesetzt. Greif beide Reiche an, steigere das Chaos und sieh zu, wie die sich gegenseitig zerfleischen. Wenn auf der Straße die Hölle losbricht, bleiben die Cumbie sitzen und warten, kommen aus ihrem Loch gekrochen, wenn sich der Staub auf den Schlachtfeldern legt. Es war ihm beinahe zu einfach vorgekommen und fast hätte es funktioniert.

Fast.

Wieder war Rhodes stehen geblieben. Dieses Mal weniger als einen Meter von der sitzenden Gestalt entfernt, die er genau musterte. Dann stellte er sich hinter Chisholm und legte ihm schwere Hände auf die Schultern. Der Stuhl kippte unendlich langsam nach hinten, bis Chisholm nichts anderes übrig blieb, als in das Gesicht über sich zu starren. Rhodes' Tonfall hatte entspannt geklungen, beinahe lakonisch, doch in seinem Blick lag jetzt reine ungezügelte Boshaftigkeit.

»Zieh ich dir jetzt selbst das Fell über die Ohren oder übergebe ich dich an Cam Colvin?«, fragte er mit gebleckten Zähnen.

Chisholm versuchte trotz Knebel zu sprechen. Rhodes überlegte kurz, dann riss er das Isolierband ab, sodass der junge Mann vor Schmerz die Augen zukniff.

»Deine Entscheidung«, brachte er schließlich hervor und hoffte, weniger panisch zu klingen, als er sich fühlte. Es kostete ihn große Anstrengung, zu verhindern, dass sich seine Blase und sein Darm leerten. »Aber es gibt noch eine dritte Möglichkeit.«

»Ach ja?«

»Ich könnte dir nützlich sein, sehr nützlich sogar. Ich bringe einen ganzen Trupp mit, die machen alle, was sie gesagt bekommen, egal was.«

»Leute auf der Straße zusammenschlagen? Brandbomben auf Pubs werfen? Windschutzscheiben von Taxis zertrümmern?« Rhodes dachte kurz darüber nach. »Und du wärst bereit, für mich zu arbeiten, meine Befehle zu befolgen?«

»Scheint mir besser als die Alternativen. Hör zu, ob ich jetzt was mit dem Gay Laddie, den Überfällen und dem Anschlag auf die Taxi-Zentrale zu tun hatte, ich kann dir nützlich sein …«

Rhodes hatte genug gehört. Das Klebeband wurde wieder über Malky Chisholms Mund gezogen, Rhodes drückte es fest unter dem Handballen an, um sicherzugehen, dass es hielt. Der Stuhl wurde wieder auf alle vier Beine heruntergelassen. Chisholm sah Rhodes zur Tür gehen, wo der mit dem Narbengesicht stand. Die beiden wechselten leise ein paar Worte. Dann nickte der mit dem Narbengesicht, den Blick auf Chisholm gerichtet, während John Rhodes die Tür öffnete und eilig in die laternenbeleuchtete Nacht hinaustrat. Der mit dem Narbengesicht ging auf die Werkbank zu und fuhr mit den Fingern über einige der Werkzeuge dort.

Er schien etwas ganz Bestimmtes zu suchen. Schließlich fand er es. Es war eingewickelt in einen ölverschmierten Lappen. Langsam, aber mit Bedacht schälte er mehrere Stoffschichten herunter. Malky Chisholm sah ihm dabei zu, das Blut pochte in seinen Ohren. Er hatte das Gefühl, unendlich langsam aus sehr großer Höhe abzustürzen, allerdings im vollen und sicheren Bewusstsein, dass der Fall nicht seinen Tod verursachen würde.

Mit dem Revolver, der jetzt zum Vorschein kam, sah das allerdings ganz anders aus.

40

LAIDLAW LAG IN DER NACHT wach in seinem Bett im Burleigh Hotel, Jan schlief in seinen schützenden Armen. Der Fall
war abgeschlossen, er wusste, er könnte zu Hause sein, aber er
brauchte noch eine weitere Nacht auf seiner Rettungsinsel. Der
Commander hatte von einer möglichen Beförderung gesprochen, aber Laidlaw dachte unwillkürlich, dass er wohl eher eine
Aussätzigen-Klapper bekäme. Er lenkte seine Gedanken auf
Monica Carter. Sie würde die ganze Bürde auf ihre eigenen
breiten Schultern nehmen. Ihre Kinder würden sie im Gefängnis besuchen. Ihm wurde klar, dass auch er sie gerne besuchen
würde, aber er würde es nicht tun, das wusste er. Ein solcher
Besuch würde für ihn vielleicht etwas wiedergutmachen, aber
für sie wäre er Gift, wenn die anderen Insassinnen erst mal
draufkämen, wer er war. Er hatte es schon erlebt, dass gute
Menschen Schlechtes taten, hatte toxische Beziehungen erlebt,
nach außen hin wunderbar intakte Ehen, in denen es von innen heraus faulig gärte. Gewalttätige Partner, mentale und phy-
sische Grausamkeit, Kinder kaum mehr als Kanonenfutter, sie
wuchsen beschädigt auf und wiederholten später bereitwillig
die Fehler ihrer Eltern, weil sie keine andere Art zu leben oder
zu existieren kannten. Er dachte an Stella, Peter und Chris.
Was hielt die Zukunft für sie bereit? Besonders für Peter, der
mit loderndem Blick das Messer gezogen hatte. War er gerade

ungestraft mit einem Mord davongekommen? Wenn ja, wohin würde das noch führen?

Er versuchte nicht an seine eigene Frau und seine Kinder zu denken. Dieser Pfad führte in einen noch tieferen, dunkleren Ozean aus Schmerz. Stattdessen spürte er Jan in seinen Armen. Ich klammere mich verzweifelt ans Leben, dachte er. Bitte lass mich den Morgen sehen …

Autoren

William McIlvanney wurde 1936 in Kilmarnock, Schottland, geboren. Er studierte an der Universität Glasgow und arbeitete als Lehrer, bevor er sich entschloss, nur noch zu schreiben. Seine Romane wurden mit zahlreichen Preisen ausgezeichnet, darunter dem renommierten CWA Silver Dagger Award für seine Hauptfigur Jack Laidlaw. McIlvanney gilt als Begründer des schottischen Noir und lebte in Glasgow, wo er 2015 verstarb.

Ian Rankin ist einer der erfolgreichsten Krimiautoren der Gegenwart. Seit seine literarische Hauptfigur John Rebus 1987 zum ersten Mal ermittelte, erschienen 24 Kriminalromane, die in der ganzen Welt gelesen und mit zahlreichen Preisen bedacht wurden. Für seine Verdienste um die Literatur zeichnete die Queen Ian Rankin mit dem *Order of the British Empire* aus.

Ian Rankin im Goldmann Verlag:

Die Rebus-Romane in chronologischer Reihenfolge:

Verborgene Muster · Das zweite Zeichen · Wolfsmale · Ehrensache · Verschlüsselte Wahrheit · Blutschuld · Ein eisiger Tod · Das Souvenir des Mörders · Die Sünden der Väter · Die Seelen der Toten · Der kalte Hauch der Nacht · Puppenspiel · Die Tore der Finsternis · Die Kinder des Todes · So soll er sterben · Im Namen der Toten · Ein Rest von Schuld · Mädchengrab · Schlafende Hunde · Das Gesetz des Sterbens · Ein kalter Ort zum Sterben · Ein Haus voller Lügen · Ein Versprechen aus dunkler Zeit · Das Erbe der Toten

Rebus. Alle Inspector-Rebus-Stories

Die Malcolm-Fox-Romane:

Ein reines Gewissen · Die Sünden der Gerechten

Ian Rankin als Jack Harvey:

Sein Blut soll fließen. Thriller

Außerdem lieferbar:

Der diskrete Mr. Flint. Roman
Der Hinterhalt. Thriller

 Die Titel sind zum Teil nur als E-Book erhältlich.